*As Artimanhas
das Mulheres*

As Artimanhas das Mulheres

Abd al-Rahim al-Hawrani

Texto estabelecido a partir
dos manuscritos originais por:
René R. Khawam

Tradução:
Rosemary Costhek Abílio

Martins Fontes
São Paulo 1996

Título original: LES RUSES DES FEMMES
Copyright © Éditions Phebus, 1994
Copyright © Livraria Martins Fontes Editora Ltda.,
São Paulo, 1996, para a presente edição

1ª edição
setembro de 1996
Tradução
Rosemary Costhek Abílio
Revisão da tradução
Eduardo Brandão
Revisão gráfica
Célia Regina Camargo
Leila Yhitomi Fujita
Produção gráfica
Geraldo Alves
Paginação/Fotolitos
Studio 3 Desenvolvimento Editorial
Capa
Alexandre Martins Fontes

Dados Internacionais de Catalogação na Publicação (CIP)
(Câmara Brasileira do Livro, SP, Brasil)

Al-Hawrani, Abd al-Rahim
 As artimanhas das mulheres / Abd al-Rahim al-Hawrani ; tradução Rosemary Costhek Abílio. – São Paulo : Martins Fontes, 1996.

 Título original: Les ruses des femmes.
 "Texto estabelecido a partir dos manuscritos originais por René R. Khawam."
 ISBN 85-336-0535-8

 1. Contos islâmicos 2. Literatura islâmica 3. Mulheres no Islã I. Título.

96-3279　　　　　　　　　　　　　　　　　　　　CDD-892

Índices para catálogo sistemático:
1. Contos : Literatura islâmica　892

Todos os direitos para o Brasil
*reservados à **Livraria Martins Fontes Editora Ltda.***
Rua Conselheiro Ramalho, 330/340 01325-000
São Paulo SP Brasil Telefone 239-3677

Índice

Introdução..	VII
I.	O substituto e a amante......................	1
II.	Uma pérola de virtude........................	11
III.	O marido traído.................................	15
IV.	Um amor a toda prova	19
V.	A esposa recalcitrante	31
VI.	Uma orgia clandestina	35
VII.	Um disfarce piedoso..........................	43
VIII.	Os dois amigos..................................	59
IX.	As duas velhas...................................	65
X.	Um julgamento cheio de sabedoria.....	69
XI.	Uma paixão criminosa.......................	75
XII.	A mulher que não tinha papas na língua	107
XIII.	Amor, quando te apoderas de nós.......	121
XIV.	Por um nome e nada mais	127
XV.	Um simulacro	135
XVI.	A mulher fatal...................................	139
XVII.	A mulher e os dois anjos....................	145
XVIII.	A tentação...	149
XIX.	O amor livre	153
XX.	Duas mulheres envolvidas num assunto de Estado....................................	157
XXI.	O amante e a amante	185

Introdução

O livro que apresentamos sem dúvida chega na hora certa – mesmo que tenha precisado esperar seis séculos e mais para ser divulgado em forma impressa. À força de anátemas, contraverdades e desvios da História, muito extremista de nossos dias invoca, um tanto apressadamente, a Tradição para impor a nossos olhos como única ortodoxa a imagem de um Islã fechado sobre si mesmo, obscurantista, implicante, detrator do prazer, em que a mulher se veria reduzida ao silêncio – mais ainda, à invisibilidade. É bem verdade que essa linha rigorista remonta a muito tempo, e o autor da presente obra – para que os santarrões não o acusem de blasfêmia e impiedade? – assume como um piedoso dever reportar-se a ela em mais de um local. Mas seus belos protestos de virtude, além de às vezes caírem como um cabelo na sopa, não o impedem de confessar no meio do caminho a que ponto o entusiasmam os estratagemas a que recorre o inumerável exército de beldades astuciosas, e como o desbarato dos barbudos lhe parece afinal merecido.

Tal ambigüidade era de tradição na época. Estamos falando daqueles três séculos – XIII a XV segundo a terminologia cristã – que, a leste do mundo mediterrâneo, presenciaram as últimas cruzadas e depois uma sucessão de invasões e tumultos que só deviam cessar na hora em que Othman, tendo conquistado Constantinopla, foi impor sua férula ao Oriente árabe. Na Europa é a época de Boccaccio, que no fim das contas mantém um prudente comedimento quando se arrisca a evocar as estroinices da burguesia mercante – muito tentada pelo demônio da carne, como se sabe. Em Bagdá ou Damasco, no Cairo ou em Túnis, não se hesitava em ir muito mais longe – desde que se prestasse homenagem solene ao céu logo nas primeiras linhas da narrativa. Assim procede o estupeficante Ahmad al-Tifachi (morto em 1253) em seu Délices des coeurs[1], *um dos raros textos "hard" da literatura antes de Sade: "Louvores a Deus...", começa ele com unção... para descrever, alguns capítulos adiante e ao longo de uma boa meia dúzia de páginas, a introdução problemática de um membro fora do comum no assento de um belo adolescente.*

O autor do livro que se vai ler, guardadas as devidas proporções e sem transgredir demais a decência, não manobra de forma diferente. Sua maneira, não há a menor dúvida (e apesar de muitos acenos de conveniência), insere-se na linha dessa tradição árabe "libertina" – e quase libertária – que tem origem no mesmo maciço imaginário que as Mil e Uma Noites. *Sim, costuma-se esquecer que, no final de nossa Idade Média, num Oriente conturbado pelas invasões e minado pela inquietude, floresceu e brilhou um Islã "diferente", afinal de contas não menos ortodoxo do que esse*

---

1. Phébus, 1981.

que estão maquilando sinistramente sob nossos olhos. É verdade que então os príncipes faziam bom uso do sabre, os terríveis mongóis pilhavam cidades e campos, os bandoleiros cruzavam as estradas e os vizires confundiam, como de praxe, seu cofre e o do Estado. E entretanto, apesar do sangue derramado, apesar do medo e da injustiça, de uma forma ou de outra vivia e mesmo prosperava uma sociedade que enaltecia os valores da tolerância, da conciliação, da beleza e da arte de usufruir. Pois os sábios daquele tempo, sem repudiar a Lei, sabiam que o melhor meio de garantir a coesão de uma comunidade e de manter à distância a barbárie que sempre espreita nas fronteiras e no coração do homem consiste em acautelar-se com os extremos, em casar com sucesso os contrários, enfim em construir um equilíbrio modesto, mas seguro, cuja única ambição seja distribuir da melhor forma possível os mil e um desequilíbrios em que geralmente se decompõe a existência humana.

A alusão que acaba de ser feita às Mil e Uma Noites *não veio à nossa pena por acaso. Ao longo dos longos anos que dedicamos ao estabelecimento do texto da obra-prima da literatura árabe e depois à sua tradução*[2]*, havíamos tido a sensação de que a narrativa proposta às imaginações modernas pelos compiladores cairotas formados à sombra dos minaretes de al-Azhar (a chamada edição de Bulaq, 1835, a única acessível atualmente aos infortunados leitores árabes), de que essa narrativa, dizíamos, além de vigorosamente desbastada de todo detalhe escabroso encontrava-se re-*

---

2. Phébus, 1986-1987, 4 vols.

cheada de empréstimos heterogêneos os mais fantasistas: era evidente que os doutores de turbante encarregados de sua atualização tinham se esforçado por dilatar a cópia para justificar sua tarefa e assim chegar ao número místico de "mil e um" episódios – o que no caso era inútil, pois na época clássica a expressão "mil e um" significava tãosomente "muito". A comparação desse texto adulterado com os manuscritos antigos e, principalmente, o estudo dos estilos haviam-nos levado a excluir das Noites *dois "romances" nitidamente mais antigos,* As Aventuras de Sindbad, o Marujo[3] *(século IX) e* O Romance de Aladim[4] *(século XI) – as* Noites *sem dúvida foram redigidas em meados do século XIII.*

No decorrer de nossos trabalhos de decantação e peneiramento, com bastante freqüência havíamos ouvido a voz de Sherazade mudar de timbre: sinal infalível de que a edição árabe afastava-se dos manuscritos originais (cuja lista conseguimos estabelecer desde então), aqui inserindo um empréstimo de um autor supostamente obscuro, ali parafraseando ou recopiando sem pudor uma obra tirada do esquecimento para a ocasião – e da qual nos aconteceu recuperar o título e, às vezes, mesmo o autor. Assim, em nossa primeira edição das Noites[5] *havíamos mantido, não sem hesitação, o conto intitulado "O Amante e a Amante", suspeitando porém que ele devia provir de uma outra fonte. Em nossa segunda edição (que consideramos definitiva)[6], resolutamente o havíamos supri-*

---

3. Ed. Martins Fontes, 1992, 186 p.
4. Ed. Martins Fontes, 1992, 178 p.
5. Albin Michel, 1965-1967, 4 vol.
6. Phébus ed. (op. cit.).

mido, e fizéramos bem: descobrimos sua versão original, desatravancada de acréscimos intempestivos, na obra que o leitor tem hoje nas mãos, a qual dormia em Paris um sono humilde entre as riquíssimas coleções da Biblioteca Nacional.

A obra em questão, como requer a melhor tradição árabe, possui um título florido: Desvendamento das artimanhas urdidas por aquelas que armam suas redes apoiando-se na imaginação e em seus códigos *("Kachf asrar al-muhtalin wa nawamis al-khayya-lin"). Pudemos reconstituir o texto a partir dos cinco manuscritos conservados em Paris (B.N. n?s 2042, 3564-66, 3612 e 6146) e de um único documento proveniente de Estrasburgo (nº 4280). O autor, apesar de uma exemplar discrição póstuma, encontra-se citado no oficialíssimo* Catálogo *de Hadji Khalifa, no século XVII*[7]*. Temos de reconhecer que dele não se sabe grande coisa além do nome: Abd al-Rahim al-Dimachqi al-Harrani. A data de seu falecimento não está especificada, mas a menção "al-Dimachqi" indica que morreu em Damasco. Quanto ao lugar de nascimento, o nome al-Harrani remete à cidade de Harran, ao norte da Mesopotâmia; mas nosso autor é evidentemente um homem do século XIV (seu livro faz alusão ao reino do sultão al-Hasan, décimo nono soberano da dinastia dos mamelucos báritas, que subiu ao trono em 1347); ora, em 1271 Harran havia sido esvaziada de seus habitantes pelos mongóis, que muraram as portas e deixaram o local transformar-se lentamente em ruínas. Curiosamente, uma variante de nossos manuscritos trazia um outro nome: al-Hawrani em vez de al-Harrani. Demos preferência a ela, pois*

---

7. Edição Flügel, 1837, t. V, p. 202, nº 10.678.

sugere que nosso autor teria nascido em Hawran, ao sul de Damasco – o que é mais plausível sob todos os pontos de vista.

Quanto a adivinhar quem poderia ser o homem... seu texto sozinho fala por ele. "Libertino", dizíamos: mas seria preciso entender-nos quanto à palavra. Todos os períodos conturbados – e Deus sabe que o seu o foi – engendram desses espíritos maliciosos que pensam e maquinam fora dos caminhos já trilhados, sem deixar, por prudência, de dar garantias aparentes de conformismo aos censores. Assim, ele nos entretém sem rodeios com seu assunto predileto: as artimanhas das mulheres – que se confundem em grande parte com as do amor – e nos descreve um mundo onde Eros faz suar o Altíssimo (que Ele seja exaltado e glorificado!). Possui a arte de contar, mas não hesita em fazer-se ele mesmo de compilador zeloso, mesmo que apenas a fim de fazer figa para os olheiros de seu tempo, que deviam ser peritos em denunciar os "subversivos". Como se verá, várias histórias põem em cena os Companheiros do Profeta e seus sucessores imediatos: santos homens que rivalizam em difamar nossas pobres companheiras e lhes prometem o fogo do inferno toda vez que inventam de franzir o cenho na presença de seu esposo e senhor. Proclamar que, segundo a Lei e seus representantes mais longamente autorizados, a mulher deve ser em tudo submissa ao marido e não manifestar o menor desejo próprio ainda é dizer pouco. Um pronunciamento do Enviado de Deus, oportunamente relatado aqui, põe os pingos nos is de maneira bem melíflua ("A Mulher que não Tinha Papas na Língua"): estivesse vossa cara-metade a invocar Deus de joelhos, fervorosa como é nos exercícios de piedade, e vos desse na veneta convidá-la naquele instante ao vosso leito para folguedos muito diferentes, é Deus que ela deveria deixar de lado a fim de vos comprazer, sem o que, no Dia do Julgamento, "seu cérebro se porá a ferver até o momento em que, liquefeito, escorrerá inteiro pelo nariz". E estamos conversados!

Al-Hawrani adere com sinceridade a essa moral punitiva (dedica-lhe todo um capítulo, o menos divertido do livro, que de conto só tem o nome)? Podemos duvidar disso toda vez que ele concorda em desviar-se – para nosso maior prazer – dos primeiros séculos do Islã, muito atravancados de nobres e intratáveis figuras, para tratar de seu próprio tempo: infinitamente mais frívolo e sobretudo mais divertido. Mas as santas precauções com que ele sobrecarrega seu discurso eram praticamente obrigatórias: a mulher era um assunto que se evitava tratar de forma demasiado realista – em todo caso até as Mil e Uma Noites, *que sem dúvida abriram caminho para toda uma literatura cujo espírito de contestação as autoridades admitiam (*crise oblige*), contanto que ela escondesse mais ou menos seu jogo. De fato, quando se percorrem todos os manuscritos da obra, fica claro que, se o autor faz tantas concessões aos devotos, é que a matéria a tratar impunha pelo menos um certo tato. Assim o vemos pesar nas mais precisas balanças e distribuir eqüitativamente as histórias de inspiração sunita e as que dão a fatia maior à hagiografia xiita – em que se vê Ali dar sua sentença contrariando com vantagem esse bravo Omar, rapaz excelente, mas um tantinho simplório. Ele faz melhor ainda, se podemos dizer:*

vários capítulos, muito interessantes, mas um pouco fora do tema, emprestados de obscuros compiladores – o que provavelmente lhes aumenta o interesse histórico, mas prejudica grandemente o estilo –, tratam das mulheres do Profeta, das damas tão puras, tão castas, do tempo antigo, etc., e então já não se fala de artimanhas (optamos por deixá-los de lado, com a possibilidade de publicá-los num outro volume). Assim, ao longo da leitura, passa-se, geralmente não sem sucesso, do fabliau *picante à apologética mal disfarçada, da crônica escandalosa dos reinados à narrativa cortês ("O Amante e a Amante", essa pérola rara posta no final do volume, que constitui uma pequena obra-prima, é quase um romance).*

O leitor pode ficar tranqüilo: se certos contos conservam a goma retórica da literatura edificante dos tempos antigos, basta que um ou dois séculos passem para logo se voltar a um clima de muito maior liberdade. Sob o reinado do califa omíada Yazid, portanto quase nem cem anos após a morte do Profeta, o Chefe dos Crentes já chega ao ponto de se trancar durante três meses a fio com duas belas escravas que não tardam a fazê-lo esquecer tanto os assuntos do reino como o pensamento dos Fins Últimos ("Amor, quando te apoderas de nós..."). E que dizer então de seus sucessores abácidas e do mais ilustre entre eles, Harun al-Rachid, chamados a reinar num mundo que há muito tempo perdeu de vista a santa austeridade dos sábios do deserto ("Duas mulheres envolvidas num assunto de Estado")!

Como se terá compreendido, o simpático al-Hawrani nunca fica tão à vontade como quando pode, depois de saudar com uma ampla mesura de turbante os tartufos de plantão, mergulhar deliciado no inferno dos séculos impuros – dos quais o seu ocupa o primeiro lugar. A época, é preciso dizer, acumulava à vontade torpezas e maldições (como para dar razão aos moralistas); e adivinha-se nas entrelinhas que ninguém se entediava. Época dialética, diríamos (mas qual não o é?), em que o escravo mameluco aspira apenas a uma coisa e a consegue: tornar-se sultão no lugar do sultão e estripar outros escravos que não têm o bom gosto de estar em seu campo na hora da vitória. E, enquanto se opera essa seleção natural (há longo tempo que a legitimidade de direito divino deixou de ditar as regras), a sátira aumenta o tom: Juvenal está em Roma. Para se ter uma idéia: o sultão al-Hasan mencionado anteriormente, filho de Nasir al-Din Muhammad (deposto em 1341 e nono príncipe reinante dos báritas), é o décimo nono sultão dessa estranha linhagem quando sobe ao trono em 1347. Seis anos, nove soberanos. Em 69, Roma havia tido sucessivamente Galba, Oto e Vitélio, postos e depostos pelos soldados.

Imagine-se essa época conturbada: em 1300, os mongóis sitiam Damasco, trazidos pelo governador fugitivo Kiptchak, e por fim se retiram incendiando a cidade; em 1400, os mesmos, com a única diferença que é o coxo Timur Lang que comanda as operações. Ele é ainda mais temível: trinta mil fiéis, inclusive mulheres e crianças pequenas, refugiados na Grande Mesquita damasquina, nela morrem queimados. Entre os dois, em 1348 exatamente, é a "morte negra", a peste, que dizima a população antes de passar para a Europa via Egito. Talvez seja aproveitando-se de um retiro em lugar seguro (mas por quanto tempo?) que, como em Boccaccio, personalidades em grande perigo refugiam-se nos campos para passar o tempo e divertir-se contando "novas". E, naturalmente, a conversa logo assume um tom escabroso misturado com edificante, como é de praxe. Seria o caso de dizer que a libertinagem não é uma invenção do século XVII libertino; que ela seria característica de uma sociedade que, cansada de absolutismo e de violência, encontra alguma compensação em provocar um Pai eterno, como esses adolescentes que, tão logo arranjam os tostões capazes de garantir-lhes a autonomia, inebriam-se de um esquecimento mercantilista dos valores aprendidos, a ponto de reinventarem para si uma cultura sob medida, que denominam natureza e que oporão aos rigores "abusivos" da Lei.

Que não haja equívocos: longe de nós, mesmo abrigando-nos atrás de nosso autor, a idéia de pintar esse Oriente, berço do monoteísmo e da transmissão do Livro, com as cores lisonjeiras de uma dialética ingênua. Não, o Islã, quase sete séculos após a revelação decisiva que o fez nascer, pressionado nos dois cornos do Crescente a combater os infiéis, não é realmente o zelador donjuanesco de uma busca do mal demasiado individualista para manter a coesão da fé, e aliás os Sganarellos estão vigilantes, com argumentos mais decisivos que os do monge rabugento. Uma angústia ostensiva da punição vivida aqui embaixo, na ausência perpétua da graça, não é seu forte.

E entretanto, os problemas da ética, e singularmente os que a diferença de sexos traz, uma vez que têm prolongamento no além (o fogo da paixão não é uma metáfora das chamas da geena – a menos que seja o inverso?), não conhecem fron-

teiras, e bem esperto seria quem pudesse apontar-lhes uma origem. É bem verdade – e isso é quase u'a marca de universalidade – que a denegação é convocada: Do lado da barba está a onipotência, *clamam em coro todos os Crisalos. Mas será que a ordem do mundo obedece a esse voto piedoso e que basta uma fórmula propiciatória para frustrar as armadilhas que nos arma a diferença, essa obra boa e pia quando se pensa no deleite que proporciona, e satânica quando nela se perde até o sentimento da própria identidade (quantos loucos de amor, literalmente, nesses poucos contos!)? A alma da mulher, essa questão que no fim das contas está em suspenso desde que concílios impelidos a legiferar ousaram levantá-la, mas tão mal e em termos tão sumários, não pode esperar sua resposta senão dos narradores que vos dirão o que foi feito de Elvira ou de Pele de Asno. Tanto é verdade que apenas a narrativa pode estruturar em um todo coerente o drama horrível – nem totalmente o mesmo, nem totalmente diferente – daqueles que nasceram de u'a mulher: eu a amo, ela também não...*

Como o Profeta, como a Tradição prestaram tributo à diferença de sexos, que poderia lhes ter sido fatal? Pela linguagem, está claro, por essa retórica da anedota moral (oh! ambigüidade das fábulas!) que nos faz ver o mal sob as cores do mal, tão provisoriamente quanto o leitor quiser, e que sempre disfarça a boa ação sob os ouropéis da relatividade. O justo tem apenas uma estreita margem. Confiante em Deus, ele é a presa com que sonham as criaturas indelicadas que, a exemplo do Maligno, só esperam que dê um passo em falso: como na epopéia, seu caminho está traçado, balizado de arma-

dilhas em que não deixará de tropeçar, humano que é. Esquecido de Deus, ele só pode cometer faltas que lhe serão funestas. Mas sempre a História é uma instrumentação: viver é enfrentar a natureza dos outros, a artimanha universal. É provável que aqueles que se saem bem já tenham se retirado: é o caso dos "adoradores de Deus" que vivem como eremitas. A oração é o único refúgio, e Gabriel é capaz de transpor montanhas para libertar o supliciado que grita seu nome com voz forte ("Uma Paixão Criminosa").

Quanto à mulher, a quem tão vigorosamente condenam os santos personagens encarregados de editar a lei, nosso autor mostra-a tão reprimida por essa mesma lei que só podemos, junto com ele, sentir indulgência e até mesmo admiração ("Pelo céu, suas artimanhas são portentosas!") por essa rebelde que, em sua loucura lúbrica, restabelece à custa dos homens um equilíbrio que a brutalidade destes não cessa de maltratar. Pois em face do homem, sempre pronto a resolver pelo ferro grandes e pequenas questões, ela recorre espontaneamente a armas leves, menos dispendiosas sobretudo: mel das doces palavras, fel da insinuação, lances do olhar e do véu, encanto e encantamentos – em resumo, todas as artimanhas que permitem à fraqueza igualar-se sem esforço à força e mesmo vencê-la.

Com efeito, gostaríamos de reportar-nos ao que já escrevemos sobre o assunto em nossa introdução ao Livre des ruses[8], *coletânea de contos de moralidade política de um anônimo árabe do mesmo século. A palavra árabe* hila *(que por falta de outra melhor se traduz por "artimanha") desig-*

---

8. Phébus, 1976.

na originalmente um meio indireto, econômico, de atingir o objetivo. Nenhuma conotação pejorativa. A mulher astuciosa triunfa, não menos que o sultão vencedor à frente de suas tropas, porém despendendo pouco – a não ser tesouros de inteligência. As variações sobre o tema são infinitas... Uma espertalhona consegue colocar o infortunado marido, que não vê um palmo adiante do nariz, a serviço de seus namorados ("Uma Pérola de Virtude")... Uma assaltante genial saqueia os poderosos deste mundo por interposta pessoa, mas arranja – cúmulo da arte! – para que seus cúmplices involuntários fiquem a salvo de qualquer perseguição ("O Substituto e a Amante")... Uma terceira aproveita-se das fraquezas do esposo para camuflar suas próprias estripulias e trazê-lo sob rédea curta ("A Esposa Recalcitrante")... Uma outra usará de todas as armadilhas do amor confessado, partilhado, traído, negado, glorificado e sempre achará proveito em suas variações... Por fim há outra que arriscará a cartada suprema, a menos esperada: a da virtude sincera ("Um Amor a Toda Prova").

E logo nos vem a suspeita, ao lermos esses contos repletos de uma saborosa irreverência e cuja imoralidade não é sem moral: de que a mulher, soberana em tais artes, talvez seja superior a quem ela finge reconhecer como seu "senhor"; porque a força dela coloca em jogo, ante a muralha da Lei, o peso imenso de uma reivindicação que é a da liberdade.

Mas o verdadeiro nó de seu poder, de seus poderes, talvez ainda seja outro. Irmã de Sherazade, ela sabe que a arte do conto – que não é sem valor aos olhos das pessoas do Livro – lhe dará sempre o papel principal. O que nos dizem as Noites, *o que nos diz este livro, senão que a literatura, para não nos fazer dormir, precisa ser feminina, e enamorada, e inimiga das leis? Tal é, entre muitas outras, a lição desta coletânea falsamente anódina, fina textura de ficções onde a Mulher maiúscula nos lembra que a vida é uma fábula, onde se impõem para terminar aqueles cuja primeira e última arma é a imaginação.*

Suresnes, 2 de novembro de 1993
René R. Khawam

I. O substituto e a amante

Um dia, o sultão al-Hasan[1] (Deus lhe seja misericordioso!) pegou seu cavalo, disfarçou-se em homem do povo e saiu da Cidadela da Montanha[2], a fim de percorrer a cidade sem ser reconhecido por pessoa alguma. Quando caminhava ao longo da residência do governador, viu o substituto deste pontificando sobre um estrado, cercado por seus assessores, com todos os olhares fitando-o. Parecia desfrutar de um respeito quase sagrado, pois a autoridade que dele emanava e seu intimidante poder ultrapassavam em muito o que normalmente se espera de um funcionário daquela categoria,

---

1. Sultão dos mamelucos báritas no Egito. Proclamado sultão em 738/1347[*], com a idade de onze anos (ou treze, segundo alguns historiadores), ele reinou primeiramente até o início de 752/1351 (primeiro reinado); depois, de 755/1354 até 762/1361 (segundo reinado), quando foi assassinado por seu inimigo Yalbugha. Ao que tudo indica, a história acontece durante o segundo reinado, pois sua autoridade tornava-se cada vez mais fraca. Seu sucessor, após um período de distúrbios, foi o sultão mameluco al-Mansur Salah al-Din Muhammad.

[*] Esta forma usual de indicar datas coloca em primeiro lugar a do calendário muçulmano, que tem início em 622, o ano da Hégira; e em seguida a do calendário cristão. (N.T.B.)

2. No Cairo.

embora fosse avançado em anos. Sua dignidade manifestava-se exteriormente e suas palavras não admitiam a menor réplica. O sultão al-Hasan não ficou pouco surpreso com isso.

Tendo subido de volta à Cidadela, o soberano, após repousar uma hora, convocou esse substituto. Assim que chegou em presença do soberano, ele formulou votos pelo poder de seu senhor e desejou-lhe vitória sobre os inimigos. O sultão inquiriu a idade do visitante, que lhe informou ter quase cem anos.

– Vi uma cena espantosa com relação a ti – começou o sultão.

– E qual foi? – perguntou o velho.

– Constatei o respeito que te devotam teus assessores e a incontestável ascendência que tens sobre eles, e isso apesar de tua idade avançada, de tua fraqueza física e da debilidade de teus membros. Dize-me: há quanto tempo exerces a função de substituto do governador?

– Encarregaram-me dela quando tinha vinte anos. Toda vez que um novo governador era designado, nomeavam-me seu substituto; e assim até o dia de hoje.

– Conta-me o que viste de mais surpreendente ao longo de tua carreira.

– Por Deus, ó sultão senhor nosso, bem que vi situações prodigiosas e casos estranhos! Não posso fazer uma lista completa... Mas, ó sultão senhor nosso, eis que me voltam à lembrança fatos que me intrigaram o suficiente para que eu continue a me fazer perguntas sobre eles.

– Fala – ordenou o senhor.

No reinado de Fulano – disse então o substituto –, eu exercia minha função para o governador Sicrano. Um dia, após recitar minhas preces rituais do amanhecer, dirigi-me ao palácio do governador quando a noite em seu final ainda não cedera lugar à claridade da manhã: queria chegar ao local antes dos prefeitos da cidade e dos assessores. Estava sentado à soleira da porta quando, para grande perplexidade minha, uma pesada bolsa caiu-me no colo. Por mais que me voltasse para a esquerda e para a direita, não vi ninguém. Apanhei a bolsa dentre as dobras de minha vestimenta e abri-a. Estava repleta de moedas de ouro. Contei as moedas: cinqüenta! O que estava fazendo ali aquele ouro? E qual mão o lançara? Decidi calar-me sobre o incidente, do qual ninguém devia ter notícia. No dia seguinte, como costumava, apressei-me em ir para o palácio do governador, sem esperar o nascer do sol. E eis que uma nova bolsa me cai no colo e vem me apanhar sentado no mesmo lugar. Pego a bolsa, abro-a, conto as moedas: cinqüenta, e de ouro. E mais uma vez ninguém ao redor! Imaginai meu espanto!

No terceiro dia, o jogo se repetiu. Porém avistei u'a mulher em pé atrás de um muro. Saltei para junto dela, peguei-a pela mão e perguntei:

– Ei, quem és tu? Qual é tua intenção?

Sem se perturbar o mínimo que fosse com minha aproximação, sem sentir o menor desagrado ao me ver e menos ainda ao me ouvir, ela respondeu prontamente e explicou-se com voz tranqüila:

– Nenhuma desventura te ameaça. Não tenhas medo. A primeira bolsa vem de mim, a segunda também, e ainda a terceira. Tenho um favor a pedir-te e a tarefa é fácil.

Ante essas palavras, recobrei confiança:
– Qual favor esperas de mim? – perguntei.
– Bem sabes – respondeu ela – que entre as mulheres há as que se apaixonam por outras mulheres e sentem por elas o mesmo que os homens. Amo uma adolescente, que incendiou meu coração. O único meio que tenho de encontrá-la às claras é dormir em sua casa. Gostaria, contando com tua conivência, de urdir uma artimanha para chegar a meus fins. Como recompensa te darei o presente que te aprouver pedir.

Comecei a interrogá-la:
– Quem é essa adolescente e em qual casa habita?
– É a filha do juiz supremo[3] da cidade.
– E como te arranjarás para realizar vosso encontro?
– Uma brincadeira de criança! Disso me encarrego eu.

Ela explicou seu plano:
– Vestirei os mais suntuosos trajes de seda. Portarei adereços de ouro, de prata, de pérolas, de coral, adornos escolhidos entre os mais perfeitos. Usarei como perfume os mais deliciosos e refinados aromas. Depois de ingerir um pouco de bebida, sairei pelas ruas, nesta noite mesma, assim que cessarem os ruídos e desaparecerem os transeuntes. Chegando diante da porta do hospital, vou me jogar por terra, e justamente serás tu que estarás patrulhando as ruas.

"Quando teus ajudantes me virem à porta do hospital, prostrada, dormindo no chão nu, não

---

3. O juiz supremo ("Qadi'l-Qudat", ou juiz dos juízes) tornou-se uma engrenagem fundamental da administração judiciária no início do período mameluco, em 663/1264. Havia um deles junto de cada substituto do sultão, em cada província.

deixarão de te informar sobre meu estado. Tu, por tua vez, te aproximarás, me olharás, e então simularei embriaguez. Farejarás o odor de vinho que supostamente emana de mim e dirás a teus companheiros: 'Creio que esta mulher pertence a uma das Casas dos emires e dos intendentes reais. Temo que, se a deixarmos onde está, alguém venha despojá-la de seus adereços ou mesmo a leve para a casa dela e lá se aposse de todas as roupas e jóias que está usando e depois a mate. O melhor a fazermos é transportá-la para a casa do governador ou para a do juiz supremo, de forma que ela passe a noite em casa de um ou do outro e fique lá até amanhã, aguardando que seu caso seja elucidado.' Depois que me levares à casa do juiz supremo, é absolutamente certo que este ordenará à serva que me conduza ao salão onde vive sua filha. Passarei a noite junto dela, obterei seu consentimento presenteando-a com todas as vestes preciosas e adereços que estarei usando; satisfarei a necessidade que tenho dela e obterei o fim que desejo atingir esta noite. Recompensarei teu auxílio retribuindo-te segundo tua vontade."

Ó meu senhor sultão, agi de acordo com suas ordens em todos os pontos. Fiz que a levassem para a casa do juiz supremo. Este mandou conduzi-la ao quarto de sua filha, situado no salão que mencionei. Na manhã do dia seguinte, quando o sol já nascera e mesmo ia bem alto no céu, o magistrado ordenou que comparecesse à sua presença a mulher que recebera abrigo sob seu teto. Não a encontraram. Quando ele abriu a arca onde guardara três mil moedas de ouro, deu-se conta de que elas haviam desaparecido. No mesmo instante o juiz pôs-se a cavalo, mergulhado em aflição e desassossego, e subiu à Cidadela, indo ter com o sultão da época. Saudou-o nestes termos:

– Estende-me a mão do teu auxílio, ó sultão, e que Deus faça o mesmo contigo no Dia da Ressurreição!

– O que te aconteceu? – perguntou o sultão.

O juiz supremo narrou-lhe sua aventura com a mulher e os préstimos do governador, acrescentando:

– Ele, e ninguém mais, é o responsável pela perda que sofri. Reivindico que me reembolse.

O sultão mandou buscar o governador, com ordem de comparecer sem tardança. Fui com ele à audiência. Depois de pedir-lhe esclarecimentos a respeito da mulher em questão e de o outro atestar a veracidade de meu relatório, o sultão declarou:

– Arranja-te para atenderes às solicitações do queixoso; ou encontras essa mulher e te livras do problema, ou não a encontras e tu mesmo deverás pagar pessoalmente a soma que lhe foi furtada.

– Ó sultão senhor nosso, concede-me apenas três dias.

– Concedido.

Estávamos descendo de volta da Cidadela do sultão quando o governador, voltando-se para mim, disse:

– De minha parte não vejo saída, a menos que, hábil e cheio de iniciativa como sei que és, empregues teus recursos para apresentar-me a solução.

– Ouvido atento e boa vontade! – respondi.

Deixei-o e voltei à cidade. Lá, palmilhei sozinho ruas e ruelas, encarando todas as mulheres com quem cruzava, em minha avidez por divisar suas fisionomias. Seguia-lhes o rastro, ciosamente, mas sem conseguir detectar o menor indício da mulher em questão. Ninguém foi capaz de fornecer-me a mínima pista. Passei o fim do dia prosseguindo em minhas investigações e depois voltei para casa, roído pelas preocupações e pelo pesar. A noite deixou-me sem sono e atormentado por uma angústia intensa. O dia seguinte transcorreu para mim da mesma forma, nas mesmas idas e vindas; e também o outro.

Entretanto, ao cair da noite, estando eu não sei onde, que vejo? U'a mulher em pé atrás de uma porta entreaberta. Assim que me viu ela bradou:

– Que sorte! Que sorte!

Dirigi-me para ela com toda a velocidade de minhas pernas. Era justamente a mulher que eu estava procurando!

– Não tenhas medo! – tranqüilizou-me quando a alcancei. – Deixa de te inquietares e livra-te de toda preocupação! O problema é fácil de resolver. Vou libertar-te desse atoleiro como se tira um cabelo da massa que se está amassando, de forma que não serás condenado a pagar um único escudo do pecúlio que sumiu, e aliás nem o governador. Fica sabendo que fui eu que lhe deitei a mão. Por quê? Unicamente por tua causa, para desposar-te e partilhar da honra de tua função.

A essas palavras, minha confiança renasceu. Eu a cobiçava. Estava cheio de desejo por ela, a ponto de me libertar de toda inquietação e de todo medo.

– Qual artimanha usar para me livrar? – perguntei.

– Nada mais fácil – retorquiu ela. – O sultão vai convocar-vos para decidir o assunto. Assim que estiverdes diante dele, tu é que tomarás a palavra. Dirás o seguinte: "Ó sultão senhor nosso! Em um litígio, as alegações do homem não devem ser aceitas sem suplemento de informação. O juiz supremo afirma que uma certa soma lhe foi subtraída. Solicitamos à benevolência do sultão senhor nosso que permita que seu servidor seja enviado imediatamente em missão, sem outra forma de processo, à casa do juiz, para inspecionar o local de onde desapareceu o tesouro, examinando a arca e as proximidades imediatas."

"Uma vez no local, tu e tua escolta, quando avistardes a arca do tesouro te aproximarás dela e revistarás tudo ao redor. Não longe verás uma laje que te parecerá solta. Fui eu que a arranquei. Embaixo dela coloquei as roupas, os adereços e as jóias que estava usando. Manchei esses pertences derramando sobre eles sangue que transportava comigo num frasco, e amontoei-os em desordem sob a laje. Depois de retirares os panos do esconderijo, na presença do juiz e das testemunhas, tu os estenderás ante seus olhos: eles não deixarão de notar as manchas de sangue, e então mais que depressa te precipitarás para o juiz e o agarrarás. Sê firme, eleva a voz e pergunta-lhe vociferando: 'Onde está a mulher a quem pertencem estas roupas? Como a mataste? Como te arranjaste, tu, o juiz supremo?'

"Gritarás o mais forte que puderes, ao mesmo tempo que o arrastas para ti. Não demonstrarás temor, nem escrúpulo, nada. Vendo-te agir assim, ele se humilhará diante de ti, tal o pavor que lhe causarás. Sob vosso olhar ele vai incriminar-se como um homem vil, dirigindo súplicas ao vosso grupo, e vai implorar vosso perdão pela maneira como vos tratou. Aproveitai o estado em que ele se terá posto para redobrar de rigor em vosso comportamento e de crueldade em vossas palavras. Direis a ele: 'Fica tranqüilo: com toda certeza apresentaremos teu caso ao sultão em pessoa, para que ele pronuncie um julgamento contra ti e faça de tua punição um exemplo; assim serão edificados aqueles que extraem uma lição dos acontecimentos do passado. Ele te destituirá de tua função e te despojará de teu estatuto.'

"Amedrontado por essas palavras, ele vos proporá assinar de comum acordo uma quitação referente à soma que pretende exigir de vós. Respondereis favoravelmente, aceitando o que ele vos mandar fazer. Tomai testemunhas para garantir sua desistência. Voltareis para junto do sultão, informando-o do compromisso firmado entre vós e o queixoso e anunciando-lhe que o conflito teve um final feliz.

"E por fim, tu e eu nos encontraremos aqui mesmo. Deus, ó Deus! Não tardes em vir ter comigo. Estou tão impaciente por te ouvir responder favoravelmente a meu pedido!"

Ah, que sabor tinham aquelas palavras! Prometi-lhe que retornaria. Depois nos separamos e voltei para casa. Minha felicidade impediu-me de dormir. Na manhã seguinte o sultão mandou buscar-nos. Quando fomos levados à sua presença e ele determinou que pagássemos a soma furtada ao juiz supremo, lembrei-me do que minha amiga ensinara e apresentei minha solicitação, pedindo-lhe que nos enviasse à casa do juiz supremo, a fim de agir segundo as instruções que ela me dera. Nosso parecer agradou-lhe e ele consentiu na vistoria. Chegando à casa do juiz supremo, para minha grande alegria encontrei o local tal como a mulher havia descrito. Demos livre curso às nossas línguas: às acusações sucederam-se as insolências clamadas a plenos pulmões e as injúrias que paralisavam em mutismo o dono do local. Quando se viu espezinhado, ele solicitou um compromisso nos devidos termos manifestando sua desistência total e estabelecendo a paz entre nós. Concordamos; e depois de colher os depoimentos das testemunhas fomos juntos ao encontro do sultão. Ao saber do pacto firmado entre as partes e da plena satisfação do queixoso, devidamente autenticada pelas testemunhas, o sultão agradeceu-nos e partimos.

Na mesma hora, fui reencontrar a mulher. Fiquei plantado esperando diante da porta, no local exato de nossa conversa anterior. Pedi para vê-la. Em vão: fui totalmente incapaz de obter a menor informação sobre ela. Até hoje, ó sultão senhor nosso, não consegui colher o menor indício a seu respeito e continuo ignorando o endereço onde reside. O pesar não cessou de habitar meu coração, até o momento em que encontrei Deus meu Senhor.

O sultão não ficou pouco surpreso com essa artimanha, e o substituto voltou para casa.

II. Uma pérola de virtude

Havia um homem entre os mais eminentes da sociedade, o qual, nas reuniões em que se conversava, caso ouvisse algum esposo falar bem da mulher e gabar-lhe o pudor e a fidelidade, costumava retorquir:

– Ninguém no mundo poderá gabar-se de ter uma esposa cuja conduta seja igual à da minha. Quanto ao pudor, nunca vi nem ouvi mencionar alguma que se pareça com ela: pois não cobre o rosto com o véu quando o galo persegue a galinha? E quando seu marido se junta a ela, não vira o rosto até que ele tenha saciado o desejo?

E outras afirmações semelhantes: não, neste mundo não havia mulher igual à sua.

Ora, aconteceu que o homem teve de deixar a cidade. Ela, adornada com o que encontrara de mais belo em suas arcas, foi visitar o namorado, no ninho de amor que ele habitava sozinho e que lhe servia para atrair as beldades. Quando a recebeu, ele expressou todos os votos de boas-vindas e instalou-a comodamente. Seu marido, informou ela, empreendera uma viagem qualquer.

– Pois bem, o caso entre nós prosseguirá até seu desfecho – declarou ele.

Antes que um corpo caísse sobre o outro, informou a dama, ela teria prazer em u'a merenda. Prontamente ele se levantou, pegou o necessário para fazer compras e tornou a fechar a porta à chave ante sua companheira.

No caminho o homem topou com o proprietário que lhe alugava a moradia. Como lhe devia consideráveis atrasados, o outro cobrou-os. Seguiu-se uma briga e depois um processo em que o queixoso prontamente obteve a prisão do devedor insolvente. Eis portanto o amante no cárcere e sua amante também – entre as quatro paredes da casa dele. Que enrascada!

Uma súbita inspiração visitou-o na cela. Em todo o mundo, a única pessoa capaz de lançar um véu discreto sobre o caso era um amigo que nada sabia de seus desregramentos. Ele tramou com o carcereiro para que este fosse procurar o amigo em questão. Não foi fácil para o intermediário, mas finalmente o homem voltou de viagem e o carcereiro informou-lhe:

– Fulano está preso e gostaria de te ver.

Prontamente o outro acorre à prisão. Após as saudações, pergunta:

– Qual é teu caso?

O prisioneiro conta e conclui:

– Além de ti, não encontrei em todas as minhas relações outra pessoa em condição de me tirar desta enrascada e salvaguardar minha reputação. Fica sabendo que tenho prazer em encontrar às vezes uma pessoa do belo sexo, e que esse prazer é compartilhado. Outro dia ela me visitou. Fiz que sentasse em tal lugar, mas ela manifestou desejo de comer alguma coisa e saí para comprar provisões, não sem haver fechado à chave meu domicílio. Nisso encontrei o proprietário, com o qual estava em atraso. Brigamos por causa da soma; ele me arrasta até o juiz; e aqui estou. Ora, a porta continua fechada à chave, para grande apuro meu. Toma, aqui está a chave, dou-te agora mesmo meu endereço; vai soltar a mulher e coloca-a no caminho que lhe aprouver tomar.

Munido da chave, o outro foi embora. Abriu a porta, encontrou a mulher em seu lugar, ainda resplandecente e vestida com seus mais belos adornos; mas, ora essa, era a sua!

– Como! – enfureceu-se ele. – Então és tu, a mesma que enrubescia ao ver o galo cobrir a galinha?

– Lança um véu pudico sobre meu caso e Deus fará o mesmo contigo – respondeu ela. E prosseguiu:

– Após o flagrante que acabas de obter, não sentirás mais desejo de me freqüentar, não é? Vamos fazer um trato: tu manténs silêncio, nós nos separamos e cada qual se comporta como se não conhecesse o outro, o que preservará minha honra e decência. Pega todas as jóias que estou usando; que passe a ser teu o que tenho de mais valioso comigo. Vamos juntos ver o juiz, perante o qual atestarei que tuas posses são legítimas, e mediante isso pronunciarás três vezes a declaração que me repudia. Então cada um de nós seguirá seu caminho: intactas aos olhos do mundo ficarão minha honra e a tua. Sacrificando minha fortuna, por esse preço terei adquirido minha reputação e contornado o escândalo.

O marido, a quem a sede de ouro animava, ficou com água na boca. Concordou, e a esposa despojou-se: enrolou num pedaço de pano seus adereços, suas pedrarias, e entregou-lhe o pacote. Sem perder um instante, ambos se apresentaram perante o tribunal. E lá ela perde as estribeiras, soltando gritos que fazem acorrer todos os funcionários da justiça; eles puderam contemplar o espetáculo de u'a mulher agarrada ao colar de um homem, que se esgoelava:

– Este miserável é meu marido! Ele está tentando matar-me depois de me despojar disto e daquilo (e designava suas jóias). A fortuna está escondida nos seus bolsos. Revistai-o!

Assim foi feito. Encontraram os adornos que ela descrevera e que lhe foram devolvidos. Com base na solicitação que ela formulou, o esposo foi lançado à prisão.

Lá reencontrou o amigo.

– Soltaste a mulher de meu apartamento? – perguntou este.

– Possa Deus confundir-te e nunca tirar de apuros nem a ti nem àquela mulher! Fui soltá-la, sim. Mas era minha própria mulher. Ouve o que ela imaginou e tramou.

Ele contou, e concluiu:

– Se eu quiser ser solto, só posso contar contigo. Peço-te, envia a ela um mensageiro. Informa-lhe que desejo sair daqui, que a repudiarei e que refaremos, cada um de nosso lado, eu uma vida sem ela e ela sem mim.

A mulher concordou: retirou a queixa diante do juiz e mediante isso o marido separou-se dela.

Considera, ó leitor meu irmão, a quais artimanhas recorrem as mulheres que desejam safar-se de dificuldades; nem mesmo Satã conhece esses métodos. Sim, quem poderá dizer a força de tais artimanhas?

III. O marido traído

U'a mulher casada, apaixonada por outro homem, para agradar a quem amava adornou-se com todos os seus adereços; ele caiu na armadilha da sedução e visitou-a às escondidas. Ora, o marido era sensato e justo. Um dia, ao voltar para casa, encontrou encavalados os corpos de sua esposa e do amante. Longe de manifestar azedume contra o amante ou de encolerizar-se com a mulher, ele ofereceu ao homem o lugar de honra na sala de visitas e matou um carneiro de seu rebanho para o regalar; em resumo, tratou-o como se entre eles houvesse um pacto, chegando até a manter com o hóspede uma conversação cortês. Quanto a ela, mostrou-lhe as mais amenas disposições. O dono da casa, que justamente havia convidado para o festim um grupo de amigos seus, não poupou esforços para que também eles honrassem o hóspede. Durante toda a noitada, multiplicou as provas de benevolência para com o amante, que foi embora persuadido de que encontrara em seu anfitrião improvisado um amigo e um irmão.

Tão logo foi possível, o marido tratou de ficar a sós com a esposa e falou-lhe desta maneira:

– Como sabes, estou longe de aprovar tua conduta; mas quis lançar um véu discreto sobre teus desregramentos, depois do que vi com meus próprios olhos. Em troca vou pedir que me prestes um favor.

– Qual? – perguntou a mulher.

– Irás à casa de teu pai; vais queixar-te de mim para ele, acusando-me de todos os defeitos imagináveis, e por preço nenhum concordarás em voltar ao teto conjugal: renunciarás a todos os bens que são teus e que administro. Então te repudiarei; terás salvado tua reputação e ao mesmo tempo te libertarás de meu domínio. A partir daí, Deus te fará ir pelos caminhos que Ele tiver escolhido.

A esposa julgou excelente a proposta, encantada que estava de o ver inventar um estratagema para encobrir um mau procedimento do qual tinha a prova.

Agiu de acordo com o plano que ele estabelecera: foi ter com o pai para dizer o diabo sobre o marido e exigiu dele que concordasse em libertá-la de seu domínio, mesmo que ela tivesse de renunciar à sua fortuna. Assim ocorreu a separação do casal.

Após o período legal de espera que segue um repúdio, o amante veio encontrar a mulher e pediu-lhe sua mão. Ela respondeu favoravelmente e o casamento foi feito. Ao cabo de um certo tempo de vida em comum com o novo marido, este, ao voltar para casa um dia, encontrou encavalados o corpo de um homem e o de sua mulher. Tomado de violenta cólera e sentindo o ciúme invadi-lo, ele golpeou mortalmente o homem. No mesmo instante, a mulher, precipitando-se para a porta e fechando-a a chave, pôs-se a berrar com todas as forças. A vizinhança toda despachou seus homens. Ela abriu-lhes a porta e, apontando para o marido:

– O homem que aqui vedes – disse-lhes – enganou o outro preparando-lhe uma armadilha aqui, nesta casa. E então matou-o.

Agarraram o marido e apresentaram-no, ainda gotejante do sangue da vítima, perante o governador da cidade, que pronunciou a sentença: ele seria pendurado na forca, diante da porta de sua própria casa.

Aconteceu que o primeiro marido, passando por ali, pôde contemplar o segundo sofrendo seu suplício.

– Percebo – disse a ele – que me infligiste primeiro o que um outro iria infligir-te depois...

– Não lamentes tua conduta magnânima – respondeu o condenado – ela te conservou a vida, ao mesmo tempo que abreviava a minha. Saboreia com atraso tua vingança...

IV. Um amor a toda prova

Um dia, segundo contam, Muawiya, filho de Abu-Sufyan e Emir dos Crentes[1], realizava com seus familiares uma reunião sem protocolo, na qual estavam apenas se divertindo. Isso aconteceu em Damasco, com as portas e as janelas escancaradas para receber ar, pois o tempo estava especialmente quente naquele meio-dia sem a menor brisa, em que os raios de sol reverberavam a pino. Muawiya perscrutava o horizonte, quando notou um homem a pé que se dirigia para o palácio. Ele não usava calçado e voava acima da areia para não sentir o ardor do sol. Intrigado, o emir declarou a seus hóspedes:

– Terá o Altíssimo criado criatura mais infeliz que aquele homem, que este sol força a correr para não queimar as solas dos pés?

– Sem dúvida ele vem expressamente para falar com o Emir dos Crentes – observou um dos presentes.

– Por Deus! – exclamou Muawiya. – Concedo-lhe desde já qualquer favor que me solicitar com

---

1. Fundador da dinastia dos califas omíadas de Damasco. Reinou nessa cidade entre 40/661 e 60/680.

este tempo que está fazendo; quer ele deseje que eu exerça o direito de vizinhança, quer me peça para lhe dar mão forte contra uma injustiça, meu auxílio está garantido. Pajem, corre à soleira e observa. Se for verdade que o árabe nômade quer uma audiência, trata de não lhe vetares a entrada de nosso palácio.

O pajem assim fez, e tão logo o árabe nômade chegou:

– Fala! – intimou-o. – O que desejas?
– Ver o Emir dos Crentes – respondeu o visitante.
– Entra.

Introduziram o recém-chegado. Ele saudou Muawiya.

– De qual tribo é nosso visitante? – perguntou-lhe o califa.
– Dos tamins.
– O que te trouxe aqui, com este calor sufocante?
– Um motivo de queixa que tenho.
– Contra quem?
– Contra Marwan, filho de al-Hakam[2].

Ó Muawiya, a quem fazem brilhar
O mérito resplandecente, a eqüidade, a clemência,
A liberalidade, a ciência religiosa,
E que praticas o bem, ó filho de teus antepassados,

Abandonado, imploro teu apoio:
O mundo me é estreito, volto-me para meu juiz,
Suplico-lhe que seja meu refúgio e auxílio
Na esperança que tenho de recobrar meu bem.

---

2. Da família dos omíadas, ele foi durante algum tempo governador de Medina. Morreu califa em Damasco em 65/685.

Mostra que és o instrumento da eqüidade:
Estou afrontando um tirano, sofrendo seu ultraje;
A provação que vivo é muito dura
E já deixei a vida mais que pela metade.

Ai de mim, perdi meu "Junco[3] Perfumado"!
Ela está em suas mãos. Os que me detestavam
Não estarão errados: o violento separou-me
Do objeto de minha paixão!

A esses versos Muawiya replicou:

– Devagar, ó irmão dos árabes! Antes de incriminar alguém, revela-me tua história, expõe teu caso e não deixes de lado um só detalhe.

O árabe nômade encetou então sua narrativa:

– Ó Emir dos Crentes, eu tinha uma esposa, minha prima do lado paterno, a quem amava com todas as minhas forças, objeto de minhas solicitudes constantes. Bastava-me olhar para ela para ter os olhos límpidos. Minha vida ao seu lado ia se escoando, deliciosa à maravilha. Meu pequeno rebanho de camelos atendia plenamente às minhas necessidades e fornecia às pessoas de meu convívio e aos meus parentes o bastante para atender às deles. Mas eis que fui vítima de uma seca calamitosa que privou a terra de provisões e rebanho. Eu não possuía mais nada. Com meus bens reduzidos ao mínimo indispensável, não tendo mais a menor economia e vendo-me em situação precária, passei a achar o mundo estreito, encontrava apenas humilhação e pesava demasiado na terra aos olhos das pessoas. Quem quisera freqüentar-me agora

---

3. No original: Souchet (*Cyperus esculentus*), planta da família das ciperáceas (a mesma do junco); seus rizomas comestíveis têm gosto de amêndoas e contêm açúcar e um óleo essencial. A tradução mais literal seria "junça". (N.T.B.)

me repelia; quem ardera de impaciência por me ver mudava de caminho assim que me avistava.

"Tão logo o pai de minha esposa ficou sabendo da situação difícil que eu atravessava após a falência, ele me tirou essa mulher, renegando-me, expulsando-me de sua frente, dirigindo-me apenas injúrias grosseiras. Na mesma hora fui procurar o governador da cidade, Marwan filho de al-Hakam, que tu mesmo nomeaste e a quem solicitei justiça, esperando que restituísse meus direitos. Ele mandou buscar o pai de minha mulher e intimou-o a explicar-se a fundo.

"– Eu nunca o tinha visto antes deste dia – afirmou o velhote. – Ele e eu não temos a menor relação de parentesco e este homem nada pode alegar contra mim.

"– Possa Deus melhorar a situação do governador! – respondi. – Se ele houver por bem convocar a mulher e perguntar-lhe o que pensa das afirmações de seu pai, poderá agir a partir daí.

"Marwan mandou buscá-la e a fez comparecer perante seu conselho, ávido por ouvi-la falar.

"Quando a mulher compareceu, com o rosto descoberto, teve sobre o governador petrificado o mesmo efeito que um objeto sobrenatural. O coração dele convulsionou-se, a mente transtornou-se. Assim sendo, durante o processo ele se portou comigo como um verdadeiro adversário, rejeitando meus argumentos um após outro. Para terminar, entre mil reprimendas e manifestações de hostilidade, mandou que me jogassem num calabouço. Mergulhei literalmente do céu num abismo. E durante esse tempo, o que o magistrado dizia a meu sogro?

"– Serias favorável a um casamento que rendesse a ela mil moedas de ouro e a ti dez mil de prata? De minha parte, em troca, dou-te a garantia de dissolver o laço que a une àquele árabe nômade.

"A perspectiva seduziu o pai, que, subjugado pela promessa do dinheiro, não deixou de concordar.

"Na manhã seguinte, Marwan convocava-me; o aviltamento e as perguntas que fazia a mim mesmo sobre o destino que me esperava paralisavam-me a língua. Fui retirado da cela e, quando compareci, ele me olhou com os olhos de um leão encolerizado, antes de proferir:

"– Beduíno, repudia Suda, 'Junco Perfumado'.

"– Nunca! – bradei. – É possível arrancar o coração de um homem e deixá-lo viver assim?

"Tomando nota de minha recusa, ele me entregou a um grupo de valetes seus, que não sabiam mais o que inventar para torturar-me. Não pude suportar esse encarniçamento e minha única saída foi concordar com o repúdio. Após o período legal de espera, Marwan desposou Suda e conheceu-a. Eis o que me conduziu aqui, para te pedir que apliques o direito de vizinhança em meu favor e me ofereças tua proteção. Devolve-me o coração que batia em mim e traze-me de volta o objeto de meu amor."

E então ele improvisou:

O fogo que dentro me queima
Devora-me, e cada instante o aumenta.

Enquanto meu corpo doente protesta,
O médico é impotente.

Minha alma é uma fornalha onde avermelha a
[brasa:
Não vos aproximeis, temei a fagulha.

De meus olhos chorosos escoa uma torrente
[continua,
E a lágrima se enrola na lágrima.

Apenas Deus fortalece o vencedor,
E após Ele o Emir dos Crentes, que O serve.

Tendo dito esses versos, o beduíno árabe foi tomado de tremores. Os dentes entrechocavam-se, ele caiu por terra sem sentidos e retorceu-se como uma serpente que acaba de ser morta.

Muawiya havia prestado ouvido atento à história e os versos improvisados encantaram-no. Ele exclamou:

– Só há poder e força em Deus, o Altíssimo, o Mui Grande! Sob o império da paixão, Marwan, filho de al-Hakam, ultrapassou os limites e deu uma aplicação iníqua às regras impostas por Deus aos muçulmanos. Ele ousou atentar contra o âmbito sagrado do gineceu dos fiéis. Quem quer ajudar-nos a reparar essa ofensa ao código de nossas leis? Ó árabe do deserto – acrescentou, quando o homem voltou a si –, por Deus afirmo que um fato igual ao que me contaste nunca havia chegado a mim nem a nenhum muçulmano, desde a origem até nossos dias.

Tendo assim falado, o Emir dos Crentes mandou que lhe trouxessem um cálamo e folhas; depois escreveu estas palavras para Marwan, filho de al-Hakam:

"Fiquei sabendo que em tua conduta para com teus administrados ultrapassaste os limites que nos determinam as prescrições religiosas e rebaixaste a nada a honra da mulher de um fiel da Comunidade. Apraz-nos informar-te que um governador digno desse nome domina seus desejos carnais e controla seus apetites."

E por fim o Emir dos Crentes acrescentou estes versos:

Digo que agiste mal,
E, o que é pior, levianamente.
Por teres te entregado ao crime de adultério,
Pede a Deus perdão.

Recebi neste local um homem choroso
Cuja queixa escutei.
Aflito como estava, podia-se ver sua dor:
Ele estava perdendo a razão.

Faço perante Deus o juramento:
Sou fiel à minha crença
E não acobertarei homem algum que o lese
Com qualquer malefício.

Esta carta contém a conduta que te anuncio.
Afastares-te uma polegada dela
Te conduzirá direto aos animais carniceiros
E cuidado com minha vindita!

Repudia Suad[4], mas com uma oferenda.
Quero que munida de seu enxoval
Acompanhem-na al-Kamit
E Nasr, filhos de Diban.

Depois de dobrar a carta e de a selar com o engaste de seu anel, ele chamou al-Kamit e Nasr, filhos de Diban, aos quais costumava entregar missões que exigiam homens de confiança e expeditos. Eles receberam a carta e puseram-se a caminho sem demora.

Seguiram sem descanso a estrada que os levou

---

4. Outra forma de Suda, requerida pela métrica do verso árabe.

a Medina, a cidade ilustre. Lá, entraram em casa de Marwan, filho de al-Hakam, apresentaram-lhe a carta e informaram-no da conduta que devia seguir. Marwan, ao ler, não podia reter as lágrimas que lhe vinham em torrentes. Correu para junto de Suda, comunicou-lhe sobre a carta que recebera de Muawiya, o Emir dos Crentes. Como poderia desobedecer? Repudiou a mulher na presença de al-Kamit e de Nasr, filhos de Diban; e mandou preparar um enxoval de noiva, que entregou aos dois mensageiros, acompanhando-o de uma carta de desculpas para seu soberano. Ela estava redigida em versos:

Toma o tempo de amadurecer teu decreto,
Ó Emir dos Crentes!
O presente está dado, a mulher está livre:
Tua vontade foi obedecida.

Possa esta remessa de versos valer-me o perdão!
Deixa que eu te imagine em meu lugar:
Não terias agido de outra forma
E a mulher teria te emocionado também.

Nada violei de nossas regras piedosas
Ao me comportar como fiz.
Uma beldade a quem se presta sacrifício
É um crime tão grande assim?

Verás levantar-se um sol tão radioso,
A que nenhuma criatura feminina aqui embaixo
Poderia igualar, seja entre os djins femininos
Seja entre as próprias mulheres.

Embaixo dos versos ele apôs sua assinatura.

Os dois homens, acompanhados pela mulher, seguiram caminho até a residência de Muawiya, a quem transmitiram a carta de Marwan. O califa fez então esta reflexão:

– O governador de Medina mostrou-se de uma obediência notável. Entretanto, sua descrição dessa mulher tão perfeita de corpo me parece exagerada.

Decidiu julgar por si mesmo. Quando ela chegou à sua frente, foi forçado a admitir que espetáculo igual nunca havia atingido seus olhos: plenitude das formas, beleza dos traços, brilho da pele, estatura, harmonia, tudo nela era perfeito. Fez que falasse. Ah! que linguagem eloqüente e que palavras profundas!

– Seja trazido o beduíno árabe! – ordenou ele.

Quando o infeliz se apresentou, tinha toda a aparência de um trapo.

– Ó árabe do deserto – disse Muawiya –, procuro um meio de consolar-te da perda de tua mulher. Decidi substituí-la por três de minhas servas donzelas, dotando cada uma com mil moedas de ouro. Sem contar a renda que te designarei do Tesouro dos muçulmanos, uma pensão anual com que poderás não apenas suprir tuas necessidades como também manter o novo lar que farás com elas.

A essas palavras do Emir dos Crentes Muawiya, o beduíno árabe, com um grito que tinha tudo de um estertor, caiu desfalecido e permaneceu tão incapaz do menor movimento que o califa julgou-o morto de verdade. Mas o outro recuperou os sentidos e, levantando-se, postou-se em face do Emir dos Crentes.

– O que aconteceu? – perguntou este.

– O pior – respondeu o outro – e desse pior nasceu o impasse em que me encontro. Julga pois: recorri à tua eqüidade solicitando teu direito de

vizinhança contra a tirania de Marwan. Mas agora quem me oferecerá esse direito contra tua tirania?
E improvisou os seguintes versos:

Deixa pois, ó soberano, de me tomar como penhor
Da paz de tua alma!
Desgraça! Para sarar das queimaduras do sol
Mergulhei na chama ardente...

Restitui Suda a quem a deplora,
Perplexo e arrasado.
Nunca, de dia ou de noite, se escoa uma hora
Que a Saudade não acompanhe.

Liberta-me das correntes que me tornam teu
[escravo:
Estarás sendo magnânimo.
Meu coração grato apreciará essa dádiva
Que vem de uma alma forte.

E concluiu com estas palavras:
– Ó Emir dos Crentes, se me desses de presente todas as riquezas de que dispõe o califa sem me restituir Suda, eu não as aceitaria.

Abre meu coração como abririas uma arca:
Nele só encontrarás o objeto de minha paixão.
Mostra a meus olhos a mais inocente das mulheres:
Se não for Suda, eu a rejeitarei.

Eis a resposta que deu Muawiya:
– Então, árabe do deserto, segundo afirmas, repudiaste Suda e Marwan desposou-a. Marwan por sua vez admitiu que a repudiou. Pois bem, perguntemos a essa mulher por quem bate seu coração. Se ela escolher um outro que não a ti,

aquele será seu esposo; se te escolher, então a devolveremos a ti.

Assim foi feito. Muawiya interrogou a mulher:

– Quem gostarias de ter por marido, ó Suda, ó "Junco Perfumado"? O Emir dos Crentes, aureolado de sua glória e poder, rico de seus palácios, pleno dos sentimentos que te confessará, sem contar a posição privilegiada que ocuparás junto dele? Ou então Marwan, filho de al-Hakam, com seus caprichos e sua tirania? Ou ainda o árabe do deserto, pobre como é, que te promete apenas a fome, a posição mais baixa e os duros trabalhos que terás de realizar para ele?

"Junco Perfumado" expressou em versos sua escolha:

Mesmo esfaimado e mesmo desanimando-se,
Este homem que vês
É para mim, oh, quanto mais caro que minha
[família
E meus vizinhos!

É ele que prefiro a qualquer rival afortunado,
Mesmo com uma coroa na cabeça,
E a Marwan, teu governador.
Exceto ele, tudo me é indiferente.

E ela continuou:

– Por Deus, ó Emir dos Crentes, não penses que sou das que desprezam as ocasiões que o mundo oferece ou que esquecem que o tempo traz sua cota de traições. Mas tive com este homem um companheirismo que remonta a anos e que não poderia afundar no esquecimento. Por ele, meu amor não enfraquece. Tenho mais direito que qualquer outra de viver a seu lado, e esse direito nasceu de uma afeição que não se desmentiu durante as provações, assim como na ventura de que eu desfrutava em meio a tempos melhores.

Muawiya ficou boquiaberto ante a eloqüência e o julgamento reto dessa mulher, somados a uma fidelidade exemplar e a uma coragem admirável. Mandou entregar-lhe dez mil moedas de prata e restituiu-a ao beduíno árabe por meio de um novo casamento, que ele mesmo oficiou.

Tu a quem o amor de u'a mulher preocupa, medita sobre esta história.

V. *A esposa recalcitrante*

Um dia, um mercador da cidade do Cairo decidiu empreender uma viagem à Síria. Após despedir-se da esposa, saiu de casa; mas topou com um companheiro, que jurou pela sua honra que o levaria para casa, onde o esperava um grupo de convidados. O outro aceitou polidamente e os dois puseram-se a caminho. Ao entrar na casa de seu anfitrião, o mercador deparou com um grupo de confrades reunidos para beber vinho. Cada qual tinha ao lado u'a mulher. Assim que nosso mercador entrou, todos se levantaram em sua honra e deram-lhe um lugar, após o que a reunião retomou seu curso normal, cada homem trocando palavras jocosas com sua vizinha, enquanto a taça passava das mãos de um para as do outro. Que prazer! disse consigo o recém-chegado, que se apressou a solicitar ao dono da casa que tivesse a gentileza de sair a fim de lhe trazer de fora uma parceira com quem ele também poderia entreter-se: assim não ficaria em dívida.

O anfitrião apressou-se a aceder a seu desejo: ausentando-se por alguns instantes, retornou com u'a mulher tão belamente vestida como suavemente perfumada. Assim que entrou, ela se pôs a contemplar aquela reunião de homens instalados à vontade para entregar-se a brincadeiras e risos, enquanto o dono da casa conjurava-a a tomar assento ao lado do último convidado a chegar. Assim, ela aproximou-se; mas qual não foi a surpresa de nosso homem ao reconhecer na companheira que lhe ofereciam sua própria mulher, a quem dera adeus à porta de casa!

– Ora essa – exclamou, chamando-a pelo nome –, então é assim que te comportas em minha ausência, mal acabo de virar as costas! Ó traidora de minha afeição e de minha intimidade! Esqueces de mim como se eu nunca tivesse entrado em tua vida!

E, pondo-se de pé num salto, já erguia a mão para a mulher, movido por um ciúme ardente. Porém ela, antevendo tanto sua inevitável derrota em caso de enfrentamento com o marido como a desonra a que o silêncio a votaria, optou por se atirar sobre ele, soltando altos gritos; e logo estava corpo a corpo com seu homem, cujos colares agarrou com ambas as mãos e torceu a ponto de sufocá-lo. E enquanto ele jazia por terra, quase sem sentidos, ouviam-na vociferar:

– Ó debochado! Maldito sejas, tu que te lanças ao adultério rompendo teu contrato de fidelidade! E dizer que hoje mesmo me preveniam: "Teu esposo encontra-se em tal lugar, bebendo e cantando em galante companhia, sob os gracejos dos convivas", e que eu fechei os ouvidos a esse mexeriqueiro! "Por Deus", respondi-lhe, "para acreditar nisso preciso ver". E agarrei a mão do maldizente, pronunciando este juramento sobre minha honra: "Não penses que largarei esta mão antes que me tenhas conduzido ao lugar onde afirmas que está meu marido; se comprovar que é mesmo ele, então deslindarei a verdade da mentira em tuas alegações." Ele me trouxe a este local. Deixei-o, entrei, e o que vi? A ti, que chafurdavas na desobediência ao Altíssimo. Por Deus, não te deixarei antes de te entregar ao camareiro-mor de nosso soberano e de divulgar tua ignóbil conduta, tanto em tua família inteira como entre teus amigos.

A essas palavras, todos os convidados puseram-se a interceder a favor do marido, suplicando a ela que lhe dirigisse palavras mais amenas:

– Em nome do Altíssimo, suplicamos, sê clemente: possas tomar outra decisão! Concede-nos como dádiva generosa esta falta que ele cometeu e que juntos repararemos. Esconde da face das pessoas a má ação e não o desonres aos olhos do mundo, pois junto com ele desonrarás a nós todos.

Usavam para com a mulher de um discurso polido, manifestando uma humildade à qual da parte dela respondia uma linguagem que a cada instante se tornava mais grosseira e mais crua; e ela só parou quando a hora da vitória soou e seu domínio sobre um marido arrasado estava garantido.

Assim, ela aguardava até ter certeza de haver vencido a partida à força de tirania, para tratar o esposo como esposo e voltar a melhores sentimentos. Retornou para casa, deixando atrás de si um homem humilhado, amedrontado, mísero, a quem os companheiros só puderam dar este conselho:

– Ei, homem, é tempo de tomares distância. Sob a proteção da noite, vai para outras terras, antes que tenhas de agüentar novas desventuras e que fiques exposto, quem sabe, a te veres arrastado diante dos tribunais por tua mulher, aquela espertalhona: um processo não contribuiria nem para tua glória nem para a nossa, podes ter certeza.

Sem tugir nem mugir, o homem abalou-se e deixou a região. Nem cogitou de passar em casa para apanhar algumas coisas. Partia sem esperança de volta.

Refugiemo-nos em Deus contra as artimanhas das mulheres. Quem poderá dizer a força dessas artimanhas[1]?

---

1. Esta história foi apresentada num estilo muito diferente por Ali al-Baghdadi (século XIV), em *Les Fleurs éclatantes dans les baisers et l'accolement*, Phébus, 1989.

VI. Uma orgia clandestina

Um dos governadores do Cairo, o emir Nasir al-Din "al-Tablawi", "o Tamborileiro"[1], interrogado um dia sobre o que lhe acontecera de mais extraordinário em sua carreira, respondeu:

– Por Deus, vi muitos prodígios, mas um deles me vem à mente neste mesmo instante. Eis aqui sua narrativa:

Uma noite em que eu estava adormecido bem tranqüilo em casa, em meio aos membros de minha família, ouvi baterem à porta com pancadinhas discretas. Ao mesmo tempo o indivíduo pronunciava as seguintes palavras:

– Boa oportunidade! Boa oportunidade!

Saltei à janelinha.

– Quem é? – perguntei.

---

[1] Mais uma vez, a mesma aventura é relatada na obra *Les Fleurs éclatantes dans les baisers et l'accolement*, de Ali-al-Baghdadi, Phébus, 1989. O narrador é um dos soldados que acompanhavam o governador. Este se chama Sayf (Sabre) al-Din Qudaydar (Tamborileiro), mais tarde Nasir (O Vitorioso pelo Sabre) al-Din. A narrativa do soldado é mais respeitosa que esta, em consideração à memória de seu senhor. Aqui a história é mais realista; o cristão é substituído pelo judeu, um cambista.

Como única resposta, intimaram-me a descer para o pavimento térreo. Depois de me decidir, permaneci prudentemente atrás da porta que nos separava. Interpelei o visitante:

– Qual é teu assunto?

– Sou Fulano – respondeu o outro, declinando seu nome.

Era uma pessoa de minhas relações e mesmo um parente distante.

– Venho oferecer-te a oportunidade de arredondares lindamente teu capital – afirmou o homem.

Escancarei a porta e ele continuou:

– Sei de forma segura que a filha do juiz supremo recebe esta noite o judeu Fulano e que neste exato momento eles erguem a taça cheia daquela bebida que nossa lei proíbe. A moça canta para o jovem e o jovem canta para a moça. Eles se tornaram infratores: só a ti compete surpreendê-los em flagrante delito. Por isso corre à casa dela e, uma vez lá, intima-a a escolher entre o escândalo e o preço de teu silêncio. Com um pouco de sorte receberás uma bela soma de cada um: o bastante para atender às tuas necessidades por um bocado de tempo.

Suas palavras foram-me direto ao coração e acertei meus passos pelos seus.

Tomando o rumo da casa do juiz supremo, seguimos caminho até chegarmos diante de sua porta. Imóveis, ouvimos distintamente os cantos da festa chegarem até nós. Decidi esperar um tempinho, coisa de dar às vozes tempo para se calarem, e depois bradei:

– Boa oportunidade!

Eles estavam na sala superior, bem em cima da porta. Quando minha exclamação chegou aos ouvidos da moça, ela se levantou e abriu a janelinha:

– Quem é? – perguntou.

– É o emir Nasir al-Din – respondeu o homem que me acompanhava.

– Boas-vindas, generosa e cordial acolhida ao emir Nasir al-Din! – exclamou ela. – Ó emir, queres tomar algum dinheiro para ti e concordar em lançar um véu discreto sobre nosso comportamento? Assim selaremos o início de um companheirismo que nos unirá, tu e nós. Mas talvez desejes outra coisa...

Dessa vez fui eu que respondi:

– Dinheiro me iria muito bem, mediante o qual lançarei um véu sobre vossa conduta. Deus não é Aquele que lança um véu sobre a conduta de Seus servidores?

– Ouvido atento e boa vontade! – replicou ela.

E mandou uma de suas servas abrir a porta. Depois, de lá onde estava em pé, veio pessoalmente ao meu encontro, e quando entrei beijou-me os pés com este cumprimento:

– Por Deus, esta é uma noite abençoada.

Ela conjurou-me, em nome de Deus, a avançar casa adentro, acrescentando:

– Quanto a teu companheiro, sentará diante da porta, apagará a lanterna e ficará esperando teu retorno. Também ele receberá com toda certeza a parte que lhe cabe e que terá sua aprovação.

Segui-a até o pavimento superior. Vi o judeu sentado e diante dele as flores, as bebidas e as velas que ardiam. Ele parecia estar no auge da felicidade e viver um incomparável momento de bem-estar. O homem era jovem e mostrava um corpo bem-feito; sobre a redondez das faces florescia uma leve penugem; em resumo, em todos os pontos conformava-se à descrição que o poeta deixou:

Já o sol havia iniciado seu curso
Quando surgiu o adolescente.
Seu buço sobre a face impudente perguntava:
"Teríeis alguma coisa a censurar em mim?"

Sobre sua face veio vaguear um buquê.
A rosa desabrochada incitou minha palma
A ir acariciar os botões
De que se ornavam seus pômulos floridos.

Esse judeu, que exercia o ofício de cambista, dispunha de grandes riquezas. Ao ver-me, ele se levantou com presteza para beijar-me as mãos e os pés. Não estava tranqüilo, perguntando a si mesmo o que lhe pendia sobre a cabeça. Quando o vi nesse estado, tentei tranqüilizá-lo:
– Podes sentar! Nada temas!
Ele sentou. A filha do juiz supremo também sentou, enquanto as servas aguardavam discretamente diante de nós o momento de se ocuparem em servir-nos.
Então a jovem tomou a palavra. Repetiu, dirigindo-se a mim:
– Por Deus, esta é uma noite abençoada.
– Se Deus assim o quiser – respondi.
Ela pegou um copo, encheu-o de bebida e deu-mo. Aceitei e, depois de esvaziá-lo, declarei:
– Sabes que não é esse o objetivo de minha visita. Conheces perfeitamente seu objeto.
– Ouvido atento e boa vontade! – aquiesceu ela.
Abrindo uma arca, retirou um saco contendo mil moedas de ouro, que despejou em um guarda-

napo de seda; depois, dando um nó no tecido, colocou-o em meu colo. E finalmente contou cem moedas de ouro para meu acompanhante, que continuava esperando fora. Feito isso, voltou-se para mim e disse:

– Ó emir Nasir al-Din, o que comi para regar com um copo esse alimento[2]? Por qual razão sou multada entregando em tuas mãos mil moedas de ouro, enquanto este maldito rapaz sairá dessa sem nada desembolsar? Se queres ser eqüitativo entre nós dois, coleta também dele uma soma igual à minha, ou seja, mil moedas de ouro. Assim não usarás dois pesos e duas medidas, e levarás duas mil moedas de ouro. Por teu lado, nada terás a recriminar-te em teu desejo de praticar a justiça; quanto a mim, não passarei pelo vexame de deixá-lo economizar mil moedas de ouro às minhas custas.

O judeu, que nada perdera dessas palavras, voltou-se para ela e propôs:

– Entrega em meu nome ao emir mil moedas de ouro, que te devolverei.

– Ah, claro! – bradou ela. – Deus me preserve de agir assim! Basta que as entregue e tu, depois que fizeres meia-volta, poderás escolher entre me pagar se te der vontade ou simplesmente não me pagar. Se for mesmo necessário que vás, não deixarás esta casa sem estares acompanhado por duas servas e pelo homem que ficou esperando diante da porta. Darei a eles a missão de não te deixarem entrar em tua casa sem lhes entregares em mãos as mil moedas de ouro. Voltarás aqui com as duas servas mais o homem e darás a soma ao emir.

– Por Deus – declarei, – eis uma idéia perfeita.

---

2. Expressão proverbial mais ou menos equivalente a: "Onde está meu erro?"

Então o judeu saiu, escoltado por duas robustas servas. Depois que ele atravessou a soleira da casa para seguir seu caminho, ela ordenou ao restante da criadagem:

— Fechai firmemente a porta e voltai para cá.

Concluída a operação, ela deu-lhes esta ordem, apontando-me com o dedo:

— Atirai-vos todas juntas sobre a nuca deste indivíduo, que se acredita hábil e se considera um herói porque é o representante do sultão. Vamos, lançai-vos ao ataque de sua pessoa!

Então todas elas juntas caíram sobre mim e me cumularam de golpes e bofetadas. Deram prova de tanto zelo que meu turbante caiu-me da cabeça e minhas roupas em breve não passavam de um miserável monte de farrapos. Durante todo esse tempo a filha do juiz supremo repetia sem cessar:

— Vamos! Caí-lhe em cima! Não tenhais a menor piedade desse homem! Não vou libertá-lo antes da volta de meu pai. Contarei a meu pai o que sofri por sua causa nesta mesma noite em que, após ter se escondido num canto, ele se precipitou sobre nós. Sim, estávamos a ponto de dormir em nossos leitos depois de fecharmos as portas da casa, quando ele saiu de seu esconderijo e pediu-nos que cometêssemos com ele ações que a moral reprova.

Quando ouvi esse plano, redobrei de temor por minha função e de medo por minha vida. Desisti do dinheiro. Em meu desnorteamento, esqueci os golpes que recebera e bradei:

— Suplico em nome de Deus, faze-me sair desta casa. Não tenho a menor necessidade da soma entregue. Toma-a. Ante a Face do Deus Altíssimo arrependo-me de minha conduta.

Pus-me a beijar-lhe as mãos e os pés. Por Deus, ela só me libertou quando vi o local tão apertado ao meu redor que se tornava incapaz de me conter. Então ela disse às servas:

– Agora deixai-o. Arrastai-o pelos pés, jogai-o fora da casa e fechai com duas voltas a porta atrás dele.

Elas me puseram na rua no mais lastimável dos estados. Então louvei a Deus. Agradeci-Lhe por minha libertação e voltei para casa, humilhado, não sabendo mais o que fazer.

Guardei dessa aventura um quinhão de amargura e sofrimentos íntimos tão considerável que apenas Deus pôde avaliar. Durante anos e anos mantive silêncio a respeito, nunca me permitindo a menor alusão ao acontecimento. Apenas hoje é que posso evocar o que me aconteceu. Sim, refugiemo-nos em Deus contra as artimanhas das mulheres!

VII. Um disfarce piedoso

Segundo contam, Ibn-Abbas, "o filho de Abbas[1]" (Deus lhe dê Sua aprovação, a ele e ao pai!), está na origem da história seguinte:

Havia no tempo dos filhos de Israel sete adoradores de Deus que rejeitavam os bens materiais do mundo aqui embaixo, deixando-os para seus próximos. Um deles disse um dia aos outros:

– Procuremos um meio de levar uma vida solitária, para nos consagrarmos plenamente à adoração de Deus Altíssimo.

O mais idoso do grupo tomou a palavra:

– Eis minha opinião: basta deixarmos a cidade e nos retirarmos diante de Deus Altíssimo para O adorar.

Tendo pois saído da cidade, caminharam até chegar a uma extensão de terra deserta, próxima de uma das cidades da Síria. Um deles declarou:

– Comecemos a edificar aqui mesmo u'a moradia, pois o local é perfeito: é próximo da cidade, sem a qual não podemos passar.

---

1. Primo do Profeta por parte de pai. Morreu em 68/687, após haver transmitido um grande número de tradições.

– Em nome de Deus Único e Todo-Poderoso, suplico que eviteis fazer isso – objetou o mais idoso dos sete. – Não construiremos casa durante a estadia aqui embaixo, que é para seus habitantes apenas um mundo de fugazes ilusões.

Os outros responderam:

– Que mal há em construirmos um abrigo para nós? Acreditas que possamos dispensar um lugar assim?

– Já que um abrigo é absolutamente necessário – sugeriu um dos membros do grupo – vamos erguer para esse fim uma cabana de juncos. Nela vos reunireis todos.

Todos aquiesceram. Ergueram então a cabana, e alguém fez a pergunta:

– Quem conhece um meio de obtermos nossa subsistência diária?

O mais idoso manifestou-se:

– Eis minha opinião: vamos tecer esteiras. Enquanto quatro de nós trabalharão nisso, os outros três terão como única ocupação adorar a Deus. Uma vez terminadas as esteiras, eles irão vendê-las aos habitantes da cidade; depois, quando todos estiverem aqui de novo, os outros três os substituirão no trabalho, enquanto os primeiros adorarão a Deus. Assim estará assegurada nossa subsistência diária.

Eles se sujeitaram a essa regra de vida durante o tempo que Deus Altíssimo assim quis. Fabricavam as esteiras, iam vendê-las na cidade e com o produto da venda compravam azeite e pão de cevada. Então surgiu a questão da roupa.

– Também nisso temos de inovar – disse um deles.

– Por Deus – declarou o mais idoso, – já que

temos de inovar na maneira de vestir, basta recorrermos às esteiras que fabricamos.

E ei-los envoltos em suas esteiras de vime, que não deixaram de os machucar no pescoço, causando sangramentos tão dolorosos que as lágrimas lhes corriam dia e noite. Nem por isso deixaram de adorar a Deus com mais fervor do que todos os contemporâneos e mesmo os predecessores em devoção, a ponto de seu extraordinário renome nesse âmbito chegar aos ouvidos de um dos reis que governavam os Filhos de Israel.

Esse soberano tinha uma filha bem nova cuja mãe havia morrido. Noite e dia ele carregava o luto desse desaparecimento, derramando amargas lágrimas pela esposa saudosa e não cessando de pensar nela, nem mesmo o tempo de um piscar de olhos. Um dia sua filha veio ter com ele:

– Ó meu pai, até quando continuarás a derramar estas lágrimas? – perguntou.

– Minha filhinha – respondeu ele, – fica sabendo que à força de considerar a vida que é a minha neste mundo aqui embaixo e de compará-la com a conduta dos sete adoradores de Deus, concluí por dizer a mim mesmo que o poder real que exerço não me é da menor utilidade. Aqueles eremitas que sabes deixaram o mundo profano, que consideram insignificante, pois não é permanente e só oferece a cada um de nós, sem distinções de posição, u'a morada cujo destino é acabar-se. O cetro não ficará para sempre em minhas mãos. Creio que vou desfazer-me dele e juntar-me àqueles homens para viver com eles. Vou imitá-los e adorar a Deus com o mesmo fervor, e isso até que o Altíssimo decida por mim e por eles, segundo Sua vontade. Meu desejo é ver o mais cedo possível a saída deste mundo inferior, se Deus Altíssimo assim quiser.

Ante as palavras do pai, a menina não pôde reter as lágrimas:

– A quem me confiarás quando partires, ó meu pai, se não tenho outro parente além de ti? Precisas saber que se me abandonares como desejas ficarei com o coração partido, com o fígado ulcerado, e tal conduta te valeria um pecado que certamente suplantaria o mérito que esperas adquirir junto de teu Senhor. Serás a causa única de meu inesgotável sofrimento.

Com os olhos inundados de lágrimas, o rei perguntou à filha:

– Que farei de ti? Não posso levar-te comigo para junto deles, pois a regra exige que nem de noite nem de dia a mulher viva no mesmo lugar que o homem.

– Meu pai – replicou a menina, – em minha tenra idade nunca vi os homens nem o que os caracteriza. Manda fazerem roupas masculinas para eu usar. Eu te seguirei aonde te parecer bom, até que Deus decida a meu respeito segundo Lhe aprouver.

O pai vestiu-a com uma túnica de crina igual à sua e, tomando-a pela mão, fugiu à noite do palácio, abandonando seu reino e os que o habitavam. Caminharam até chegar ao grupo dos adoradores de Deus. Entraram na cabana e saudaram-nos. Os solitários responderam à saudação, dando-lhes as boas-vindas, e regozijaram-se com a presença de um adolescente entre eles – pois, naturalmente, tomando-o por um menino, autorizaram-no a permanecer em sua companhia. E mais ainda: mandaram o pretenso rapaz vender na cidade o produto de seu trabalho, as esteiras que no final do dia haviam trançado como costumavam fazer. Com o dinheiro que recebia, ele comprava azeite e pão de cevada, e depois voltava para seus companheiros.

Os dias decorreram assim, até o momento em que o rei, pai do suposto rapaz, caiu gravemente enfermo. Quando estava a ponto de morrer, seus companheiros, os adoradores de Deus, todos reunidos ao redor, instaram-no a falar:

– Ó amigo de Deus, revela-nos o que estás contemplando agora. Pois aprendemos de Deus Altíssimo (seja Ele exaltado e glorificado!) que a alma não deixa o corpo sem que o homem em que habita veja o lugar que ela deve ocupar, seja no Paraíso ou nas chamas do Inferno.

– Recebei a boa nova, ó meus irmãos – respondeu ele. – Chegareis perante um Senhor generoso. Recomendo-vos que cuideis de meu filho. Ele é jovem; deixo-o convosco como um depósito confiado através de vós a Deus Altíssimo e que guardareis até o Dia da Ressurreição, quando vos pedirei que me presteis contas dele.

– Deus te retribua concedendo-te Seus benefícios! – replicaram eles. – Recebe a boa nova, tu também: vamos comportar-nos para com teu filho como nos comportamos para contigo, e melhor ainda, se Deus Altíssimo o permitir.

Ele rogou a Deus que espalhasse sobre os outros Suas bênçãos e foi chamado para junto da misericórdia de Deus Altíssimo. Os outros tomaram todas as providências que convinham para os funerais: lavaram seu corpo, envolveram-no primeiro na roupa de crina, depois em u'a mortalha, e enterraram-no após haverem orado por ele. Trataram seu filho com a mesma solicitude que antes, quando o pai era vivo.

Ora, por uma decisão do Altíssimo, aconteceu que o jovem príncipe órfão (que era, como se sabe, uma jovem) estava indo como de hábito vender as esteiras na cidade vizinha. A caminho, passou ao lado do palácio: à janela, em companhia da ama, debruçava-se a filha do rei que reinava sobre a população. Estava contemplando a estrada, quando viu o jovem entrar na cidade. Ele lhe agradou pela perfeição física e beleza. Não tendo a menor razão para duvidar de seu sexo masculino, ela se voltou para a ama:

– Estás vendo – perguntou – aquele jovem? Como é bem-feito! Admira aquela beleza! Que pensarias de mandá-lo subir a fim de o vermos de perto? Saberei recompensar-te: terás apenas de dizer o preço de teu serviço.

Sem perder um instante, a ama desceu e abordou o jovem:

– Venho como mensageira de felicidade, ó bem-amado. A sorte sorriu-te: em breve serás o feliz possuidor de tudo a que teu coração aspira. Deus te reserva uma posição que não é das mais humildes. Fica sabendo que meu filho está tão doente que se debate nos estertores da agonia. Sobe para junto dele e faze que pronuncie a fórmula da profissão de Fé antes da morte, para que por tua mediação ele alcance a ventura eterna.

O jovem entrou no palácio. A ama, fechando as portas atrás dele, deixou-o esperar no vestíbulo e foi prevenir a filha do rei:

– Desce ao seu encontro.

A princesa prontamente desceu até ele; seu andar ondulante punha em destaque as jóias e os suntuosos adornos. Mal os dois jovens ficaram frente a frente, ela declarou:

– Formula teus desejos e os atenderei.

O outro respondeu:

– Deus me preserve de tal coisa! Se O desobedecer, temerei que em Sua cólera Ele apague a luz que colocou sobre meu rosto e me retire a parcela que desejo obter no Paraíso.

– No entanto terás de curvar-te a meus desejos; caso contrário, fica sabendo que nunca mais uma região, um firmamento, um abrigo nesta terra oferecerão refúgio para tua proteção. Ou acatas de pleno acordo minha vontade, ou me obrigarás a usar de violência.

Juntando o gesto à palavra, ela aproximou a mão. Mas, ao ver tão perto o rosto da princesa que se preparava para depositar um beijo no seu, ele não suportou mais e rompeu em lágrimas:

– Não há outro deus além de Deus! Juro por Deus, não amo a quem desobedece ao Altíssimo.

Então Deus insuflou temor e tremor no coração da jovem princesa, que ordenou à ama:

– Expulsa-o de minha presença, pois é um Satã e não se parece em nada com uma criatura do gênero humano.

A ama pôs para fora o jovem, intimando-o:

– Pega tuas esteiras e vai embora.

Ele deixou o palácio e chegou ao mercado onde vendia suas esteiras; com o produto da venda comprou azeite e pão de cevada, depois dirigiu os passos para o lugar onde viviam seus companheiros. À porta da cidade, a filha do rei, vendo-o passar, gritou da janela:

– Por Deus, podes crer em mim, recorrerei a tudo para tua perda. Serás morto, desonrado, exposto aos ultrajes das pessoas.

– Deus julgará entre ti e mim – respondeu ele.

Quando reencontrou os companheiros, não disse uma só palavra sobre o caso.

Então a filha do rei que governava a cidade, sentindo-se excitada pelo desejo, teve violenta necessidade de um homem. Ela confiou à ama:

– Desejo unir-me a um macho. Talvez pudesses urdir um estratagema para saciar minha paixão, com toda a discrição necessária.

Então a ama agiu de forma a arranjar-lhe um dos libertinos de que florescia a cidade, na comunidade dos Filhos de Israel. Ele a cobriu tão bem que, grávida de suas obras, durante nove meses ela carregou nas entranhas o fruto da união.

Deus Altíssimo quis que um dia a mãe entrasse nos aposentos da princesa, precedida pela criadagem. Ela tomou lugar junto da princesa e impressionou-se com a palidez de seu rosto, marcado aqui e ali de manchas avermelhadas. Introduzindo a mão pela cava a que a ampla manga dava acesso, passou-a sobre seu ventre. Naquele momento o embrião pôs-se a mexer os pés de maneira agitada e a rainha, com um grande grito, desmaiou. Ante esse espetáculo, as aias, desvairadas, correram comunicar o acidente ao rei, que se precipitou para junto da esposa. Nesse entretempo ela havia recobrado os sentidos.

– O que houve contigo? – perguntou ele.

– Deus encolerizou-se contra nós – respondeu ela.

– Por qual razão?

– A fornicação maculou teu palácio.

– Explica-te!

– Eis o que ocorreu quanto à tua filha.

E contou-lhe. O rei soltou altos brados e mandou levantarem a princesa.

– Dize-me a verdade – declarou, – antes que eu retalhe teu corpo com uma tesoura.

– Por Deus, ó meu pai – respondeu ela, – devo meu estado tão-somente àquele jovem que compartilha a vida dos sete adoradores de Deus.

A essas palavras o rei empalideceu e, perdendo o controle dos membros, foi tomado de tremores convulsivos. Mais que depressa dirigiu-se ao seu trono real, deixou-se cair nele e bradou:

– Que venham a mim o responsável pela segurança pública e seus ajudantes!

Os funcionários apresentaram-se diante dele.

– Fazei comparecer ante minha pessoa – intimou-os – os sete adoradores de Deus e o jovem que vive em sua companhia. Não os arrasteis para cá sem terem o pescoço amarrado com uma corda, e antes disso batei-lhes no rosto e lanhai seus corpos com pedras: eles cometeram um grande crime.

O responsável pela segurança pública e seus ajudantes partiram ao assalto da cabana onde vivia o grupo de adoradores de Deus. Apoderaram-se deles, passaram-lhes a corda no pescoço, esbofetearam-nos, golpearam-nos duramente no rosto e arrastaram-nos até o rei naquele estado deplorável de extremo vexame. Este, ao vê-los, rugiu com todas as forças e apostrofou-os:

– Adoradores de Deus, sim, eis o que pretendeis ser aos olhos do mundo, mas no fundo o que sois senão homens corruptos?

– Por que nos caluniar dessa forma? – replicaram eles. – Sim, por Deus, não encontrarás entre nós um único que desobedeça a Deus nem que fosse pelo tempo de um piscar de olhos. Acaso ignoras, ó rei, que a fornicação é o segundo dos pecados, o que vem logo depois da idolatria, a qual pretende dar associados a Deus Altíssimo? Consente em informar-nos a razão que te impele a infligir-nos o castigo que prometes.

– Se agi dessa forma – respondeu o rei, – foi por causa do jovem que compartilha vossa vida. Ele cometeu contra minha filha um grande crime, daqueles que Deus desaprova, e com Ele todos os que professam que Ele é nosso soberano.

– Glória a Deus! – exclamaram os ascetas a uma só voz. – Castigaste-nos por uma falta cometida por outrem. Sob nosso olhar este jovem companheiro apresenta apenas uma conduta louvável e virtuosa. Entretanto, como dizer de que maneira ele se comporta quando não estamos? No que se refere a nós, toma tua decisão no temor de Deus e receia que Ele te remunere à altura de tua falta!

O rei ficou tocado com esse discurso a ponto de não poder reter as lágrimas. Quando se controlou:

– Imploro-vos perdão – disse-lhes – por vos haver tratado indignamente, e suplico que não me guardeis rancor por isso.

– Quem desejar obter o perdão de suas faltas, que evite o caminho da injustiça para com o próximo. Ó rei, gostarias que Deus se mostre clemente?

– Por certo – respondeu o soberano.

– Pois bem, tens apenas de por tua vez te mostrares clemente para com nosso jovem companheiro.

– Ficai sabendo – declarou o rei – que era minha intenção submeter esse jovem à mais cruel das torturas. Mudei de idéia. Ofereço-lhe a escolha entre um corretivo memorável e o exílio deste território sobre o qual reino.

– De dois males é preferível escolher o mais leve – observaram os eremitas. – Convém portanto que o exiles.

– Tal será pois minha decisão – concluiu o rei, que, voltando-se para seu camareiro, pronunciou esta ordem: –Toma este homem; que ele seja conduzido aos confins de meu reino; tu o deixarás vivo e vestido como está.

O camareiro assim fez. Levando o adolescente para um lugar deserto, abandonou-o e voltou.

Esses acontecimentos haviam terminado como se contou, quando, por um decreto de Deus (que Ele seja exaltado e glorificado!), nasceu a criança. Quando foi apresentá-la ao esposo, a rainha falou-lhe nestes termos:

– Eis o fruto que a fornicação de tua filha engendrou. Livra-nos dele antes que Deus atinja tua família com Sua cólera.

A essas palavras, o rei voltou-se para o mesmo camareiro que havia se encarregado do exílio do jovem e intimou-o a ir entregar o bebê ao banido, acrescentando:

– Ele é mais responsável do que nós por sua existência.

O camareiro pôs-se a caminho e, quando chegou junto do adolescente:

– O rei intima-te a ficar com este bebê – anunciou-lhe. – Trata-se do filho que tiveste da princesa, segundo suas alegações.

Ao que o outro, u'a mulher como foi dito, exclamou:

– Deus me basta e é um excelente mandatário. Não há poder e força a não ser em Deus o Altíssimo, o Mui Grande! Deus atenderá a meus pedidos. Ele conhece minha verdadeira situação.

E, estendendo os braços, recebeu o bebê, confiando no apoio de Deus Altíssimo. Começou por depositar a criança no chão, junto de si, e depois proferiu esta prece emocionada:

– Ó Deus meu, Deus de Abraão, de Isaac e de Jacó, peço-Te que sejas o protetor deste inocente. Sabes que não tenho a menor possibilidade de o alimentar. Mas ele é Teu servo. Tu lhe proporcionarás a subsistência diária da maneira que escolherás.

Deus Altíssimo ouviu a prece. Ele inspirou a Gabriel (a salvação esteja com ele!) a idéia de ir até uma das montanhas que se erguem na Síria e lá apanhar uma gazela que teria o encargo de amamentar a criança.

– Uma de Minhas fiéis, que está em aflição, dirigiu-Me este pedido do âmago de sua angústia – disse Deus, – e a Justiça inclina-Me a atender a seu desejo, pois ela não se queixou a nenhum outro além de Mim. Por Poder e Glória, afirmo que se ela Me tivesse solicitado para inverter planícies e montanhas Eu não teria hesitado, tão grande é sua generosidade para Comigo!

Assim, Gabriel (a salvação esteja com ele!) foi à montanha mencionada e interpelou uma das gazelas que lá pastavam:

– Vai para as extensões desérticas, ao lugar que te indicarei, a fim de amamentares o bebê que lá se encontra.

Quando chegou o período do desmame, nossa adoradora de Deus pediu a seu Senhor que dispusesse da criança segundo Sua vontade: ela não queria desviar-se do serviço de oração. Deus fez assim: apossou-se da pequena alma; e a jovem disfarçada, liberada de sua tarefa preocupante, pôde dedicar-se sem interrupção à atividade espiritual. Abismava-se nisso a ponto de não sentir os passarinhos pousarem sobre si enquanto assim fazia.

Um longo período de tempo decorreu dessa forma. O renome da oradora solitária ganhou toda a Síria, e não era raro ouvir dizerem: "Esse jovem só tem de pedir; Deus sempre o atende."

Os sete adoradores de Deus sentiram necessidade de revê-lo. Comentavam entre si sobre a saudade que sua ausência causara, tanto que acabaram por chegar a uma decisão unânime:

– Vamos procurar o rei e solicitemos autorização para que nosso companheiro volte a viver conosco.

O rei concedeu-lhes audiência e mostrou-se muito benevolente; por fim eles fizeram sua solicitação:

– Ó rei, não vês a que ponto o jovem que baniste para o meio do deserto é ouvido por Deus em suas preces? Desejamos que o devolvas para nós.

– Seja feito como quereis – respondeu o rei. – Podeis agir com ele como melhor vos parecer.

– É que não temos meios de ir buscá-lo.

Então o soberano dirigiu-se ao camareiro que se desincumbira das missões anteriores:

– Vai buscar o banido e traze-o de volta para seus companheiros.

Assim foi feito.

– Preferes residir em meu palácio ou voltar à cabana de teus companheiros? – perguntou o rei quando reviu o "rapaz".

– Meu desejo é estar de novo com eles.

– Seja – aquiesceu o rei.

A comunidade, com grandes manifestações de contentamento, saudou seu companheiro que retornava do exílio e voltava à cabana; este retomou seu lugar no grupo dos adoradores, até que um dia caiu doente. Então os outros, rodeando-o, fizeram-lhe esta pergunta:

– Que derradeiros conselhos nos darás?
Ele respondeu:
– Tende um temor respeitoso de Deus, interiormente e exteriormente. Temei-O como se O vísseis com vossos próprios olhos. Se não O vedes diretamente, sabei que Ele pelo menos vôs vê. Evitai os atos de desobediência a Deus. Eles enegrecem o rosto e provocam a cólera do Senhor. Empenhai-vos em obedecer-Lhe, pois a obediência a Deus obtém Sua aprovação e ilumina os rostos.
– Deus te recompense em nosso lugar através do bem que Ele te concederá – declararam os outros. – Que recomendações nos fazes a respeito de tua própria pessoa? Que faremos de teu corpo quando Deus decidir que o abandones?
– Recomendo-vos que me enterreis com o silício que carrego comigo. Não o retirareis de meu corpo.
– Entretanto é preciso que lavemos esse corpo!
– Encarregai dessa operação o mais idoso dentre vós, o mais respeitador do próximo. Armado de uma faca, que afiará numa pedra, ele fenderá em dois minha túnica, com a ponta introduzida no espaço onde ela quase me toca o pescoço. Quando ele tiver aberto a esteira até meu peito, refletireis e ireis à procura da pessoa que lavará meu corpo.

O decreto fatal da Providência aplicou-se. Foi um choro só na comunidade, que observou escrupulosamente suas últimas recomendações. Ao mais idoso foi entregue a faca que devia fender a túnica no lugar indicado. Quando dois seios de mulher saltaram de sua prisão, o velho, jogando por terra o instrumento, fugiu e atirou-se para seus colegas gritando:

– Era o peito de u'a mulher!
– Vai verificar outra vez!
– Como?! Pois não sabeis que quem contemplar voluntariamente o peito de u'a mulher comete um pecado que ofende a Deus?
– E então que vamos fazer?
– Ide à cidade e trazei de lá mulheres que possam desincumbir-se da tarefa.

Assim, comadres da cidade vieram até onde estava a defunta – pois se tratava realmente de u'a mulher e não era possível a menor dúvida sobre esse ponto – e a descoberta fez que gritassem de surpresa. A notícia espalhou-se pela região inteira. De todas as partes do reino afluíram multidões desejosas de contemplar o corpo da falecida adoradora de Deus, a ponto de não haver lugar bastante amplo para contê-las.

O rei foi avisado do acontecimento. Veio pessoalmente, acompanhado de sua guarda, constatar o que se passava. Ficou sabendo pela boca das comadres que o asceta em retiro sempre fora u'a mulher. Quando pediu à esposa que verificasse a autenticidade do fato e a rainha desincumbiu-se da tarefa, ele teve plena confirmação. Desceu do cavalo, derramou sobre a própria cabeça um punhado da poeira do caminho e declarou aos adoradores de Deus:

– Deixai que eu a amortalhe num rico tecido de seda estampada. Pelo ignóbil crime de que me tornei culpado para com ela, temo o castigo severo que Deus Altíssimo me reserva.

Obteve a permissão. Foram trazidas várias mortalhas, cada qual mais valiosa que a outra. Então fizeram vir a princesa; seu pai acorrentou-a com cadeias de ferro e disse-lhe:

– Aguardemos que o corpo da defunta seja lavado e enterrado, e depois me portarei contigo da maneira que Deus me indicar.

As mulheres adiantaram-se, prontas para a toalete fúnebre; mas, como puderam ver, esta já havia sido feita, a julgar pela mortalha que envolvia o corpo. Devolveram ao rei os tecidos que ele mandara vir, com estas palavras:

– Deus Altíssimo enviou-lhe u'a mortalha diretamente do Paraíso.

Mesmo assim o soberano quis acrescentar a sua, porém as pessoas se opuseram. Ele chorou abundantemente e a multidão que o rodeava fez o mesmo, exalando ruidosos lamentos. Quando o corpo baixou à sepultura, evolou-se um delicioso aroma, mais agradável que o do almíscar. As preces pela morta foram recitadas a uma só voz pelos adoradores de Deus, pelos Anjos e por toda a assistência, no meio da qual caracolava um cavaleiro cavalgando u'a montaria alazã. De toda parte erguiam-se os brados:

– Deus é maior que tudo!

Após os funerais, o rei mandou trazerem a princesa e condenou-a à pena capital. Depois que ela foi decapitada, o rei disse a seu vizir:

– Pega a cabeça dela, coloca-a numa taça e percorre a cidade fazendo-te preceder por um arauto que bradará: "Eis como foi remunerada a pessoa que, não contente em se tornar culpada do pecado de fornicação, falsamente lançou a culpa sobre um dos amigos de Deus Altíssimo."

O vizir obedeceu. Por toda parte onde ele passava, aglomeravam-se para ouvi-lo. Foi um grande dia. Porém Deus Altíssimo (Glória a Ele!) sabe mais do que nós sobre esse assunto.

VIII. Os dois amigos

Contam que um homem que fazia parte dos Auxiliares[1] e morava em Medina, a cidade do Enviado de Deus (a salvação e a bênção de Deus estejam sobre ele!) ligou-se de amizade com um habitante do Iraque. Esse homem era conhecido pelo nome de Amr, filho de al-Salt, e seu amigo pelo nome de Muhammad, filho de al-Hakam al-Thaqafi. Ambos haviam atingido o nível mais elevado na ciência religiosa, nas boas maneiras e na virtude.

O iraquiano alojava-se em casa do medinense durante um ano inteiro; depois ambos viajavam juntos e então o medinense alojava-se em casa do iraquiano durante um ano inteiro. Esse hábito ficou tão constante entre eles que sua amizade se tornou proverbial. Ora, num dado momento a mulher do medinense, magoada com as ausências de um ano inteiro do marido, começou a tolerar mal isso. Ela enviou a um irmão seu uma carta queixando-se da angústia em que a mergulhava o afastamento do marido. Pediu-lhe que fizesse ami-

---

1. Partidários do Profeta, que se aliaram a ele em Medina.

zade com o iraquiano, que o tratasse com benevolência e se fizesse amar por ele. Depois começou a mandar a esse irmão os mais valiosos presentes, e isso em segredo, em pacotes hermeticamente fechados, para que ele os desse ao iraquiano.

Quando as relações entre o irmão e o iraquiano haviam se fortalecido com o tempo, o estrangeiro, afogado em presentes, disse ao irmão da mulher:

– Ó meu irmão, tens alguma necessidade que eu possa satisfazer, em troca de tuas gentilezas?

– Sim, por Deus! – exclamou o interpelado. – Tenho um grande favor a pedir-te, e o fato de não me expressar diante de ti suscitou em minh'alma uma angústia quase mortal. Estou apaixonado por u'a mulher de Medina e gostaria que me escrevesses alguma coisa que possa deixá-la mais disposta para comigo; por exemplo, versos bem compostos, contendo palavras graciosas capazes de enternecê-la e de fazê-la compreender que o único motivo de minha longa permanência em Medina é ficar junto dela. Talvez isso me seja útil.

Tal era o estratagema inventado pela mulher do medinense. O iraquiano respondeu ao irmão:

– Por Deus, estás me pedindo para cometer uma ação muito grave. Mas vou responder favoravelmente, embora considere isso um pecado.

Ele compunha versos com extrema habilidade. Escreveu-lhe estes:

A Deus e a nenhum outro
Me queixo do tormento
Que sinto e que meu coração
Mal consegue conter.

Sofri meu mal com paciência
Para calar e suportar meu segredo
Por um tempo mui longo; mas, desgastada,
Essa paciência foi embora.

Quando receei morrer
Tomei a resolução de divulgar
Meu segredo e, pressionado pela urgência,
Mencionei essa mulher em meus versos.

Depois enviei-os em segredo
À minha beldade, através de um mensageiro,
A quem tive de informar
Da realidade de minha paixão.

Sua missão: dar-lhe a conhecer
O estado em que me encontro, e desde quando
Dura meu suplício amoroso.
Ele repetirá de viva voz estes versos.

Permaneci dois anos
Junto dela, com a mente invadida
Pela idéia de que ela estava lá,
E o coração em brasas.

Ele acompanhou esses versos com palavras graciosas, em prosa, expondo-lhe o sofrimento causado pelo amor que sentia. Acrescentava que sua permanência em Medina não tinha outro objetivo além de encontrá-la.

O iraquiano entregou esse bilhete ao irmão da mulher, que teve a máxima urgência em ir a Medina depositá-lo nas mãos dela, sem revelar a ninguém que era seu irmão.

Quando o marido entrou em casa, a mulher do medinense chorou diante dele e demonstrou uma grande aflição.

– O que te faz chorar assim? – perguntou o esposo. – O que significa esse pesar?

Ela se recusou a responder. Permaneceu nesse humor tristonho durante dias e dias. Estava preocupada e parecia abatida. Quando o medinense viu em que estado se encontrava a esposa, jurou-lhe pelos juramentos mais solenes que tomaria uma segunda mulher além dela se não lhe revelasse claramente a causa de sua tristeza.

– Por Deus – respondeu ela, – ou te ponho a par de minha situação e vivemos uma grande desgraça, ou guardo silêncio e o infortúnio será ainda maior.

Depois atirou-lhe a carta, dizendo:

– Sabes quem a escreveu?

Ele examinou o aspecto da escrita e reconheceu a mão de seu amigo iraquiano. Leu a carta. Não teve a menor dúvida sobre a pessoa que havia traçado as palavras e composto os versos. A coisa pareceu-lhe monstruosa. Comunicou à descarada seu desejo de matar o homem.

– Não sou dessa opinião – declarou ela. – Se fizeres isso, desonrarás a mim e a ti. Porém, se manifestares repugnância em freqüentá-lo, ele deixará de te visitar.

Assim fez o marido, indo falar com o iraquiano sobre a carta e os versos. O outro imediatamente percebeu que era vítima de um estratagema urdido pela mulher do medinense. Porém o mal estava feito e a ruptura logo se consumou; e as pessoas ao redor espantaram-se ao ver terminar dessa forma um período de freqüentação amigável, de gentileza, de afeição e de companheirismo leal. O iraquiano viveu muito pesaroso durante um certo tempo e depois compôs os versos seguintes:

*A mulher oficial de Amr
Usou de um estratagema
Contra mim, assim que me viu
Manifestar minha afeição por ele.*

*As artimanhas a que as mulheres recorrem
São conhecidas de todos,
Ó Amr. Minha desculpa é real
E de teu lado não ocorre o mesmo.*

*O irmão da mulher oficial
De Amr veio ao meu encontro
Em segredo, cumulando-me
De presentes e gentilezas.*

*Ele se queixou perante mim
Do amor apaixonado
Que sentia e pediu-me
Para compor versos em seu lugar.*

*Queria ver-me relatar
Nesses versos a duração
De minha permanência em tua casa
E as circunstâncias, com intenção de enganar.*

Concluídos os versos, o iraquiano enviou-os ao medinense e partiu em viagem. O medinense leu-os e entrou nos aposentos de sua mulher.

– Prometo a Deus – disse-lhe – que se não responderes de forma sincera a minhas perguntas vou te enterrar viva.

Ante essas palavras a mulher compreendeu que o marido queria absolutamente saber a verdade sobre o fundo do caso.

– Garante minha segurança – respondeu – e serei sincera.

Ele lhe prometeu vida salva. Então ela informou-o do desenrolar de seu estratagema referente ao iraquiano. O marido repudiou-a e partiu à procura de seu irmão do Iraque.

Cada vez que passava por uma pousada do caminho ele se informava sobre o viajante. Diziam-lhe:

– Há apenas alguns dias que o vimos passar por aqui. Continua teu caminho.

Ora, uma doença havia atingido o iraquiano durante sua viagem. Ao chegar ao ponto de aguada que pertencia à tribo de Asad, morreu e foi enterrado naquele lugar (a misericórdia de Deus esteja sobre ele!) Pouco depois, o medinense chegou por sua vez e ouviu a notícia daquela morte. Indicaram-lhe o lugar da sepultura do iraquiano. Ele armou sua tenda junto do túmulo e não parou de chorar e de celebrar as virtudes do falecido, até que ele próprio morreu. Foi enterrado perto daquele túmulo. Ainda hoje o lugar é conhecido pelo nome de "o túmulo dos dois amigos irmãos".

Deus nos proteja, e a vós também, ó leitores, dos estratagemas urdidos pelas mulheres! Suas artimanhas são portentosas!

IX. As duas velhas

Esta história foi atribuída ao Profeta (sobre ele a salvação e a bênção de Deus!), que disse um dia:
– Todos os prodígios que se manifestaram entre os Filhos de Israel, narrai-os. Não há pecado algum em assim fazer. Se eu quisesse, vos diria a história das duas velhas.
– Ó Enviado de Deus – replicaram os que o escutavam (sobre ele a salvação e a bênção de Deus!), – conta-nos essa história.
Ele começou:

Havia entre os Filhos de Israel um homem que amava muito a esposa. Com ele vivia sua mãe, muito idosa, cuja Fé era sincera. A esposa também tinha uma velha mãe, mas em contrapartida esta era de coração maldoso, a ponto de impelir a filha a livrar-se da mãe do marido.
Este, que adorava intensamente sua mulher, costumava seguir os conselhos que ela lhe prodigalizava. Um dia ela anunciou:
– Doravante só te darei meu consentimento quando me tiveres livrado de tua mãe, levando-a para um lugar deserto onde a deixarás totalmente sozinha.

Ora, as duas mães, de velhice, haviam ficado cegas. O homem, obrigado a ouvir sem cessar sua esposa dar-lhe esse conselho nefasto, acabou, exasperado, por levar a mãe para o meio de um deserto árido onde a abandonou sem comida nem bebida, num lugar freqüentado unicamente pelos animais ferozes. Disse consigo que provavelmente estes a devorariam até fazerem desaparecer o último vestígio.

Quando caiu a noite, a velha cega foi rodeada pelas feras, todas olhando-a com cobiça. Um dos Anjos então visitou-a e perguntou:

– Esses gritos que ouves ao teu redor, de onde provêm?

– Não te preocupes – respondeu ela. – São os camelos que blateram, os bois que mugem e os carneiros que balem.

– É pois um bom sinal – replicou o Anjo. – Seja como acabas de dizer, com a permissão de Deus.

Depois ele se afastou. De manhã, todo o vale deserto ao redor estava povoado de camelos, bois e carneiros.

Aconteceu que o filho disse consigo:

– E se eu fosse ver o que aconteceu com minha mãe, depois que a abandonei naquele lugar?

Ele caminhou até o vale, que encontrou repleto de camelos, bois e carneiros.

– Que vejo, ó minha mãe? O que há em toda parte ao teu redor? – perguntou-lhe.

– Meu filho – respondeu a velha, – são as provisões de alimento que Deus me enviou para acabar com a tristeza que se apossou de mim quando me abandonaste para obedecer à tua mulher.

Instalando sua velha mãe sobre um animal de montaria, ele impeliu à frente o rebanho e conduziu-o até o lugar onde morava. Tornara-se rico.

Então a esposa, tomada de ciúmes, declarou-lhe:

– Não te darei mais meu consentimento enquanto não tiveres levado minha própria mãe ao mesmo lugar onde abandonaste a tua. O que tua mãe obteve ela obterá.

Assim o homem se foi com a outra mãe, a da esposa. Deixou-a no mesmo lugar que havia escolhido para abandonar a dele e tomou o caminho de volta.

Quando caiu a noite, os animais selvagens rodearam a velha. O Anjo que Deus Altíssimo mandara visitar a outra abandonada retornou e perguntou-lhe:

– Ó velha, esses gritos que ouço ao teu redor, de onde provêm?

– Podes ficar preocupado – respondeu ela, – pois o tumulto é manifesto. São animais selvagens que querem devorar-me.

– É pois um mau sinal – replicou o Anjo. – Seja como acabas de dizer, com a permissão de Deus.

Depois afastou-se. Os animais selvagens atiraram-se sobre a mulher e a devoraram.

Quando surgiu a manhã, a esposa intimou o marido:

– Vai ver o que aconteceu com minha mãe.

Mais uma vez, o homem saiu para verificar a forma como as coisas haviam se passado. No local, só conseguiu encontrar os restos que os animais selvagens haviam desprezado. Voltou para junto da esposa e informou-a. Esta chorou muito o desaparecimento da mãe, cujos ossos o marido juntara num pedaço de pano, e dizem que sua aflição durou tanto tempo que o pesar a levou para o túmulo.

X. Um julgamento cheio de sabedoria

O acontecimento teve lugar no tempo de nosso mestre Omar, filho de al-Khattab (a aprovação de Deus esteja sobre ele!), e foi mencionado pelo chefe da oração Abul-Faradj Ibn al-Djawzi, em seu livro *Dhamm al-Hawa* ("O Opróbrio da Paixão de Amor")[1], de acordo com al-Chubi[2], que recebeu suas informações de Assim, filho de Damra. Ouvi um dia, disse este, um jovem gritar nas ruas de Medina, a cidade do Enviado de Deus (a salvação e a bênção de Deus estejam sobre ele!):

– Ó mais justo dos justos, soluciona dentro da inteira verdade a contenda que me opõe à minha mãe!

Então o Emir dos Crentes, Omar, filho de al-Khattab (a aprovação de Deus esteja sobre ele!), mandou-o comparecer a seu tribunal e lhe perguntou:

---

1. Abd al-Rahman Ibn al-Djawzi, escritor árabe fundamentalista, nascido em 1116 e morto em 1200. Foi plagiado pela edição egípcia das *Mil e Uma Noites* (Bulaq, 1835), na tentativa – inútil – de enriquecer o texto da obra.
2. Transmissor de tradições, morto em 104/722.

– Jovem, quais são as queixas que pronuncias contra tua mãe?

– Ó Emir dos Crentes – respondeu o rapaz, – ela me carregou no seio durante nove meses. Amamentou-me durante dois anos completos antes de me desmamar. Quando me desenvolvi e cresci, distinguindo entre o bem e o mal, entre minha mão direita e a esquerda, ela me expulsou e me renegou.

– Quem é tua mãe e onde está? – interrogou Omar.

– No grupo de casas pertencente à tribo Tal.

Omar convocou a mulher ao seu tribunal. Ela veio, acompanhada de quatro irmãos e quarenta testemunhas. Todos afirmaram que a mulher em questão não conhecia aquele jovem e que as alegações dele não tinham sentido. A única intenção do queixoso, segundo eles, era desonrá-la perante os membros de sua tribo. Ela pertencia ao grupo de Qurayche[3], o melhor de todos os outros. Ainda segundo essas testemunhas, ela nunca havia casado e continuava donzela.

Omar disse ao queixoso:

– Jovem, que argumento podes apresentar ante essas afirmações?

– Por Deus, ó Emir dos Crentes – exclamou o adolescente, – é minha mãe. Nunca abri os olhos sem vê-la inclinada sobre mim, quando estava em seu colo.

Ele reiterou tais declarações por duas vezes mais, repetindo:

– Esta aqui é minha mãe.

Dirigindo-se à mulher, Omar declarou:

---

3. Do qual também se originara o Profeta.

– Mulher, ouve pois o que teu filho afirma.

– Pelo direito d'Aquele que se ocultou numa vestimenta de luz – afirmou a mulher, – nenhum de meus olhos o viu. Pelo mérito de Muhammad, o Eleito (a salvação e a bênção de Deus estejam sobre ele!), afirmo que não conheço este jovem e que ignoro de quem ele saiu. Ele quer desonrar-me em minha tribo. Sou donzela e ainda não tomei esposo.

Então Omar proferiu seu julgamento:

– Agarrai este jovem e lançai-o na prisão.

Executaram sua ordem. No caminho o cortejo encontrou Ali, filho de Abu-Talib (a aprovação de Deus esteja sobre ele!). O jovem gritou em sua direção:

– Ó primo paterno do Enviado de Deus (a salvação e a bênção de Deus estejam sobre ele!), afirmo, por Deus, que sou tratado injustamente. Omar ordenou que me aprisionassem.

A reação de Ali (a aprovação de Deus esteja sobre ele!) foi imediata:

– Que o conduzam de volta para junto do Emir dos Crentes!

Assim foi feito. Quando entrou onde estava Omar, o Emir dos Crentes, Ali ordenou que confrontassem o jovem e a mulher que ele chamava de mãe. Ali perguntou:

– Jovem, quais são tuas alegações?

O rapaz repetiu as asserções anteriores. Ali (Deus lhe dê Sua aprovação!) perguntou então à mulher:

– Tens testemunhas?

– Sim – respondeu ela.

As quarenta testemunhas adiantaram-se e prestaram seu depoimento, idêntico ao anterior. Então Ali (a aprovação de Deus esteja sobre ele!), na qualidade de chefe da oração, declarou:

– Hoje vou aplicar um julgamento que possa ser agradável a Deus acima de Seu trono. Ele é fruto do ensinamento que recebi do Enviado de Deus (a salvação e a bênção de Deus estejam sobre ele!).

Depois perguntou à mulher:

– Tens um tutor?

– Sim – disse ela. – Meus tutores são meus irmãos aqui presentes.

– Então a ordem que vou dar com relação a ti e perante eles é lícita – replicou ele.

– Certamente – disse ela.

Seus tutores também aprovaram, declarando:

– Ó primo paterno do Enviado de Deus (a salvação e a bênção de Deus estejam sobre ele!), acatamos antecipadamente o julgamento que vais pronunciar, quer ele nos dê razão ou nos condene.

Então Ali voltou-se para Omar e disse-lhe:

– Permites que eu pronuncie uma sentença para resolver o conflito entre as duas partes, ó Emir dos Crentes?

– Permito – respondeu Omar.

– Testemunho perante Deus, perante Seu enviado e perante os muçulmanos que estão aqui presentes – declarou Ali – que declaro casados esta mulher e este jovem, dando como dote quarenta moedas de prata que serão pagas à vista, retiradas de minha fortuna pessoal.

Depois ele ordenou a seu criado Qunbur:

– Traze-me essa soma.

As moedas de prata foram trazidas. Ele despejou-as na aba do camisão do jovem.

– Toma-as – ordenou-lhe – e entrega-as a tua nova esposa. Ide embora, tu e ela, e só voltai para ver-nos quando estiverdes em condições de apresentar as provas de que vosso casamento foi consumado.

O jovem foi lançar o dinheiro no colo da mulher. Em seguida pegou-lhe a mão e disse:

– Levanta, chegou a hora de nos retirarmos juntos.

Então a mulher gritou:

– Proteção! Proteção! Ó primo paterno do Enviado de Deus (a salvação e a bênção de Deus estejam sobre ele!), vais obrigar-me a desposar meu próprio filho? Por Deus, sim, este jovem é meu filho! Meus irmãos deram-me em casamento a seu pai. Pus no mundo esta criança, proveniente de seu pai. Ele cresceu e desenvolveu-se. Quando o pai dele faleceu, meus irmãos ordenaram-me que renegasse a criança e obedeci-lhes para obter sua aprovação[4]. Afirmo, por Deus, que é meu filho e que ele não poderia encontrar em lugar algum afeição mais terna que a minha.

Depois disso ela segurou a mão do jovem e levou-o consigo para sua casa. Então Omar declarou:

– Deus é o Mui Grande! Se não tivesse havido Ali, Omar teria perdido toda esperança de preparar sua felicidade no mundo dos Fins Últimos.

---

4. Num casamento, se não houver filhos nem parentes próximos do esposo falecido, a herança cabe à mulher – e portanto a seus irmãos, que são seus tutores legais.

XI. Uma paixão criminosa

Esta história foi relatada por Ibn-Abbas, "o filho de Abbas"[1] (a aprovação de Deus esteja sobre o filho e o pai!).

Um dia – disse ele –, o Enviado de Deus (a salvação e a bênção estejam sobre ele!) dirigiu nossas preces rituais do amanhecer e depois sentou-se apoiando as costas no estrado. Toda sua pessoa estava impregnada de nobreza. Ele resplandecia da mesma luz que a lua cheia. Sentaram perto: Abu-Bakr à sua direita, Omar à esquerda, Othman e Ali à frente[2] (a salvação e a bênção de Deus estejam sobre ele!). Os Emigrados[3], os Auxiliares e os Companheiros virtuosos, todos tinham os olhos fixos nele. Ele dirigiu invocações a Deus, e toda aquela assembléia, amparada pela fé, apoiava-o com seus votos.

E eis que o Anjo aureolado de luz, Gabriel (a salvação esteja sobre ele!), desceu, vindo da parte do Senhor dos Mundos. E disse:

---

1. Ver a nota 1 do conto VII, "Um Disfarce Piedoso".
2. Os futuros quatro primeiros califas.
3. Os partidários do Profeta que emigraram para a paz do Islã.

– A salvação esteja sobre ti, ó Enviado de Deus!
– E sobre ti, ó meu irmão Gabriel! – respondeu o Enviado de Deus (a salvação e a bênção de Deus estejam sobre ele!).

Então Gabriel declarou:
– Ó Muhammad, teu Senhor envia-te a salvação e te reserva uma vida especial, adornada de grandes honras. Ele te faz saber que um estratagema muito perigoso será urdido contra Fadlun, o adorador de Deus, o asceta que reside em Medina. Esse embuste lhe será armado após tua morte, quando o califa for Omar, filho de al-Khattab (a aprovação de Deus esteja sobre ele!). Fadlun só poderá ser salvo por Ali, filho de Abu-Talib (a aprovação de Deus esteja sobre ele!).

Fadlun, o adorador de Deus – disse Ibn-Abbas (Deus dê Sua aprovação ao filho e ao pai!) –, era o homem mais belo de todos. Mas era também o mais assíduo na adoração a Deus, o que levava vida mais ascética, que tinha em mais alto ponto o temor respeitoso de Deus, era irrepreensível nos costumes e fraterno nas relações com os outros. Seu caráter despertava em todos a maior simpatia.

Ao ouvir as palavras de Gabriel (sobre ele esteja a salvação!), o Enviado de Deus (a salvação e a bênção de Deus estejam sobre ele!) manteve por um longo momento o olhar fixo no chão. Depois que Gabriel, o mensageiro fiel, subiu de volta para o céu, o Enviado de Deus (a salvação e a bênção de Deus estejam sobre ele!) ergueu novamente a cabeça, olhou seus companheiros e disse:
– Ó assembléia dos Companheiros, Deus tenha misericórdia de vós! Ficai sabendo que Deus Altíssimo criou a perfeição física, a beleza, o brilho da pele e a atração do corpo com todas suas quali-

dades, concedendo-os a quatro pessoas entre suas criaturas: Adão, a primeira (a salvação esteja sobre ele!); José (a salvação esteja sobre ele!); vosso companheiro, que tendes diante de vós; Fadlun, o adorador de Deus.

Depois – conta Ibn-Abbas –, o Enviado de Deus (a salvação e a bênção de Deus estejam sobre ele!) chamou Fadlun, que se encontrava entre os assistentes no oratório, e declarou-lhe:

– Ó Fadlun, não percorras a cidade de Medina sem teres o rosto velado, de medo que as mulheres, caindo na armadilha de Satã, lancem-lhe um olhar.

– Ouvido atento e boa vontade, a Deus e a ti, ó Enviado de Deus! – respondeu Fadlun.

Depois, sempre segundo Ibn-Abbas (Deus lhe dê Sua aprovação, assim como a seu pai!), o Profeta (a salvação e a bênção de Deus estejam sobre ele!) disse a Ali (a aprovação de Deus esteja sobre ele!):

– Ó meu irmão, ó filho de meu tio paterno! Gabriel (a salvação esteja sobre ele!) fez-me saber, da parte do Senhor dos Mundos, que Fadlun, o adorador de Deus, que reside entre os habitantes de Medina e é seu asceta, será vítima de um estratagema portentoso. E isso no tempo do califado de Omar, filho de al-Khattab (a aprovação de Deus esteja sobre ele!), e que sua libertação só acontecerá por teu intermédio.

Após essas declarações – relata Ibn-Abbas –, Fadlun começou a só sair pela cidade com o rosto velado, seguindo a ordem do Profeta (a salvação e a bênção de Deus estejam sobre ele!). Os dias e os meses passaram, e o Enviado de Deus (a salvação e a bênção de Deus estejam sobre ele!) foi chamado para Deus. Sucedeu-o à frente da Comunidade dos muçulmanos Abu-Bakr, o Sincero (Deus lhe dê Sua aprovação!). E quando Abu-Bakr, o Sincero, foi chamado para Deus, Omar, filho de al-Khattab (a aprovação de Deus esteja sobre ele!), assumiu a sucessão.

Foi no califado do chefe da oração Omar, filho de al-Khattab (Deus lhe dê Sua aprovação!), que aconteceu o que Deus havia previsto para seu servo Fadlun, o adorador assíduo de Deus. De fato, um dia Fadlun saiu de casa para ir à mesquita, como costumava, participar das preces rituais do amanhecer, atrás do chefe da oração Omar (a aprovação de Deus esteja sobre ele!). E, enquanto caminhava, Fadlun ouviu uma voz que o chamava atrás de si:

– Ó Fadlun! Fadlun! Pára, e ouve só uma palavra minha.

Em resposta a essa voz, Fadlun voltou-se e disse:

– Fala depressa e faze-me saber o que queres.

Depois olhou a pessoa que ia ao seu encontro. Era uma bonita mulher, cuja beleza e perfeição física lançavam na estupefação as pessoas que a olhavam.

– Ó Fadlun – disse ela, – fica sabendo que sou uma das filhas de Medina. Os grandes personagens da cidade, os ricos entre os mercadores e outros mais pediram-me em casamento. Não aceitei; nem mesmo lhes concedi um olhar. A causa disso é que estou apaixonada por ti, que te desejo e que observo apenas a ti entre os homens. Ah! Que paixão é a minha!

Bruscamente ela o puxou para si e quis forçá-lo a cruzar a porta de sua casa, que ficava bem no caminho. Ao ver tal precipitação, Fadlun disse:

– Envergonha-te diante de Deus Altíssimo e retoma uma conduta melhor, repelindo as sugestões de Satã! Se não desistires disso, advertirei o chefe da oração Omar.

Então, tomada de medo, a mulher largou a barra da vestimenta de Fadlun, que havia agarrado.

Fadlun continuou seu caminho, mas havia acendido uma fogueira no coração daquela mulher. Ele chegou à mesquita e recitou as preces rituais do amanhecer, atrás do chefe da oração Omar (Deus lhe dê Sua aprovação!). Depois retornou a seu domicílio, tomando um outro caminho. Quanto à mulher – disse o narrador –, ela quis suportar com paciência os tormentos que lhe infligia sua paixão, mas não pôde resignar-se a tal situação. O desejo e o amor intensificaram-se e o fogo assumiu maior amplitude. Ela sabia que, caso se atravessasse de novo no caminho de Fadlun, este se queixaria ao chefe da oração Omar (a aprovação de Deus esteja sobre ele!). Disse consigo mesma:

– A única solução para este problema é a artimanha. Sem isso não poderei vencê-lo, nem mesmo entrar em contacto com ele.

Ela esperou com paciência até a hora de meio-dia e depois foi bater à porta de uma casa que era contígua à de Fadlun, a fim de se informar sobre ele. Uma velha veio abrir:

– Que desejas, ó filha? – perguntou esta.

– Ó minha tia materna, a hora das preces rituais do meio-dia surpreendeu-me diante de tua casa, e gostaria de entrar para recitá-las adequadamente.

A velha senhora achou muito louvável tal resolução e permitiu-lhe cruzar a soleira de sua porta. A mulher entrou, fez as abluções rituais e recitou as preces do meio-dia. Quando terminou, pôs-se a conversar com a velha e abordou o assunto de Fadlun, o adorador de Deus.

– Como vês Fadlun em seu culto de adoração, em seu comportamento ascético e em suas preces? – perguntou.

– Por Deus, é um homem excelente – respondeu a velha. – Jejua diariamente e passa toda a noite em orações. Depois que a escuridão invade tudo ao seu redor, ele põe roupas pretas e vai ao cemitério adorar a Deus lá, entre os mortos. E isso até a aurora. Apenas então consente em voltar para casa.

A mulher continuou a conversar por mais um momento, depois deixou a velha e voltou para casa.

Lá chegando, pegou um tinteiro e uma folha para escrever a carta seguinte:

"Em nome de Deus, Senhor de Misericórdia, Fonte de Misericórdia!

"O Enviado de Deus (a salvação e a bênção de Deus estejam sobre ele!) disse: 'Cada um dentre vós é um pastor, e cada pastor deve prestar contas da vida dos membros de seu aprisco, pois é responsável por eles'. Buscamos acesso junto de Deus por teu intermédio, ó Emir dos Crentes, pedindo-te para examinar o caso de Fadlun. Quando a noite se torna escura ao redor, ele veste roupas negras e vai ao cemitério desenterrar os mortos e roubar suas mortalhas. Estou transmitindo-te esta informação. A salvação esteja sobre ti!"

Ela dobrou a carta, foi à mesquita do Enviado de Deus (a salvação e a bênção de Deus estejam sobre ele!) e jogou-a diante do púlpito de pregação.

Quando chegou o momento das preces rituais da tarde, Omar, o chefe da oração (a aprovação de

Deus esteja sobre ele!), foi à mesquita para orar. Encontrou a carta, abriu-a e leu-a. Depois de inteirar-se de seu conteúdo, disse consigo mesmo:

– Não creio na exatidão do que ela afirma. Nunca ouvi falar nada parecido a respeito de Fadlun. Preciso verificar o fato com meus próprios olhos.

Fadlun foi à mesquita e recitou as preces rituais da tarde, atrás de Omar, o chefe da oração. Este não fez a menor alusão à carta ao falar com Fadlun, que recitou em seguida as preces rituais do pôr-do-sol e voltou para casa, sempre sem que o chefe da oração Omar lhe dissesse uma palavra da denúncia. Da mesma forma durante a prece da noite. Mas não lhe saía da mente o que lera na carta e queria ver por si mesmo o que acontecia. Por isso, quando anoiteceu, saiu e postou-se no caminho do cemitério, o caminho que Fadlun teria de tomar, fazendo de forma a não ser visto por ele.

Uma hora depois, Fadlun passou diante de Omar. Tirara suas roupas brancas habituais e estava vestido de preto. Quando o viu nesses trajes, Omar disse consigo:

– Só em Deus Altíssimo, o Mui Grande, há poder e força! Mas, por Deus, não admitirei a verdade da acusação antes de comprovar o fato por mim mesmo.

Depois o chefe da oração Omar seguiu Fadlun, sem que ele soubesse, até a chegada ao cemitério. Fadlun dirigiu-se para um certo lugar, cavou o solo e dele retirou um saco. Ante os olhos de Omar, Fadlun desceu à cova.

–Agora parece que a pessoa que escreveu a carta dizia a verdade – concluiu Omar.

Depois declarou:

– Por Deus, não vou precipitar o castigo que o

espera: antes devo verificar suas ações e gestos em todos os detalhes.

Aproximando-se da cova onde estava Fadlun, continuou a espioná-lo: ele estava justamente extraindo do saco uma corrente terminada por algemas. Prendeu-a nos pés e no pescoço e pôs-se a repreender sua própria alma carnal, dizendo:

– Ó minha alma carnal, coloca-te em face da Geena! Ó minha alma carnal, imagina as correntes, as algemas, as amarras pesadas que entravarão teu corpo no meio das chamas. Ó minha alma carnal, imagina a escuridão da tumba, o isolamento em que serás colocada, sem companheiro familiar, sem amigo, sem auxiliar. Ó minha alma carnal, coloca-te em face de Munkar e Nakir, os dois Anjos que dirigirão teu interrogatório na tumba, considera a ponte estreita sobre a qual passarás, os obstáculos, os Anjos ao redor que te recordarão tuas ações, boas ou más, das quais arcarás com a responsabilidade. Ó minha alma carnal, vê a Balança que pesará teus atos com toda a precisão de que é capaz e imagina com que terror ficarás de pé diante de Deus Todo-Poderoso, durante o tempo que durar a espera. Ó minha alma carnal, sentes acaso o calor intenso de Fogo do Inferno, tão forte que teu cérebro se liquefará e começará a ferver como a água numa panela levada ao fogo? Em que sombra vais te refugiar para te abrigares desse calor?

Depois de fazer esse discurso, Fadlun saiu da cova, estendeu no chão um tapete que trazia consigo e serviu-se dele para a prece. Não parou de prosternar-se, de ajoelhar-se, de ficar em pé, até a aproximação da aurora e o nascer do dia.

Ao ver isso, o chefe da oração exclamou:

– Por Deus, a acusação feita contra Fadlun é mentira. Mas pertencemos a Deus e a Ele retornaremos.

Depois ocultou-se do olhar de Fadlun até que este deixasse o cemitério após retirar algemas e correntes, colocá-las no saco e enterrá-las no lugar onde as encontrara. Fadlun voltou para sua casa enquanto Omar retornava à dele.

Chegou o momento da prece do amanhecer na mesquita. Omar dirigiu-a à frente de toda a Comunidade. Depois de encerrar o ofício com a invocação ritual a Deus, foi ao encontro de Fadlun, que continuava a mencionar o nome de Deus Altíssimo. Apresentou-lhe a carta de denúncia e intimou-o:

– Lê o que está escrito nesta folha.

Fadlun pegou-a e leu-a, decifrando atentamente as palavras. Depois declarou:

– Ó Emir dos Crentes, não fiz nada disso. Mas Deus me basta e Ele é o melhor dos fiadores em tudo o que contam sobre mim.

– Por Deus, estás dizendo a verdade – replicou Omar. – És um excelente servidor para Deus, ó meu irmão, e te admiro. Verifiquei pessoalmente o que acontecia e me dei conta de teus atos. Se conheces a pessoa que escreveu esta carta, dize-me seu nome e a prenderei para puni-la severamente. Peço ao Altíssimo que lhe retribua segundo suas intenções e a castigue por sua maldade.

– Ó Emir dos Crentes – replicou Fadlun, – rogo a Deus que a perdoe e não lhe aplique tal tratamento por sua mentira. Não sou o primeiro: as pessoas já mentiram para se opor aos Profetas e aos amigos de Deus.

Essa conversa aconteceu no momento em que se preparavam para organizar a caravana que ia levar os peregrinos para Meca. Fadlun, que queria efetuar a Peregrinação ao Santuário Sagrado de Deus, veio ter com Omar e disse-lhe:

– Ó chefe da oração, gostaria de fazer a Peregrinação ao Santuário Sagrado de Deus, aproximar-me da pedra angular, beber a água do poço de Zemzem, contemplar o memorial de Abraão e depois visitar o túmulo de nosso Profeta, o Senhor das criaturas. Invoca Deus para que Ele me assista nesse projeto.

– Sim, em nome de Deus e com Sua bênção – respondeu o chefe da oração Omar, – Deus lhe dê Sua aprovação. Vou ajudar-te atribuindo cem moedas de ouro para as despesas de viagem, mais uma camela que te transportará e um criado que se ocupará de teu conforto ao longo do caminho.

– Quanto às cem moedas de ouro – replicou Fadlun, – não preciso delas. É preferível que o Tesouro comum dos muçulmanos as guarde, pois tem mais direito a elas do que eu. Quanto ao criado, detesto que uma criatura de Deus cuide do conforto de outra criatura de Deus: eu ficaria tentado a tratar esse homem de forma aviltante, prejudicando assim minha alma; ele é igual a mim e sou igual a ele. A camela, não a montarei, pois considero que a obediência a Deus se adapta melhor ao caminhar do que à posição elevada no dorso de u'a montaria. Entretanto, gostaria que enchesses de farinha, com exclusão de qualquer outra coisa, este saco que trago comigo.

Assim, o chefe da oração Omar ordenou que enchessem de farinha o saco para Fadlun, não sem se espantar ao ouvir tais palavras e ver desprezados seus donativos. Em companhia dos peregrinos, Fadlun deixou Medina, a cidade ilustre, a fim de com eles se preparar para partirem em peregrinação ao Santuário Sagrado de Deus em Meca.

Quando a mulher, uma certa Nubata, soube que Fadlun, o adorador de Deus, não estava mais na cidade e sim a caminho para a peregrinação, no mesmo instante ela também empreendeu viagem, impulsionada pela intensidade de sua paixão e de seu desejo. Juntou as provisões necessárias e alcançou os peregrinos. É preciso saber que ela dispunha de grandes riquezas.

Fadlun pôs-se a caminho, glorificando a Deus, santificando Seu Nome, agradecendo-Lhe pelos benefícios que d'Ele recebera. Desconhecia completamente a presença da mulher no grupo de peregrinos. Enquanto andava pelo caminho, eis que avistou a mulher ao seu lado. Julgou que também ela queria visitar o Santuário Sagrado de Deus, tendo decidido portar-se devotamente e adorar o Senhor de Misericórdia, recusando-se a ceder à paixão e ao aguilhão do mal que Satã carrega. Ignorava que ela empreendia a viagem unicamente por sua causa. Assim que a viu, Fadlun lhe disse:

– Estás agindo para a eternidade, ó Nubata. Sim, estás agindo para a eternidade ao deixar tua casa para visitar o Santuário Sagrado de Deus.

– Por Deus, ó Fadlun – respondeu ela, – não venho por isso; tu és meu único objetivo. Procuro apenas encontrar-me contigo. Toma estas mil moedas de ouro e age como te peço para apagar as chamas que me queimam. Não me desobedeças.

– Desgraçada de ti, ó Nubata! – exclamou Fadlun. – Pensas nas conseqüências das palavras que me diriges? Por Deus, nada farei que possa encolerizar o Altíssimo.

– Ó Fadlun – retrucou ela, – não me desobedeças e age como te peço, ou melhor, como te ordeno. Quando chegarmos a Meca, distribuirei mil moedas de ouro aos indigentes, para resgatar minha falta e a tua. Deus é Aquele que perdoa sempre. Ele é o Senhor de Misericórdia.

– Desgraçada! – respondeu Fadlun. – Esforça-te por te portares bem. A fornicação não pode ser compensada com esmolas. Sua única conseqüência é o Fogo da Geena. Jamais farei isso, mesmo que tenha de beber a taça da morte, mesmo que antes deva ser cortado pedaço a pedaço.

Desesperando de convencê-lo, a mulher disse consigo mesma:

– Por Deus, preciso de qualquer forma fazê-lo cair numa desgraça contra a qual não encontre refúgio nem na terra nem no céu.

Triste, aflita, ela se retirou para sua tenda a fim de refletir sobre o meio de atingir tal objetivo. Então chamou uma de suas servas:

– Gostarias de receber cem moedas de ouro, além de tua alforria? – perguntou-lhe.

– Quem recusaria tal proposta? – replicou a serva, no auge da alegria. – O que gostarias que eu fizesse em troca? Estou às tuas ordens.

– Irás agora mesmo ao local onde Fadlun está acampado. Esconde-te e vigia-o até que adormeça. Quando estiver mergulhado no sono, te apossarás de seu saco de provisões e o trarás para mim, aqui mesmo.

– Farei isso por amor a ti e por respeito à tua pessoa – disse a serva.

Ela se dirigiu ao lugar onde Fadlun estava acampado e executou as ordens de sua senhora. Trouxe-lhe o saco de provisões de Fadlun, sem que ele percebesse. Então Nubata pegou-o, esvaziou-o de seu conteúdo e pôs dentro uma bolsa com mil moedas de ouro, além de um colar de igual valor. Recolocou por cima as provisões e disse à serva:

– Pega este saco e vai depositá-lo no mesmo lugar, sem que Fadlun perceba. Depois volta para cá, para receberes o que prometi.

A serva pegou o saco, foi até Fadlun, ainda adormecido, recolocou-o no mesmo lugar e voltou para sua senhora. Fadlun ignorava o que se estava tramando contra ele, mas o Senhor da ordem do mundo arranjava as coisas segundo Suas vontades. A serva informou à senhora que cumprira sua missão. Esta tratou-a com benevolência e agradeceu pelo serviço prestado.

Depois, no mesmo instante, a mulher levantou-se, golpeou o próprio rosto com as mãos, dilacerou as vestes que trazia, derramou terra sobre a cabeça e pôs-se a gritar com sua voz mais forte:

– Ó pessoas da caravana, vinde socorrer-me! Minhas riquezas foram roubadas. Minha situação é desesperadora, pois não tenho mais dinheiro.

Mal lançou esses gritos, as pessoas acorreram ao seu encontro.

– O que se passa? – perguntaram-lhe. – O que aconteceu contigo? Quem provocou tua desgraça?

Ela deu as explicações pedidas:

– Sou u'a mulher fraca e solitária – disse. – Não tenho um homem nem uma família para me proteger. Deixei minha casa para uma viagem de emigração rumo a Deus e a Seu Enviado, levando comigo o bastante com que subsistir ao longo do percurso. Essa reserva me foi roubada e não sei quem cometeu o roubo. Não tenho mais nada para comer e não vejo nenhum meio engenhoso de sair desta situação desesperadora.

Então as pessoas fizeram circular esta palavra de ordem:

– Ó vós que a peregrinação reuniu aqui, todos nos conhecemos e não há forasteiro entre nós. Inspecionemos bagagens e carregamentos, revistemos as mulheres e os homens.

Salman al-Farisi[4] (Deus lhe dê Sua aprovação!) participava da peregrinação. Ele foi encarregado de revistar todas as pessoas, uma após outra, inclusive os adolescentes. Assim fez, examinando também seus carregamentos.

Restava apenas Fadlun, o adorador de Deus e asceta da cidade de Medina. Abriram exceção para ele e deixaram-no de lado, por causa de sua reputação de justo entre os justos. Todos estavam persuadidos de que Fadlun era incapaz de cometer tal ato. As pessoas disseram à mulher:

– Revistamos todo mundo, bem como os carregamentos. Nada encontramos. Deixamos de lado Fadlun, pois não pode ter roubado o que foi tirado de ti.

Ela respondeu:

– Fraca e infeliz continuo no meio de vós, vítima da injustiça! Pensai um pouco: mil moedas de ouro e um colar valendo a mesma soma! Tudo isso desaparecido sem deixar vestígios! E hesitais em revistar esse homem? Pois revistai-o, para que meu coração não carregue suspeita. Se nada encontrardes com ele, conservar-lhe-ei minha confiança e não terei outro recurso senão entregar meu caso a Deus Altíssimo.

Então as pessoas disseram a Salman:

– Examina então as bagagens de Fadlun. Ninguém dentre nós vai te recriminar por isso, ó Salman, nem censurar teu gesto.

---

4. Companheiro do Profeta. Morreu em 36/656.

— Ó membros de um grupo unido pelo mesmo zelo — replicou Salman — ficai sabendo que sentirei vergonha perante Deus (que Ele seja exaltado e glorificado!) por ter cometido tal ato: eu, revistar o adorador de Deus e asceta de Medina, a cidade ilustre!

— Tens razão — disseram eles. — Nada temos a temer por Fadlun, a quem nenhuma desgraça pode acontecer nessa matéria. Mas se trata principalmente de tranqüilizar a mente desta mulher e dos outros peregrinos.

Então Salman foi até Fadlun e permaneceu de pé à sua frente, incapaz de pronunciar uma só palavra, por causa da vergonha que sentia diante do asceta. Este compreendeu sua intenção e disse:

— Boa gente, minha única bagagem é este saco. Pegai-o e vede o que contém. Coloquei apenas farinha.

Salman pegou o saco, sob os olhares fixos de todos. Abriu-o e despejou o conteúdo. Eis que as moedas de ouro e o colar caíram no chão. Ao ver isso, um clamor elevou-se da multidão incapaz de controlar as palavras. O escândalo atingiu um tal ponto que todos bradaram a uma só voz:

— Este caso é da alçada apenas do Emir dos Crentes, Omar, filho de al-Khattab.

A mulher recuperou seus bens e voltou para a tenda, persuadida de que atingira seu objetivo. As pessoas seguiram caminho e chegaram à etapa seguinte. A mulher ergueu sua tenda perto da de Fadlun, que continuava a ignorar suas manobras e portanto não sabia que ela se instalara na vizinhança. Quando as trevas da noite invadiram tudo, a mulher foi até um de seus escravos negros e disse:

— Toma a iniciativa e rompe minha virgindade. Em troca te libertarei da escravidão, perante a Face de Deus Altíssimo.

O homem agiu como sua senhora ordenara. Então ela voltou à sua tenda, onde encontrou a serva adormecida. Tomou de uma faca e cortou-lhe a garganta de uma orelha à outra. Depois lançou um grande grito e amotinou as pessoas ao redor:

– Ó peregrinos – urrava, – vinde em meu socorro!

O primeiro a acorrer foi Fadlun, o adorador de Deus, pois era o mais próximo de todos. Mal entrou na tenda, ela abraçou-o, agarrando-se aos seus colares e amotinando de novo a multidão. Todo mundo pôde constatar que ela se agarrava aos colares de Fadlun, lançando clamores:

– Boa gente, libertai-me deste homem!

Depois ela deu as explicações que a situação requeria:

– Este Fadlun, o adorador de Deus, decididamente não tem o menor temor do Altíssimo! Não contente de haver roubado ontem meu numerário e meu colar, que tiraste de seu saco de provisões, esta noite ele se introduziu secretamente aqui e esperou que a escuridão fosse completa para se atirar sobre mim, depois de degolar minha serva; então me tomou à força, roubando minha honra. Agindo assim, ele me desonrou ante a tribo à qual pertenço, deixando-me exposta ao desprezo de todas as outras mulheres.

Que estupor, que espanto invadiram a assistência, ao ouvir tais palavras e ante os fatos que constatavam! E quando viram o corpo da serva ainda gotejando sangue, sua cólera contra Fadlun explodiu, pontilhada de violentas recriminações:

– Essa conduta não é absolutamente admissível! – bradaram. – Seria indigna até mesmo de um homem sem fé nem lei.

Lançaram-se sobre o infeliz, que amarraram e imobilizaram com sólidas correntes.

– Eis um caso muito grave – declararam. – Se o deixássemos em liberdade, ele poderia multiplicar suas perversidades. Não temos o direito de permitir que dê livre curso a seus instintos. O único que o julgará será o Emir dos Crentes, Omar al-Khattab (Deus lhe dê Sua aprovação!).

Depois os peregrinos continuaram o caminho para os lugares sagrados. Só se falava de Fadlun e da mulher Nubata, deplorando a desgraça que esta sofrera. Todos estavam convencidos da culpabilidade de Fadlun. A viagem só acabou quando entraram em Meca, a cidade que Deus Altíssimo tornou ilustre. Conduziram Fadlun sob boa guarda na procissão ritual em torno do Santuário Sagrado, levaram-no visitar os lugares santos, o poço de Zemzem e o Memorial de Abraão. Assim, o homem desincumbiu-se de suas obrigações religiosas preso e carregado de correntes. Ele não dava resposta aos que o interrogavam e ninguém conhecia o sofrimento que suportava, a não ser o Rei Celeste, Dispensador de Dádivas. Apenas quando a escuridão se instalava por toda parte, Fadlun chamava Deus:

– Ó Misericordioso, ó Benevolente, conheces minha situação melhor do que todos e meu pedido não escapa ao Teu Conhecimento. És o único que pode subtrair-me à injustiça de que sou alvo. Estás a par de meus pensamentos íntimos e de minha conduta aparente. Ó Deus Antigo, peço apenas que me dês Tua aprovação. Refugio-me em Ti contra toda ação que me afastaria de Ti. Ó Deus meu, és o objeto de minha esperança, pois é para Ti que se dirige quem procura um abrigo. Ó Deus meu, és minha esperança, Aquele a quem confio minha sorte.

Ibn-Abbas, "o filho de Abbas" (a aprovação de Deus esteja sobre ele e sobre seu pai!), comentou assim a situação: Fadlun – relata ele – não se queixava de seu estado a ninguém. Não dirigia a palavra a criatura alguma e suportava com paciência o que Deus decretara a seu respeito, aceitando o que o destino lhe reservara a título de provação.

Ele sofreu sem cessar os dissabores dessa situação até o retorno dos peregrinos a Medina, a boa cidade, fiel protetora de seus habitantes. Os viajantes entraram nela. O amigo se reuniu com o amigo, o amante encontrou a amante, sob a acolhida de u'a multidão em regozijo que desejava homenagear os peregrinos. O chefe da oração Omar (a aprovação de Deus esteja sobre ele!) adiantou-se para pedir notícias de Fadlun, o adorador de Deus conhecido por toda a cidade, o asceta que reverenciavam no mais alto grau pela conduta exemplar e pela serenidade de espírito. Ele perguntava:

– Boa gente, onde está Fadlun, aquele homem respeitável?

Nostalgicamente, sentia necessidade de ter Fadlun junto de si. Responderam-lhe:

– Ó chefe da oração, não fales mais daquele que foi expulso da porta do Rei Celeste, o Altíssimo. Não creias mais em sua qualidade de adorador de Deus, nem dês crédito às suas manifestações visíveis de ascetismo. Pergunta antes: onde está o ladrão, o fornicador, o assassino, aquele que matou uma pessoa em circunstâncias contrárias à eqüidade desejada por Deus? Ele cometeu atos ilícitos e violou o que u'a mulher tem de mais sagrado. Ó Emir dos Crentes, Fadlun fornicou, matou, assassinou. No caminho da Peregrinação, cometeu atos que não cometem os escravos nem os homens de baixa condição.

O chefe da oração muito se espantou com essas afirmações. Perguntou a causa delas:

– Boa gente, aqui reunida com intenções louváveis que são comuns a todos, fazei-me saber o que vos aconteceu, nada me oculteis e apresentai-me os fatos de forma clara.

– Ó Emir dos Crentes – começaram eles, – Fadlun, como te dissemos, cometeu um ato de fornicação, tornou-se culpado de um roubo e de um assassinato.

E puseram-se a narrar com detalhes o que haviam visto e constatado por si mesmos.

Depois de ouvir sua narrativa, o chefe da oração Omar primeiramente caiu na mais profunda prostração, que logo mudou para um tremor convulsivo, sinal manifesto de pavor:

– Boa gente, que brilhais pelas intenções louváveis que compartilhais, declarais-vos testemunhas desses fatos?

– Sim, ó Emir dos Crentes – responderam eles, – somos quatrocentos entre os muçulmanos a ter cumprido nossa Peregrinação ao Santuário Sagrado de Deus, ao poço de Zemzem e ao Memorial de Abraão. Atiramos as pedras rituais e caminhamos em procissão com passo rápido. Apresentamos unanimemente nosso testemunho contra Fadlun. Afirmamos que ele roubou mil moedas de ouro e um colar de igual valor, e que o próprio Salman-al-Farisi extraiu a pilhagem de seu saco de provisões, na presença da multidão de peregrinos, homens, mulheres e crianças reunidos. Na noite seguinte ele foi ao encontro da mulher, sua vítima, atirou-se sobre ela, retirou-lhe o véu e tomou-a à força, depois de matar sua serva. Nós vimos o homem e a mulher em plena luta, agarrados um ao outro: a cena chegava ao fim enquanto o sangue da serva assassinada ainda corria.

Ao ouvir esse testemunho – conta Ibn-Abbas (a aprovação de Deus esteja sobre ele e sobre seu pai!) –, Omar quase perdeu toda noção do mundo ao redor. O testemunho era firme e apoiava-se nas palavras de pessoas verídicas. Então ele exclamou:

– Só há poder e força em Deus Altíssimo, o Mui Grande! Pertencemos a Deus e a Ele retornaremos.

Depois ordenou ao pregoeiro que percorresse as ruas de Medina proclamando o seguinte:

– Ó muçulmanos que habitais esta cidade, Deus vos tome em Sua misericórdia! Quem quiser ouvir o julgamento que será pronunciado contra Fadlun, o adorador de Deus, saia das portas da cidade e se dirija ao local indicado.

O anúncio foi feito nos mercados, nas ruas e em todos os outros locais públicos da cidade, segundo a ordem dada pelo chefe da oração Omar (a aprovação de Deus esteja sobre ele!). Onde quer que estivessem, as pessoas – homens, mulheres e crianças – saíram de suas casas para se reunirem no lugar onde Omar devia fazer o julgamento: iam cortar a mão de Fadlun por ter roubado, chicoteá-lo por ser culpado de fornicação e por fim executá-lo como assassino.

Puseram-se a arrastar Fadlun, preso e carregado de correntes, para o local de execução, conforme relata Ibn-Abbas (a aprovação de Deus esteja sobre ele e sobre seu pai!). O acusado não respondia a nenhuma pergunta, não fazia declaração nem discurso. Compareceu perante o chefe da oração Omar (Deus lhe dê Sua aprovação!), que ordenou a seu criado:

– Toma esta correia e chicoteia-o.

Este pegou o chicote e deu o primeiro golpe em Fadlun. Ele ergueu os olhos para o céu e disse:

– Ó Tu que vês e não és visto! Tu que estás sobre o lugar mais elevado!

Na segunda chicotada, Fadlun bradou:

– Ó Tu, minha esperança, quando toda esperança me é tirada!

Quando o criado quis aplicar o terceiro golpe, sua mão imobilizou-se no ar. Depois ele jogou o chicote e fugiu. Omar ordenou que o agarrassem e o trouxessem de volta.

– O que te impediu de bater? – perguntou-lhe o chefe da oração.

– Ó chefe da oração – respondeu o criado, – meu coração me fala e afirma que este homem está sendo tratado injustamente.

– Como sabes disso?

– A cada golpe, ouvi o condenado bradar: Ó Tu que és! Ó Tu que és! E uma voz lhe respondia, vinda do céu: Eis-Me aqui acorrendo para ti, ó Meu servo!

Quando Omar ouviu essa declaração, o espanto dominou-o, bem como a todos os que assistiam à cena. Comprimiram-se em torno do condenado para vê-lo, cheios de compaixão, chorando de emoção, com o coração repleto de piedade.

Ibn-Abbas, o filho de Abbas (a aprovação de Deus esteja sobre ele e sobre seu pai!), continua assim sua narrativa:

Omar era um defensor muito zeloso da Lei religiosa e ninguém podia censurar-lhe a menor tergiversação quanto ao temor reverencial de Deus. Ele chamou um outro homem e disse-lhe:

– Chicoteia tu o condenado. Por Deus, não deixarei sem aplicar uma prescrição de Deus Altíssimo.

O homem em questão adiantou-se e começou a chicotear Fadlun, até atingir o número de golpes prescrito. Depois Omar ordenou que cortassem a mão do condenado. Sujeitaram-lhe o corpo com as cordas previstas para a operação. Quando se viu prestes a ser machucado, Fadlun levantou os olhos para o céu e chorou.

– Ó Fadlun – disse Omar, – suporta com paciência o decreto de Deus contra ti. Quando se comete o pecado é preciso suportar a conseqüência.

– Ó Emir dos Crentes – replicou Fadlun, – gostaria de fazer-te um único pedido antes que o ato seja cumprido. Depois agirás como quiseres.

O chefe da oração Omar chorou e depois respondeu:

– Fala como julgares útil.

– Ó chefe da oração – continuou Fadlun, – não te apresses em agir e a verdade te aparecerá. A pena legal não pode ser aplicada imediatamente. Deixa-me uma única hora de prazo para que eu possa recitar uma prece de duas prosternações, invocar Deus Altíssimo segundo a idéia que me vier à mente e pedir-Lhe que envie em meu socorro Ali, filho de Abu-Talib (Deus lhe dê Sua aprovação!), pois só por seu intermédio ficarei livre.

Então Omar (a aprovação de Deus esteja sobre ele!) esboçou um sorriso e disse:

– Ó Fadlun, sabes qual distância te separa de Ali? Ele está em al-Kufa e tu estás em Medina.

– Ó chefe da oração – replicou Fadlun, – não te assustes com essa distância e concede-me o que te pedi. Depois refletirás sobre o que pode fazer o Rei Altíssimo. Dentro em breve a verdade triunfará sobre a mentira.

O chefe da oração Omar respondeu favoravelmente ao pedido de Fadlun e ordenou às pessoas que voltassem para a cidade. A execução estava transferida para o dia seguinte. As pessoas retornaram a seus domicílios, continuando a espantar-se com a desventura ocorrida naquele dia a Fadlun, ele a quem aureolava a reputação de adorador de Deus e homem respeitável.

Como prossegue Ibn-Abbas, "o filho de Abbas" (a aprovação de Deus esteja sobre o filho e o pai!), reconduziram Fadlun à prisão que lhe haviam designado e confiaram-no à vigilância de um grupo de guardas.

Quando anoiteceu, Fadlun pôs-se a orar. Não parou de prosternar-se e ajoelhar-se durante toda a noite, até o momento em que surgiu a aurora. Então ele estendeu as mãos para invocar a Deus, olhou o céu e suplicou ao Rei Altíssimo dirigindo-Lhe estas palavras:

– Ó Senhor, a paciência foi para longe de mim. Socorre-me por intermédio de Ali, filho de Abu-Talib! Ó Forte, ó Opulento, que Teu Poder seja glorificado, que Teus Nomes sejam declarados santos! Ó Maior dos grandes, ó Deus da terra e do céu, ó Deus meu, as correntes machucaram-me com seu peso. Elas impediram que me dedicasse inteiramente a adorar-Te desde a manhã até a noite.

Mal terminou de orar assim – diz Ibn-Abbas (a aprovação de Deus esteja sobre ele e sobre seu pai!) –, o Altíssimo ouviu seu apelo e fez cair sobre ele a capa do sono. Fadlun viu em sonho o chefe da oração Ali (Deus lhe dê Sua aprovação!) que dizia:

– Ó Fadlun, venho expressamente por ti e me esforço por seguir caminho o mais depressa possível para chegar a ti. Mas só poderei encontrar-te de manhã, se Deus Altíssimo o permitir. Quando o infortúnio te rodear de todas as partes e as pessoas se comprimirem ao teu redor para te ver, chama-me pelo nome e responderei depressa ao teu apelo, com a permissão do Altíssimo. Pois Deus responde favoravelmente ao homem sitiado pelo infortúnio, se este O invocar.

Fadlun despertou de seu sono, jubiloso com o que vira em sonho. Renovou as abluções rituais e empenhou-se na adoração a Deus até que o Altíssimo fez surgir o dia com sua luz cintilante. Omar, filho de al-Khattab (Deus lhe dê Sua aprovação!), saiu de casa e ordenou que Fadlun comparecesse à sua presença. De toda parte as pessoas acorreram para o condenado, enchendo com sua multitude as estradas das colinas e dos vales. Fizeram avançar Fadlun, preso em suas amarras e correntes. Tinham certeza de que aquele dia seria o seu último. O chefe da oração ordenou que começassem por cortar-lhe a mão, como punição pelo roubo que cometera. As criaturas de Deus desataram em lágrimas, compadecidas com seu destino e sentindo no mais profundo de si mesmas o sofrimento que lhe ia ser imposto. Então Fadlun levantou os olhos para o céu e pediu socorro ao Rei Altíssimo, bradando:

– Ó Deus meu, Tua promessa! Tua promessa! Ó Tu, que nunca deixas de realizar o que prometeste!

Depois disse:

– Ó Tu, que nunca recusas Teu socorro aos que o imploram, faze chegar até mim Ali, filho de Abu-Talib! Ó Senhor dos primeiros e dos últimos, faze chegar até mim Ali, primo do senhor dos Enviados!

Em seguida bradou:

– Ó Ali, vem em meu socorro! Liberta-me, ó Ali!

De todo o horizonte elevou-se então um concerto de clamores: em todo lugar, próximo ou distante, ouviam-se gritos e lágrimas. Grandes e pequenos choravam. Omar (a aprovação de Deus esteja sobre ele!) chorava também. Os Anjos do céu, abalados, disseram:

– Ó Deus nosso, lança um olhar sobre Teu servo Fadlun!

– Ó Anjos – respondeu Deus Altíssimo, – não sejais tão apressados! Vejo Fadlun a todo momento. Mas possuo o poder de decisão e tudo é determinado por Mim. Tenho o poder de realizar qualquer coisa.

Depois Deus Altíssimo ordenou ao vento que levasse a voz de Fadlun e a derramasse no ouvido de Ali, filho de Abu-Talib (Deus lhe dê Sua aprovação!). Ele estava sentado na mesquita da cidade de al-Kufa, da qual era o governador sob dependência de Omar, filho de al-Khattab, e naquela hora estava lendo o Alcorão aberto sobre os joelhos.

Quando ouviu a voz, ele fechou o Livro, voltou o rosto na direção de Medina e gritou:

– Aqui me tens, ó Fadlun! Vou ao teu encontro sem demora.

Eis a narrativa que fez desse episódio seu servo Qunbur:

Eu lhe disse:

– Ó meu senhor, com quem estás falando? A quem se dirige essa resposta?

– Ó Qunbur – declarou ele, – Fadlun, o adorador de Deus, o asceta de Medina, foi vítima de uma grande perfídia. Ele está no centro da situação mais penosa possível. Meu primo paterno, Muhammad (a salvação e a bênção de Deus estejam sobre ele!), prometeu-me que livraria Fadlun desse mau momento e que o ajudaria na desgraça, se lhe acontecesse de cair nela. Ele me chamou em seu socorro e eu respondi. Pretendo ir para junto dele para salvá-lo da injustiça, contando com o Poder de Deus, o Altíssimo, a Quem basta apenas dizer a toda coisa: "Sê" para que prontamente ela seja.

Objetei:

– Ó amo, sabes a distância que nos separa de Medina? Entre nós e aquela cidade há vinte dias de caminhada, e mesmo mais, para um viajante que se apressar.

Então o chefe da oração Ali (a aprovação de Deus esteja sobre ele!) sorriu e declarou:

– Ó Qunbur, levanta-te e segue-me. Cada vez que eu erguer o meu pé para dar mais um passo, colocarás teu pé no lugar de onde tirei o meu. Pois sou Ali, o herdeiro do Profeta eleito!

Depois o chefe da oração Ali cingiu uma echarpe, prendeu nela as bordas inferiores de seu camisão e saiu da mesquita. Segui-o. Coloquei meus passos nas pegadas dos dele. Olhei a terra. As colinas aplainavam-se e os vales alteavam sob nossos passos, como ondas do mar quando deslizam sob um navio. Por Deus, contei dezessete passos e eis que avistávamos as palmeiras de Medina. Exclamei:

– Bela operação, ó chefe da oração!

Ele respondeu:

– Por Deus, ó Qunbur, pelo Altíssimo que é o alvo de nossa adoração, afirmo que se não estivesses comigo eu teria erguido meu pé na cidade de al-Kufa e o teria pousado em Medina.

Apressei o passo – narrou Qunbur – e avancei para Fadlun. Vi as pessoas reunidas ao redor, fitando-o com atenção. Formavam fileiras compactas. Sentiam uma aflição tão grande que as lágrimas lhes caíam pelas faces, onde deslizavam sem cessar. Havia milhares de espectadores. E Fadlun bradava com sua voz mais alta:

– Ó Ali, vem ter comigo! Ó Ali, vem em meu socorro!

Então Qunbur aproximou-se de Fadlun e disse-lhe:

– Ó Fadlun, recebe a boa notícia e não tenhas medo. Aquele que dissipa as infelicidades e desata as situações inextricáveis veio ao teu encontro. É o chefe da oração, eqüitativo e benevolente, o herdeiro da ciência religiosa do Profeta eleito (a salvação e a bênção de Deus estejam sobre ele!).

A essas palavras, Fadlun sentiu uma alegria extrema. Então o chefe da oração Ali (a salvação e a bênção de Deus estejam sobre ele!) adiantou-se para o supliciado e disse:

– Ó Fadlun, não temas. Não sofrerás desgraça alguma. Recebe a boa notícia de tua libertação, ó Fadlun, após o desespero e a angústia.

Quando ouviram as palavras do chefe da oração Ali (Deus lhe dê Sua aprovação!), as pessoas voltaram-se para ele, saudando-o. O chefe da oração Omar aproximou-se dele e abraçou-o. Depois depositou um beijo entre seus dois olhos.

– Ó Emir dos Crentes – disse Ali, – o que é pois esse caso em que se acha implicado Fadlun?

– Ele roubou, fornicou e assassinou – respondeu Omar. – Sobre esses crimes testemunharam contra ele quatrocentos homens entre os muçulmanos, que cumpriram a Peregrinação ao Santuário Sagrado de Deus. Eles afiançaram o que acabo de dizer.

– Ó Emir dos Crentes – replicou Ali (a aprovação de Deus esteja sobre ele!), – rejeito esses testemunhos contra Fadlun e não creio que ele tenha agido assim.

– E no entanto são quatrocentos peregrinos que ficaram de pé em Arafat e lançaram as pedras rituais.

– Ó chefe da oração, vais assistir a um espetáculo prodigioso. Neste dia vou pronunciar um julgamento que espantará as criaturas de Deus e até os próprios Anjos nos céus.

Depois o chefe da oração Ali disse a seu servo, Qunbur:

– Vai até a área da tribo dos nadjares e traze aqui Nubata, filha de Kinana, o mais depressa possível.

Qunbur dirigiu-se para a casa da mulher e bateu à porta.

– Quem está aí? – perguntou uma voz.

– É Qunbur, servo de Ali, filho de Abu-Talib (Deus lhe dê Sua aprovação!).

Ante o nome de Ali, filho de Abu-Talib, ela empalideceu e não pôde pronunciar uma única palavra. Abriu a porta e apesar de tudo conseguiu articular:

– Ó Qunbur, aceita estas cem moedas de ouro e volta para teu amo. Declara-lhe que não me encontraste.

Ela quis esconder-se, mas Qunbur bradou:

– Desgraçada! Sai de tua casa agora mesmo! O que propões jamais poderá ser aceito. Se não saíres por tua vontade, eu te farei sair à força.

Quando a mulher percebeu que não havia mais a menor esperança de convencê-lo, saiu da casa e acompanhou-o até chegar à presença de Ali, filho de Abu-Talib (a aprovação de Deus esteja sobre ele!). Depois de saudá-lo, ficou de pé à sua frente, humilde e resignada. Ele perguntou-lhe:

– Mulher, o que censuras a Fadlun, adorador de Deus e asceta de Medina?

– Acuso-o – respondeu ela – de ter roubado meu numerário, de ter me desonrado arrebatando minha virgindade. E isso não lhe bastou, pois matou minha serva, aumentando assim minha aflição e infelicidade.

– Tens testemunhas que confirmem a veracidade de tuas declarações? – perguntou Ali.

– Sim – afirmou a mulher. – Tenho como testemunhas deste caso quatrocentos homens entre os peregrinos muçulmanos.

– Tens outras testemunhas além dessas?

– Qual testemunho pode ser mais importante que o dessas pessoas? – bradou ela. – Pois bem, fica sabendo que dou de presente a Fadlun sua falta e declaro-o não culpado para comigo, em consideração por ti, já que colocas obstáculo à minha legítima solicitação após o dano que ele me infligiu.

Então Ali (a aprovação de Deus esteja sobre ele!) foi tomado de cólera:

– Desgraçada! – bradou. – Pretendes que estou sendo fiador de uma injustiça? Mas dize-me: há quanto tempo tua gravidez mostrou-se real?

– Há setenta e cinco noites. Já sinto o embrião pesar em meu seio.

Então ele lhe fez a seguinte proposta:

– Aceitas que o embrião em teu seio possa testemunhar neste caso, arcando tu com as conseqüências?

– Sim, aceito.

O chefe da oração Ali (Deus lhe dê Sua aprovação!) ordenou que convocassem um grupo de mulheres, no meio das quais a queixosa foi convidada a tomar lugar. Ele pediu a Qunbur que lhe trouxesse a varinha que pertencia ao Enviado de Deus (a salvação e a bênção de Deus estejam sobre ele!). Segurou-a, ficou em pé e aproximou-se da mulher. Tocou-lhe de leve o ventre com a ponta da varinha e pronunciou:

– Embrião, fala, sob a influência do poder que o Deus Altíssimo possui de fazer toda coisa falar. Conta-me quem é teu pai, quem roubou o numerário da mulher, quem o colocou no saco de provisões de Fadlun e por fim quem matou a serva.

Nesse momento, graças ao poder d'Aquele que tudo pode, o embrião falou. Na escuridão das entranhas de sua mãe ele gritou:

– Ó chefe da oração, meu pai é o servo desta mulher, Rihan. Foi ele que tirou sua virgindade. Foi ela que degolou a serva e a serva é que havia introduzido o numerário no saco de provisões de Fadlun.

Então, ao ouvir essas palavras, todas as criaturas presentes lançaram clamores. O espanto chegou ao auge. Omar foi tomado de grande estupefação e também de viva alegria. Todos os assistentes precipitaram-se para Fadlun, desataram as cordas, desembaraçaram-no das correntes e puseram-se a beijar-lhe as mãos e os pés. Em seguida, agarraram a mulher e amarram-na com as mesmas cordas e correntes que haviam entravado Fadlun. Ali (a aprovação de Deus esteja sobre ele!) ordenou que a conservassem sob estreita vigilância até que ela pusesse seu filho no mundo e o amamentasse pelo tempo necessário. Depois disso, deviam aplicar-lhe a Lei que pune tais crimes: tanto para a fornicação como para o assassinato. Depois de assim falar, o chefe da oração Ali (Deus lhe dê Sua aprovação!) adiantou-se para o chefe da oração Omar (Deus lhe dê Sua aprovação!) e pediu permissão para voltar à cidade de al-Kufa. A permissão foi concedida. Ali despediu-se dos muçulmanos reunidos e retornou para sua cidade.

Depois o chefe da oração Omar esperou que a mulher desse a luz à criança. Era um menino de pele negra, que morreu na mesma hora. Omar ordenou que matassem a mulher. Assim foi feito. E Fadlun continuou a adorar a Deus Altíssimo até que atingiu o termo de sua vida e foi encontrar refúgio junto de seu Senhor (que Ele seja exaltado e glorificado!). Mas Deus, é bom saber, é mais sábio do que nós nesse assunto.

XII. A mulher que não tinha papas na língua

Foi Anak, filho de Malik[1] (Deus lhe dê Sua aprovação!), que nos transmitiu a seguinte anedota:

Um dia em que nós, Companheiros do Profeta, realizávamos uma reunião, era a vez de Ibn-Abbas[2] comentar o Alcorão. Toda a assembléia tinha os olhos fixos no orador, quando diante dela apresentou-se um beduíno.

– A salvação esteja sobre vós – começou ele, – ó Companheiros do Enviado de Deus (sobre ele a salvação e a bênção de Deus!). Tenho u'a mulher de língua muito comprida. Não passa um minuto sem que ela me apostrofe; essa é minha sina em todas as circunstâncias. Eu não poderia obter de vós alguma palavra que me ajude a persuadi-la a emendar-se e que me substitua para ameaçá-la do castigo a que a expõe sua liberdade de discurso?

A essas palavras, Abu-Bakr, o Sincero[3] (Deus lhe

---
1. Servo e Companheiro do Profeta. Acredita-se que tenha morrido por volta de 90/709.
2. Ver a nota 1 do conto "Um Disfarce Piedoso".
3. Califa de 10/632 a 12/634.

dê Sua aprovação!), voltando-se para o beduíno, disse-lhe:

– Declara de minha parte à tua mulher que ouvi o Enviado de Deus (sobre ele a salvação e a bênção de Deus!) afirmar: "A mulher que importunar seu marido servindo-se da língua sofrerá a maldição de Deus e Sua cólera, a dos Anjos e, para terminar, a de todos os mortais até o último."

Omar, filho de Khahab[4] (Deus lhe dê Sua aprovação!), tomou então a palavra:

– Declara de minha parte à tua mulher que ouvi o Enviado de Deus (sobre ele a salvação e a bênção de Deus!) afirmar: "A mulher que o marido convocar para o leito e que recusar sofrerá a maldição de Deus, a menos que o arrependimento a leve à resipiscência."

Othman, filho de Affan[5] (Deus lhe dê Sua aprovação!), falou por sua vez:

– Declara de minha parte à tua mulher que ouvi o Enviado de Deus (sobre ele a salvação e a bênção de Deus!) afirmar: "A mulher que disser ao esposo: 'Onde estão os bens provenientes de ti? Nunca vi nada', essa incorre com toda certeza no castigo de ver Deus depreciar até suas ações corretas, mesmo que ela pratique o jejum todos os dias do ano e consuma cada uma de suas noites em preces, a menos que o arrependimento a leve à resipiscência."

Ali, filho de Abu-Talib[6] (Deus lhe dê Sua aprovação!), pronunciou estas palavras:

– Declara de minha parte à tua mulher que ouvi o Enviado de Deus (sobre ele a salvação e a bênção

---

4. Califa de 12/634 a 23/644.
5. Califa de 23/644 a 35/656.
6. Califa de 35/656 a 40/661. Casou-se com Fátima, filha do profeta, e teve dela al-Hasan e al-Husayn.

de Deus!) afirmar: "A mulher que sem razão válida desertar o leito do marido, nada mais a espera no Dia da Ressurreição senão ser atirada no fundo do abismo do Inferno, com Haman[7] e Qarun[8], a menos que o arrependimento a leve à resipiscência."

Foi Ibn-Abbas (Deus lhe dê Sua aprovação!) que se expressou depois dele:

– Declara de minha parte à tua mulher que ouvi o Enviado de Deus (sobre ele a salvação e a bênção de Deus!) afirmar: "A mulher que sair do domicílio conjugal sem a permissão do esposo atrai infalivelmente sobre si a maldição de cada coisa criada que vê o sol erguer-se, a menos que o arrependimento a leve à resipiscência."

Abu-Dharr al-Ghifar[9] (Deus lhe dê Sua aprovação!) enunciou:

– Declara de minha parte à tua mulher que ouvi o Enviado de Deus (sobre ele a salvação e a bênção de Deus!) afirmar: "A mulher que diz ao marido de forma injusta: 'Deus te maldiga' não faz mais que se expor à maldição de Deus, do alto dos Sete Céus, e à maldição de toda coisa criada por Deus, a menos que o arrependimento a leve à resipiscência."

Ammar, filho de Yasir[10] (Deus lhe dê Sua aprovação, assim como a seu pai!), afirmou:

– Declara de minha parte à tua mulher que ouvi o Enviado de Deus (sobre ele a salvação e a bênção de Deus!) afirmar: "A mulher que trair o marido em sua própria cama deve saber que sofrerá um castigo de expiação valendo a metade dos pe-

---

7. Ministro do Faraó. Alcorão, 28, 6.
8. Adversário de Moisés. Alcorão, 28, 76.
9. Companheiro do Profeta. Nasceu antes do Islã e morreu em 32/652-3.
10. Companheiro do Profeta. Morreu na batalha de Siffin, em 37/657.

cados da comunidade inteira, a menos que o arrependimento a leve à resipiscência."

Muadh, filho de Djabal[11] (Deus lhe dê Sua aprovação!), relatou:

– Declara de minha parte à tua mulher que ouvi o Enviado de Deus (sobre ele a salvação e a bênção de Deus!) afirmar: "A mulher que, para tratar das borbulhas que cresceram sobre o nariz do marido, uma vertendo sangue e a outra pus, lambe-as com a língua, não faz mais que se desincumbir de seu dever para com ele."

Al-Miqdar, filho de al-Aswad[12] (Deus lhe dê Sua aprovação!), afirmou:

– Declara de minha parte à tua mulher que ouvi o Enviado de Deus (sobre ele a salvação e a bênção de Deus!) afirmar: "A mulher que desobedecer ao marido sofrerá a maldição de Deus, de Seus anjos e de todos os seres humanos até o último, a menos que o arrependimento a leve à resipiscência."

Eis as palavras de Salman al-Farisi[13] (Deus lhe dê Sua aprovação!):

– Declara de minha parte à tua mulher que ouvi o Enviado de Deus (sobre ele a salvação e a bênção de Deus!) afirmar: "A mulher que, após haver confiado ao marido sua fortuna, for censurá-lo por tirar de seus bens para comer, mesmo que ela distribuísse seus haveres em esmolas no caminho de Deus, Este não as aceitaria, exceto se o marido se mostrar satisfeito com ela, depois que expressar seu arrependimento."

---

11. Companheiro do Profeta. Morreu em 33/654.
12. Companheiro do Profeta. Morreu em 35 (36)/655 (656).
13. Companheiro do Profeta, morto em 36, no mês de Djumada-segundo (novembro de 656), na derrota do Camelo de Aicha. Ver nota 4 do conto "Uma Paixão Criminosa".

As palavras de Talla, filho de Ubayd-Allah[14] (Deus lhe dê Sua aprovação!), foram:

– Declara de minha parte à tua mulher que ouvi o Enviado de Deus (sobre ele a salvação e a bênção de Deus!) afirmar: "A mulher que mostrar cara triste para o marido, suscitando nele pesar e preocupação, será objeto da cólera de Deus Altíssimo, a menos que pilherie de novo com ele e lhe cause alegria."

Ouçamos falar al-Zubayr, filho de al-Awwam[15] (Deus lhe dê Sua aprovação!):

– Declara de minha parte à tua mulher que ouvi o Enviado de Deus (sobre ele a salvação e a bênção de Deus!) afirmar: "A mulher que tiver adorado a Deus Altíssimo à maneira de Maryam, filha de Imran[16], e não obtiver a aprovação de seu esposo, Deus acolherá desfavoravelmente seus atos de adoração e a lançará no fogo do Inferno com todos os que lá entrarem, a menos que ela faça tudo o que estiver em seu poder para recobrar as boas graças do marido."

Interveio então Abd al-Rahman, filho de Awf[17] (Deus lhe dê Sua aprovação!):

– Declara de minha parte à tua mulher que ouvi o Enviado de Deus (sobre ele a salvação e a bênção de Deus!) afirmar: "A mulher que insinuar desassossego na mente do marido exigindo dele dinheiro para suas despesas pessoais e para roupas novas, de maneira a ocasionar-lhe uma despesa

---

14. Companheiro do Profeta, primo seu pelo lado materno, sobrinho de Khadidja, filha de Khuwaylid, primeira esposa de Maomé; também morreu na batalha do Camelo.

15. Companheiro do Profeta, morto por volta de 31/652, com setenta e cinco anos de idade.

16. A mãe de Jesus.

17. Companheiro do Profeta, morto em 58 (ou 59)/678 (ou 679).

acima de seus recursos, Deus não aceitaria dela nem ato de piedade nem ato tradicional obrigatório, a menos que o arrependimento a leve à resipiscência."

Ouviram-se estas palavras da boca de Abu-Hurayra[18] (Deus lhe dê Sua aprovação!):

– Declara de minha parte à tua mulher que ouvi o Enviado de Deus (sobre ele a salvação e a bênção de Deus!) afirmar: "A mulher que colocasse no fogo seus dois seios, um a cozer e o outro a grelhar, para os dar de comer ao marido, essa ainda teria muito a percorrer até chegar ao fim dos direitos do esposo sobre ela."

A máxima de Abu-Umama al-Bahili[19] (Deus lhe dê Sua aprovação!) fez-se ouvir:

– Declara de minha parte à tua mulher que ouvi o Enviado de Deus (sobre ele a salvação e a bênção de Deus!) afirmar: "Se me acontecesse de ordenar a alguém para se prosternar diante de outra pessoa, seguramente seria à mulher que eu diria para ajoelhar-se diante do marido."

Depois a de Abdallah, filho de Omar[20] (Deus lhe dê Sua aprovação!):

– Declara de minha parte à tua mulher que ouvi o Enviado de Deus (sobre ele a salvação e a bênção de Deus!) afirmar: "A mulher que tivesse transferido para o marido tudo o que a terra possui de ouro e prata, que tivesse acumulado tudo sob o teto conjugal e depois um dia perguntasse ao esposo: 'Quanto da fortuna me adveio por teu intermédio? Essas riquezas são minhas; e tu, quem

---

18. Outro companheiro do Profeta.
19. Também companheiro do Profeta.
20. Um dos mais destacados companheiros do Profeta. Filho do califa Omar, morreu em 73/694.

és?', essa mulher nada mais pode esperar da parte de Deus, exceto ver seus méritos rebaixados, mesmo que suas ações sejam marcadas pela máxima piedade e suas preces a Deus Altíssimo pelo fervor, a menos que o arrependimento a leve à resipiscência."

E, por fim, foi Abu-Ayyub al-Annsari[21] (Deus lhe dê Sua aprovação!) que concluiu:

– Declara de minha parte à tua mulher que ouvi o Enviado de Deus (sobre ele a salvação e a bênção de Deus!) afirmar: "A mulher que tiver feito o esposo sofrer algum prejuízo, verbalmente ou em ato, e que mostrar rebeldia contra ele, por mínima que seja, essa mulher, mesmo que se reabilite junto ao marido dando-lhe tudo o que a terra possui de ouro e prata, verá, se este ainda tiver motivo de queixa por sua conduta, Deus retirar-lhe todos os favores que lhe concedeu e precipitá-la no fogo do Inferno com todos os que lá entrarem."

Foram relatadas as seguintes palavras do Profeta (sobre ele a salvação e a bênção de Deus!): "A mulher desobediente ao marido no Dia da Ressurreição virá com estas palavras escritas entre os dois olhos: 'desesperada da misericórdia divina'. Ela não sentirá o odor suave do Paraíso, mesmo que tenha sido a mulher mais fecunda em boas ações e a mais ornada de virtudes entre todos os habitantes da terra."

No testamento do Profeta (sobre ele a salvação e a bênção de Deus!) dirigido à sua filha Fatima[22]

---

21. Companheiro do Profeta, morto de disenteria em 52/672, durante o cerco de Constantinopla pelos árabes.
22. Filha de Maomé e de sua primeira mulher, Khadidja.

(Deus lhe dê Sua aprovação!), podem-se ler estas linhas escritas:

"Ó Fatima, nenhuma mulher que assumir um ar carrancudo diante do rosto do marido estará ao abrigo da cólera de Deus nem da dos Anjos, divinos guardiões da Geena. Se a mulher o impedir de unir-se a ela, a maldição de tudo o que é tenro e de tudo o que é seco sobre a terra a tomará como alvo.

"Ó Fatima, nenhuma mulher que dissesse a seu marido: 'Tu me fatigas!' ou 'Tu me és desagradável!' evitará a maldição de Deus e dos Anjos. Ó Fatima, toda mulher que aliviar em uma única moeda de prata a soma que seu marido deve pagar de acordo com o contrato de casamento receberá de Deus, em troca de cada moeda de prata, o mérito equivalente a uma peregrinação a Meca, cumprida segundo as formas, e estará construindo para si um palácio no Paraíso. Ó Fatima, nenhuma mulher que ore e dirija invocações a Deus por si mesma sem mencionar o marido na prece evitará que Deus recuse suas invocações até que ela inclua o nome do marido.

"Ó Fatima, toda mulher que incorrer na cólera do marido e não lhe der satisfação será alvo da ira de Deus e de Sua cólera. Ó Fatima, toda mulher que se vestir para sair e deixar a casa do marido sem a permissão deste será amaldiçoada por tudo o que é tenro e tudo o que é seco sobre a terra, até que volte para casa. Ó Fatima, nenhuma mulher que olhar franzindo o cenho para o rosto do marido poderá evitar a ira de Deus e dos Anjos contra ela.

"Ó Fatima, nenhuma mulher que descobrir o rosto diante de outro homem que não o marido poderá subtrair esse rosto ao fogo do Inferno, onde será atirada de cabeça para baixo. Ó Fatima, nenhuma mulher que introduzir em casa o que seu marido detesta deixará de receber no túmulo, enviados por Deus, setenta serpentes e setenta escorpiões, dos da Geena, que a morderão e picarão continuamente até o Dia da Ressurreição. Ó Fatima, nenhuma mulher que orar por sua própria iniciativa, sem pedir permissão ao marido, poderá evitar que sua prece seja rejeitada por Deus. Ó Fatima, toda mulher que cometer um furto na casa do marido ou subtrair-lhe uma parcela de suas riquezas se verá sobrecarregada de um pecado cujo peso por si só equivale a setenta anos de pecados."

Contam a história de um adorador de Deus, homem vivendo entre os Filhos de Israel, onde exercia o ofício de curtidor. Tinha por mulher uma das mais belas entre as filhas de Israel. A reputação dessa beleza chegou aos ouvidos de um dos tiranos locais. Prontamente este enviou para junto dela uma velha com a missão de pregar-lhe a desobediência ao marido. A velha devia argumentar assim:
– Pensa um pouco que vil ofício teu marido tem. Se estivesses junto do rei, ele te cobriria de adornos de ouro e de prata, pedras jacintos ornariam tuas vestes de seda e teu séquito de criados seria inumerável.

A alcoviteira desincumbiu-se de sua tarefa e transmitiu à esposa as reais palavras.

Esta costumava acolher o marido, quando ele retornava do trabalho, apresentando-lhe de pé, por respeito, alimento e bebida. Depois preparava-lhe a cama e se retirava, só permanecendo em sua companhia se ele a convidasse. Porém, mal ouviu o discurso da velha, sua atitude mudou subitamente e de forma total. Submersa em vaidade, ela deixou de lado todas suas práticas habituais.

O marido perguntou-lhe:

– De onde vem essa metamorfose? Estás irreconhecível!

– É como vês! – respondeu ela. – Quero fazer-te saber que pretendo não ter mais relações contigo, e que ajas do mesmo modo comigo.

Houve o repúdio e o rei tirânico fez dela sua mulher. Mas assim que o novo casal deixou cair as cortinas sobre a alcova onde o desejo real havia isolado os dois parceiros, Deus fez cair sobre ambos a noite da cegueira. Ele quis apalpá-la com a mão estendida, mas sua extremidade secou. Ela quis fazer o mesmo e o mesmo infortúnio lhe ocorreu. Quando pela manhã vieram puxar as cortinas, encontraram um homem e uma mulher não apenas cegos como também surdos e mudos. O caso chegou ao conhecimento do profeta de Israel daqueles tempos, que conversou com Deus Altíssimo e obteve esta resposta:

– Nunca os perdoarei. Eles imaginaram que Eu não via como tratavam aquele que curte peles de animais.

A mulher e o tirano viveram dessa forma até seu último dia. Nesse entretempo, Deus havia suscitado a cobiça de um rei vizinho, que vencera o príncipe injusto e o reduzira, com sua mulher, a mendigar à beira das estradas.

Contam, a respeito de Abu-Muslim al-Khawlani[23] (Deus lhe dê Sua aprovação!), que, ao voltar para

---

23. Seguidor do Profeta, um dos mais respeitados transmissores da tradição. Morreu em 62/682.

casa após a prece na mesquita, ele costumava parar diante da porta que dava para a rua e gritar:

– Deus é o Mui Grande!

Sua mulher então repetia esse brado do interior da casa. Chegando ao pátio que precedia a entrada, ele gritava mais uma vez:

– Deus é o Mui Grande!

Sua mulher ecoava a fórmula piedosa. Ao cruzar a entrada ele recomeçava e a mulher por sua vez imitava-o.

Uma certa noite, ao entrar voltando de rezar na mesquita, ele lançou seu primeiro brado como de costume. Nenhuma resposta lhe chegou. Adiantou-se e lançou o segundo brado, também sem obter resposta. Na entrada, em vez de ver a mulher acorrer ao seu encontro, tirar-lhe o manto, descalçá-lo e por fim apresentar-lhe a refeição, naquela noite ele cruzou a soleira sem avistar a menor luz na casa. Para seu grande espanto, a mulher permanecia sentada, de cabeça baixa, arranhando o chão com uma varinha.

Ele perguntou:

– O que há contigo para que estejas assim?

Ela respondeu:

– Escuta, ocupas uma alta posição junto de Muawiya, Emir dos Crentes[24]. E nós não temos servo. Se lhe exigisses um, ele não poderia deixar de responder favoravelmente a teu desejo.

Então Abu-Muslim exclamou:

– Ó Deus, Deus nosso, quem foi que corrompeu minha esposa para que ela se erga contra mim? Torna cego esse miserável!

É preciso saber que de fato u'a mulher tinha vindo ver a esposa para lhe dizer:

---

24. Ver a nota 1 do conto "Um Amor a Toda Prova".

– Teu marido é bem-visto junto de Muawiya. Por que não lhe pedir que exija do Emir dos Crentes um servo para te secundar no trabalho doméstico? Ele o obteria e viveríeis tranqüilos até o fim de vossos dias.

Ora, num certo dia em que a visitava novamente, essa mulher perdeu a visão. Ela dizia por toda parte aos que tentava enxergar:

– O que está acontecendo? Vossa lâmpada apagou-se?

– Não – respondiam-lhe.

Tanto que por fim ela tomou consciência da falta que cometera. Então voltou chorando à casa de Abu-Muslim e suplicou-lhe que orasse para Deus devolver-lhe a visão. O esposo encheu-se de compaixão. Era um homem cujas preces eram sempre atendidas: dirigiu uma invocação a Deus e a mulher culpada recobrou a visão.

Relatam estas palavras do Profeta (sobre ele a salvação e a bênção de Deus!): "Toda mulher contra a qual o esposo encolerizou-se e que morreu sem que ele a perdoasse não me verá nem será vista por mim no Dia da Ressurreição. Ela será arrastada de rosto para baixo e lançada no fogo do Inferno." E também: "Quando a mulher briga com o marido, um Satã permanece em pé aplaudindo de alegria e bradando: 'Deus alegre a pessoa que me alegrou!' Quando os dois esposos se reconciliam, esses Satãs deixam às cegas a casa e dizem: 'Deus tire a luz daquele que nos impediu de vê-la!'"

Contam que de Jó (sobre ele esteja a salvação!) ergueu-se esta prece:

– Ó Deus meu, concede-me como dádiva gratuita o melhor que existir no mundo aqui embaixo e, ao mesmo tempo, um feliz término dos Fins Últimos.

Deus Altíssimo inspirou-lhe isto:

– Já te dei tudo isso sem que o saibas. Honrei-te concedendo-te u'a mulher entre os Justos. Ela é misericordiosa para ti. Quem tem mulher assim recebeu tudo o que há de melhor no mundo inferior e o término feliz dos Fins Últimos.

Qays, filho de Ubada[25] (Deus lhe dê Sua aprovação!), contou a seguinte anedota:

Havia entre as filhas de Israel u'a mulher que praticava a Justiça para com seu marido. Preparava-lhe de comer e de beber. No momento do jantar, permanecia de pé ao lado dele, com a lâmpada na mão. Uma noite, como a mecha dessa lâmpada se consumiu, ela pegou uma trança de seus cabelos, entrelaçada com uma estreita fita de tecido. Cortou uma ponta, molhou-a na gordura e introduziu-a na lâmpada. Assim a chama reavivou-se, permitindo que o marido terminasse a refeição. Essa mulher era caolha. Então Deus devolveu-lhe o uso do olho cego para recompensá-la pelo devotamento ao esposo.

Abu-Hurayra (Deus lhe dê Sua aprovação!) relatou estas palavras do Enviado de Deus (a salvação e a bênção de Deus estejam sobre ele!): "Se u'a mulher possuir as mesmas riquezas que Salomão e as der ao marido, ou então gastá-las em favor do marido, e se o fizer lembrar por pouco que seja

---

25. Na realidade: Qays, filho de Sad, filho de Ubada. Companheiro do Profeta, era muito apreciado por seus bons conselhos. Dedicou o fim da vida à adoração contínua de Deus. Morreu em 60/680.

desse benefício, ela não poderá evitar que o mérito de suas boas ações lhe seja retirado por Deus durante quarenta dias."

Eis uma declaração em versos referente às mulheres:

> *Queres saber com que ela se parece?*
> *Olha essas árvores reunidas: elas cresceram*
> *[juntas,*
> *Mas umas deram frutos amargos,*
> *Outras frutos deliciosos ao paladar.*

> *Moldada em ouro maciço, a mulher é um metal*
> *Onde o ourives por descuido deixou*
> *No meio da pasta uma escória*
> *Que trai a ignorância, podeis ter certeza.*

> *Impede a mulher que quer se pintar*
> *De chegar perto do frasco de ungüento!*
> *Vã precaução! Tentativa ridícula!*
> *É um dever sagrado ir maquilar-se.*

> *Se a beldade jurou prejudicar-te,*
> *Bem depressa toda tua vida está estragada.*
> *Se ela prometeu ser favorável,*
> *Tens tempo: espera até tua morte.*

Palavras do Enviado de Deus (sobre ele a salvação e a bênção de Deus!) foram relatadas por Abu-Abdallah al-Annsari: "Toda mulher que estiver orando e que, chamada pelo marido para vir ao seu leito, não abreviar a oração para obedecer-lhe, no Dia da Ressurreição não poderá evitar de se apresentar com um carvão ardente tomado da Geena e colocado sobre sua cabeça. Seu cérebro se porá a ferver até o momento em que, liquefeito, escorrerá inteiro pelo nariz."

XIII. Amor, quando te apoderas de nós...

Na longa lista dos homens sujeitos à sedução das mulheres, qualquer que fosse a posição eminente que eles ocupavam ou o prestígio que os aureolava, é preciso não esquecer o Emir dos Crentes, que pertencia à dinastia omíada[1], o califa Yazid, filho de Abd al-Malik[2]. Ele se fizera amar por duas favoritas, chamadas Habbaba e Sallama, das quais preferia a primeira, que comprara por cem mil moedas de prata, ao passo que a segunda lhe custara apenas dez mil. No dia de seu primeiro encontro, Yazid havia cantado:

Ela jogou seu bastão de viagem,
Instalando-se para sempre no côncavo do ninho,
Como o peregrino, posto em face da Presença,
Vê reinar a confiança que o vem habitar.

Não era raro vê-lo trancar-se com elas durante um, dois e mesmo três meses, sem ver mais nin-

---
1. Fundada em Damasco por Muawiya I em 40/661.
2. Yazid II, filho de Abd al-Malik, que reinou em Damasco de 101/720 a 105/724. Seu irmão Maslama foi o general dos exércitos árabes que cercaram Constantinopla.

guém e mesmo negligenciando totalmente os assuntos do reino. Ficava, por assim dizer, como um prisioneiro incomunicável, inacessível a seus súditos, aos familiares e até mesmo a seu irmão, Maslama.

Este criticava-o muito por tal conduta e não lhe poupava censuras, que obviamente ficavam sem efeito; tanto que, um dia, cansado de ver a inutilidade das mesmas, ele forçou a porta de Yazid para despejar em sua presença uma torrente de vivas reprimendas. Esse isolamento com duas favoritas, que separava o califa do mundo inteiro, despertava no irmão uma cólera tão grande que ele a deixou escapar nestes termos:

– Ó Emir dos Crentes, tanto os deputados do povo como os corpos constituídos dos árabes fazem fila diante de tua porta, sem que lhes concedas uma única audiência nem saias ao seu encontro. E no entanto teu reinado sucede justamente ao daquele bom Omar, filho de Abd al-Aziz, do qual conheces muito bem a lembrança de justo que deixou, graças às boas relações que mantinha com seus súditos e aos excelentes costumes que exibia.

Yazid limitou-se a esta resposta:

– Rogo-te que doravante não me fales mais dessa forma.

Depois que Maslama saiu, Yazid mergulhou em meditação. No fundo de seu divã, voltavam-lhe as palavras do irmão, e quando Habbaba veio para o seu lado ele se esquivou.

Ela espantou-se:

– Que tens pois, ó Emir dos Crentes, para me repelires?

Ele relatou as palavras de Maslama. Mas ela:

– Concede-me – implorou-lhe – apenas um prazer: um único encontro em que poderemos satisfazer, eu o meu desejo por ti e tu o teu desejo por mim. Em seguida farás como entenderes.

– Concedido – disse o califa. – Vamos nos ver amanhã de madrugada, se Deus assim quiser.

Na manhã seguinte, logo ao surgir da aurora e seus primeiros clarões, ele deu ordens para que dispusessem junto de si alimento e bebida. Habbaba, depois de se regalar, cantou-lhe este dístico:

Se até aqui o amor
E a paixão te pouparam,
Torna-te um pobre seixo
Dentro da rocha, seco e enclausurado sobre
                                        [si mesmo.

Yazid usou das mesmas rimas para lhe versificar sua resposta:

De um amor apaixonado
Suspiro junto à minha bem-amada:
Pensaríeis, ao ver-me, no sedento
Procurando a bebida purificada.

Sallama, por sua vez, acrescentou, acompanhando a si mesma:

O generoso da tribo de Qurayche,
Quando citam seus ancestrais gloriosos,
Vê as pessoas enfatizarem-lhe o mérito,
Quer ele tenha o pêlo grisalho, quer uma tímida
                                        [penugem.

Tira o pobre de sua magra escarcela
Tostões que distribui aqui e ali?
Já ele não se preocupa com isso: tem por hábito
Enriquecer seu próximo.

O califa bradou:

– Desgraçada de ti, ó Sallama! Quem é, dize-me, esse generoso da tribo de Qurayche?

– Mas és tu mesmo, ó Emir dos Crentes... – respondeu ela.

– Palavra de honra, é verdade, por Deus – aquiesceu Yazid. – Deus combata meu irmão Maslama e maldiga seus conselhos fraternais!

Ele estava animado pela paixão que desencaminha: saltando sobre os pés, deu a volta no quarto, entrecortando os passos de dança com palavras desconexas:

– Como é intensa minha alegria! O generoso de Qurayche está invadido da cabeça aos pés pelo regozijo!

Ele bebeu muito e mais, a ponto de perder a noção da realidade. Apoderou-se de uma almofada, que colocou sobre a cabeça, antes de recomeçar ainda mais impetuosamente sua ronda desordenada, gritando:

– Peixe fresco! Peixe fresco! Vede minha pesca! Há quatro *ratls*[3] no mercador de víveres!

E não parava de repetir esse refrão. Deixou em farrapos o manto que estava usando e que valia duas mil moedas de ouro. Mas nem se preocupava com isso, todo entregue a seu prazer, cuidando apenas de sua brincadeira. E, quando Habbaba lhe recitava versos, ele só encontrava esta réplica:

– Que me dêem sossego dos assuntos públicos! Estou ocupado demais esquadrinhando minha paixão e meu amor.

E assim por diante. Em face das duas favoritas ele havia perdido todo controle sobre si mesmo e sobre seu pensamento, e depois um belo dia Habbaba

---

3. Medida de peso.

engoliu de través um grão de romã que a sufocou e a enviou sem tardar para um mundo melhor.

Yazid mergulhou numa imensa dor. Não podia acreditar que o objeto de seu amor lhe tivesse sido arrebatado. Velou o corpo três dias inteiros, recusando a qualquer pessoa a possibilidade de o enterrar. Ficava a seu lado durante o dia, não se afastava dele para dormir, apertava-o nos braços, beijava-o, colava-se a ele como quem estreita um corpo vivo. Por mais que o cadáver, que estava se decompondo, exalasse maus odores, Yazid acariciava-o, falava com ele, depositava-lhe beijos.

Seus parentes vieram ter com ele:

– Ó Emir dos Crentes, deixa-te penetrar pelo temor reverencial de Deus. Permite que esta mulher seja enterrada. Vede que ela se transformou em carniça. Enterrá-la seria uma forma de a respeitar.

Ele se deixou convencer. Mas cinco dias depois o desejo de rever a bem-amada levou a melhor. Vencido pela paixão, pelo amor ardente, pela necessidade que sentia de pousar novamente os olhos sobre ela e pela solidão profunda em que se encontrava, ordenou que fosse exumada. Quando retiraram a terra, viram um espetáculo pavoroso: o corpo estava roído de podridão. As pessoas ao redor estavam indignadas, mas Yazid afirmou:

– Nunca a vi mais bela do que hoje.

O irmão, Maslama, adiantou-se:

– Por Deus, é melhor que os habitantes de Damasco não te vejam nesse estado: concluiriam imediatamente que não estás mais de posse de tuas faculdades. Seria o fim de tua função de califa. Mas sabes melhor do que eu quais as conseqüências que isso teria.

Yazid então retirou a ordem que dera: sua bem-amada seria novamente posta na mortalha e enterrada. Depois ele se acamou, incapaz de dizer mais uma só palavra: de sua garganta saíam apenas sons ininteligíveis, e as palavras que os outros lhe dirigiam não chegavam ao seu entendimento. Sobreviveu somente dezessete noites ao objeto de seu desejo. Quando morreu, foi enterrado junto dela – possa a misericórdia divina se exercer sobre aqueles dois!

XIV. Por um nome e nada mais

Al-Djahm contou a seu filho Ali[1] uma aventura que lhe acontecera; e Ali por sua vez contou-a para nós:

Uma bela manhã, percebi que tocava o fundo da miséria e da penúria; não tinha mais nem um vintém e como único capital possuía apenas um animal de carga esquelético e um servo de roupas puídas. Cansei de chamá-lo: ninguém. Corro à sua procura: volto com as mãos abanando. Decorre um certo tempo, e ei-lo que por fim se apresenta. Enfureço-me:

– Onde estavas?

– Estava tentando desenvolver um estratagema para encontrar forragem e alimentar tua montaria; mas, por Deus, não ganhei para a despesa.

– Sela o animal!

Ele selou, eu montei e dirigi-me para a cidade. Chegando ao mercado de Bagdá, que devemos a Yahya, filho de Khalid, o Barmécida[2], cruzei com

---

[1]. Ali, filho de Al-Djahm: poeta árabe, morto em 249/863.
[2]. Família de origem iraniana, que deu a diversos califas abácidas vários vizires e conselheiros.

um esplêndido cortejo. No meio dessa pompa avançava al-Fadl, filho de Yahya, filho de Khalid[3]. Seu olhar caiu sobre mim e saudei-o. Pediu-me que o acompanhasse.

Lado a lado, cavalgamos um trecho de caminho. Em um determinado momento, um jovem que carregava uma bandeja redonda repleta de vitualhas separou-nos. Sua corrida terminou na soleira de uma casa, onde bradou um prenome feminino para chamar a cliente. Meu companheiro, detendo a montaria, permaneceu petrificado. Também parei. Ficamos assim um certo tempo, iguais a estátuas. Por fim o Barmécida me disse:

– A caminho!

Retomamos nosso caminho. Virando-se para mim ele perguntou:

– Sabes por qual razão me detive?

Confessei minha ignorância.

– Minha irmã – informou ele então – possuía uma serva pela qual eu tinha uma forte inclinação amorosa; porém, intimidado demais pela ama, não ousei pedir-lhe que me fizesse presente dela. Entretanto minha irmã percebeu tanto meu amor como minha timidez: no mesmo dia dessa descoberta enviou-me em casa a adolescente, a quem mandara vestir sua toalete mais suntuosa e enfeitar-se com jóias. Ah! Estou longe de esquecer aquele dia em que a recebi, que foi o mais delicioso de toda minha vida. Estava usufruindo de minha ventura quando um emissário do Emir dos Crentes, trazendo-me uma convocação do soberano, rompeu o fio de meu deleite...

"Ora, viste há pouco aquele rapaz com sua ban-

---

3. Al-Fadl, filho de Yahya, foi vizir de Harun al-Rachid, califa de Bagdá (de 170/786 a 193/809), antes de seu irmão Djafar.

deja e ouviste-o pronunciar um nome feminino. Imagina que era o mesmo nome de minha amante de um dia. Ao ouvir aquelas sílabas, senti que o bem-estar me inundava o coração; só tinha um desejo: ouvir de novo aquele nome abençoado."

Fiz-lhe notar:

– Tua história lembra-me exatamente a que aconteceu àquele poeta da tribo de Amr, o "Louco de Layla[4]", como o apelidam, e que nos valeu este improviso em versos que lhe devemos:

Indo a passeio para Mina, um dia ouvi
Um homem gritando um nome em meu ouvido.
O vento, sem ele saber, trouxe-o até mim
E desde então meu coração está transpassado
[de tristeza.

Tais sílabas são justamente o nome de minha bela,
A uma outra Layla destinado.
O pássaro de minha Layla então levantou vôo
De meu coração, este ninho que aquecia sua vida.

Meu companheiro deleitou-se com a poesia:

– Peço que me copies esses versos. Pretendo guardá-los comigo.

Acorri ao primeiro mercador que pudesse fornecer-me um pedaço de pergaminho, embora eu não tivesse um único vintém para saldar a compra. Uma volta até o vendedor de legumes, com quem empenhei meu anel, proporcionou-me o necessário; assim, escrevi o que recitara antes e aconselhei, entregando-lhe tudo:

---

4. Qays, filho de al-Mulawwah, que viveu na primeira metade do século VIII. Ver *La Poésie arabe, des origines à nos jours*, Seghers, 1975, pp. 81-85.

– Agora volta para tua casa.

Depois nos separamos. Em casa, topei com o empregado:

– Vim procurar teu anel – anunciou-me. – Vou empenhá-lo para conseguir comida para nós dois.

– Ai, meu pobre amigo, ele já está no prego em troca do pergaminho – retorqui. – Escrevi nele versos para al-Fadl, filho de Yahya.

A noite ainda não caíra e já um mensageiro deste vinha entregar-me como agradecimento trinta mil moedas de prata, mais dez mil a título de adiantamento sobre a pensão que ele me concedia.

Quanto a mim, recitei mentalmente estas palavras tão certas do poeta, e tão pertinentes naquela circunstância:

O amante, dizem às vezes, quando alcança o
  [objetivo,
Sente tédio,
E também que se cura a paixão
Em climas distantes.

Provei de um remédio e do outro,
Em vão: continuo a sofrer.
Mas nós amantes sabemos
Que longe do coração amado é preferível a morte.

Abul-Faradj, o Omíada, contou sobre o amor que um djin feminino inspirava a Djafar, filho de Abu-Djafar, al-Mansur[5]. Seu desejo, sua paixão atingiam tal paroxismo que em certos momentos do dia ouviam-no soltar gritos estridentes. E assim foi até a morte, que por fim acabou sobrevindo em decor-

---

5. Califa abácida que reinou em Bagdá de 136/754 a 158/775. Não confundir seu filho Djafar com o parente de Harun al-Rachid.

rência dessa afeição violenta. Seu pai ficou profundamente aflito. Entretanto, o filho era um mau sujeito que se extravasava em todo tipo de propósitos impudentes, a ponto de al-Mansur ter proibido a Muti, filho de Iyas, que o freqüentasse; mas este bradara:

– Por certo! Qual bem existe em teu Djafar? Haverá um único caminho de corrupção que ele não tenha palmilhado e do qual não tenha descoberto o derradeiro limite?

– Desgraçado de ti! – respondeu al-Mansur. – Que significam essas palavras?

– Teu filho pretende amar um djin feminino. Ele envida todos os esforços para contrair núpcias com esse ser sobrenatural. Então não chega até a recorrer aos serviços de peritos em magia que compõem rituais encantatórios e gravam votos em amuletos? Por Deus, isso é tudo de que ele é capaz, e não brilha por nenhum outro dom, nem na seriedade nem na brincadeira, nem na impiedade nem na fé.

A esse respeito, al-Djahiz[6] relata uma lembrança pessoal:

Um dia, conta ele, fui ver um preceptor. Achei-o com boa aparência e nada havia a censurar em seu modo de trajar. Ele se levantou para dar-me as boas-vindas aos seus domínios e instalou-me à sua direita. Abri a conversação sobre a ciência das leituras corânicas e percebi que ele sabia muito a respeito. Falei de gramática: não lhe faltavam conhecimentos sobre o assunto. Abordei a filologia e os gêneros poéticos árabes: ele era afiado no assunto

---

6. Grande escritor árabe, morto em 255/869.

e dominava a questão em seus mínimos recônditos. Ao deixá-lo, fiz comigo mesmo esta reflexão:

– Por Deus, eis um homem com o qual não se está perdendo tempo: como ele aumenta em mim a ânsia pelo estudo!

Diariamente fui visitá-lo e enriquecer-me com sua conversação. Mas um dia topei com a porta fechada. Inquiri na vizinhança, que me informou que havia um morto na casa. "Vou até sua moradia apresentar-lhe minhas condolências", decidi. Quando bati à porta, veio uma serva que perguntou:

– Que desejas, ó senhor?

– Ver aquele que mora aqui.

– Ele está sozinho num aposento, guardando luto por um ente querido, e proibiu-me de deixar entrar quem quer que seja.

– Podes informar-lhe que al-Djahiz, um amigo seu, pergunta por ele?

Ela me fez esperar na soleira e voltou com estas palavras:

– Em nome de Deus, entra, por favor.

Dirigi-me para o aposento onde ele se postava, sozinho de fato, e exclamei ao vê-lo:

– Deus aumente teu mérito neste momento penoso! Mas em nossas provações sempre podemos voltar-nos para o modelo perfeito que nos oferece o Enviado de Deus (sobre ele a salvação e a bênção de Deus!). Esse é o caminho que todos temos de seguir necessariamente. Cabe a ti dar prova de paciência.

Quando concluí meu cumprimento de condolências, esperei, mudo, uma resposta; mas em vão. Retomando a palavra, perguntei:

– É teu filho que choras?

– Não – respondeu o outro.

– Teu pai, talvez?
– De forma nenhuma.
– Seria teu irmão?
– Tampouco.
– Então dize-me quem.
– A que eu amo – declarou.
Disse comigo mesmo:
– Mau! Esse sinal que provém dele parece-me totalmente funesto.

E em voz alta:
– Graças a Deus não faltam mulheres que povoem este baixo mundo. Não terás a menor dificuldade em encontrar outra, e, acredita-me, teus olhos escolherão uma que sobrepujará a esta em perfeição.

– Compreendi mal, ou suspeitas que algum dia eu haja contemplado essa que me foi arrebatada?

Disse comigo mesmo:
– Por Deus, eis um segundo sinal funesto, ou não entendo do assunto.

E invadiu-me o desejo de ir mais fundo:
– Ora, então te apaixonaste por u'a mulher que nunca viste? Como pode ser isso?

Ele me contou:
– Fica sabendo que eu me encontrava por acaso no subúrbio da Rotunda quando um homem passou bem perto de mim no caminho, cantando esta estrofe, visivelmente sob o efeito da paixão:

Ó Umm-Amr, possa Deus recompensar-te
Fazendo-te mais generosa: assim poderias
Restituir meu coração
Que por tua causa perdi.

"Refleti comigo mesmo que, se Umm-Amr não fosse a mulher mais perfeita do mundo, seguramente o homem não teria improvisado aqueles versos onde lhe suplicava para restituir o coração que entregara em suas mãos. Enamorei-me dela a ponto de me sentir todo impregnado de sua imagem, que me queimava com os tormentos da paixão. Dois dias depois revi o mesmo homem, agora cantando estes versos:

Cavalgando seu burrico, Umm-Amr foi embora
E acredito
Que nunca mais vamos rever
Nem a cavaleira nem tampouco sua montaria.

"Deduzi que Umm-Amr estava morta e tomei luto por ela. Ficarei aqui, totalmente só, durante três dias inteiros, para receber as condolências."

De minha parte, concluiu al-Djahiz, essa narrativa acabou de elucidar-me. A história de Umm-Amr soou o dobre de finados de nossa relação, e o deixei para sempre.

XV. Um simulacro

Entre os Filhos de Israel, havia um homem piedoso que adorou incessantemente a Deus durante longo tempo. O Diabo (Deus o amaldiçoe!) quis enganá-lo. Foi ao seu encontro um dia, levando preso na cintura um saco que continha armadilhas para caça.

– Quem és tu? – perguntou-lhe o adorador de Deus.

– Sou um viajante que percorre o mundo – respondeu o Diabo.

– Por que trazes armadilhas nesse saco que pende de teu cinto?

– Não planto para garantir minha subsistência diária nem exerço um ofício que me permita ganhar a vida. Por isso, quando tenho fome, sou forçado a instalar armadilhas para apanhar a caça que me alimentará. Eis minha forma de sobreviver.

Após um instante de reflexão, o adorador de Deus disse:

– Quanto a mim, que vivo como solitário neste ermitério, tenho necessidade das pessoas, que me dão de comer. Não ganho dinheiro por meu trabalho e quando tenho fome não encontro ninguém por aqui.

– Vou fabricar para ti uma armadilha aperfeiçoada para caça – prometeu o Diabo.

Com essas palavras ele deixou-o e continuou seu caminho.

Algum tempo depois, o eremita adorador de Deus visitava a cidade vizinha para juntar algumas provisões, quando, passando por uma ruela, avistou u'a mulher em pé na soleira de sua porta.

– Ó servidor de Deus – disse ela, – sabes ler? Recebi uma carta de meu marido que está em viagem.

– Sim – respondeu o homem.

– Entra no vestíbulo da casa. Lá poderás sentar, pois me daria pena deixar-te em pé do lado de fora.

Assim que ele entrou no vestíbulo, ela trancou a porta à sua passagem e ofereceu-se a ele para que a fizesse desfrutar do prazer carnal.

Ele recordou-lhe a existência de Deus e descreveu-lhe o que ela devia temer como castigo. Como a mulher se recusasse a renunciar a seu projeto, o adorador de Deus, simulando loucura, rolou por terra debatendo-se de forma pavorosa. Ao vê-lo nesse estado, a mulher ficou com medo e correu para a porta, que escancarou. O homem lançou-se através dela e assim conseguiu escapar.

No caminho encontrou o Diabo.

– Onde está a armadilha que prometeste construir para mim? – perguntou-lhe.

– Eu a construí – respondeu o outro – e até mesmo dispus seus elementos de maneira muito aperfeiçoada. Mas teu acesso de demência te impediu de cair nela.

Então o adorador de Deus soube que o indivíduo à sua frente era o Diabo (Deus o amaldiçoe!).

Esta história, ó leitor, tão curiosa quanto magnífica, quer dizer claramente que as mulheres de temperamento maligno são as armadilhas de que o Diabo usa para provocar o desgoverno da inteligência dos homens. Deus lhes aplique o castigo que elas merecem! São asseclas de Satã, mas sabe-se muito bem que todos aqueles e todas aquelas que tomam o partido do Diabo trabalham para perder todo o benefício de suas vidas.

XVI. A mulher fatal

Ouvimos de Djabir, filho de Nuh, a anedota seguinte:

Encontrava-me em Medina, a cidade honrada pelo Profeta (a melhor salvação e a melhor bênção estejam sobre ele!). Um dia em que me achava no mercado, sentado perto do mostrador de um comerciante, passou diante de nós um velho cuja elegância combinava com a beleza dos traços. O freguês estava à procura de algum objeto. O mercador levantou-se para saudá-lo e acrescentou:

– Ó Abu-Muhammad[1], possa Deus Mui Grande aumentar teu mérito na provação que acabas de sofrer e conceder a teu coração a paciência que é preciso para suportá-la!

O velho respondeu com estas estrofes:

Outrora eu podia contar com um braço
E u'a mão aptos a proteger-me
Contra o tumulto que me perseguia.
Ambos desertaram, e minha força decresce.

---
1. "Pai de Muhammad". Uma forma oriental de designar alguém é mencionar o nome de seu filho.

A perda de meu filho transtornou-me.
Viúvo e órfão, vagueio
Num mundo agora estreito demais,
Perdido, sem afeição nem luz.

Ao que o comerciante respondeu:
– Sê paciente, ó Abu-Muhammad! A paciência é uma alavanca capaz de levantar a carga que esmaga um crente. Rogo a Deus que não te prive do mérito que está inscrito em troca de tua provação.

Esperei que o cliente partisse para perguntar:
– Quem é aquele velho e que lhe aconteceu?
– Ele faz parte de nossa comunidade, os Auxiliares da tribo de Khazradj – respondeu o negociante.
– Conta-me sua história.
– A morte do filho é a desgraça que o atingiu.
– E de que morreu esse filho?
Ele começou a narrar-me o acontecimento.

U'a mulher do grupo dos Auxiliares apaixonou-se por aquele filho. Enviou-lhe u'a mensagem em que se queixava do ardor de sua paixão e pedia que fosse visitá-la. O jovem fez chegar a ela os seguintes versos:

Não contes comigo: não quero penetrar
Num caminho que não é de retidão.
Enquanto eu for vivo, não me verás
Pôr os pés aí.

Desiste de censurar-me e não vejas em mim
Um conformista,
Capaz somente de suscitar em teu coração
Sofrimento.

Ó mulher, creio em ti, mas para que eu possa
Guardar o gosto de teu ardor,
Não te mostres inferior à estima
Que eu votaria à minha irmã.

Como resposta, ela também compôs versos:

Vejo-me criticada
Por teu olhar detalhista.
Estou sedenta de ti:
Censor, antes responde a meus ardores.

Pára de arremedar o eremita no deserto:
Não sou penitente!
E desiste de te mostrares eloqüente comigo.
Em vez disso faze minha conquista!

O rapaz foi encontrar um amigo, com o qual se abriu sobre toda a história e que lhe deu este conselho:

– Por que não enviar até ela alguma pessoa próxima ou algum parente com a missão de admoestá-la e fazê-la ouvir a voz da razão? Talvez seja essa a única maneira de reduzi-la ao silêncio e fazer que renuncie à paixão por ti...

– Por Deus – respondeu ele, – pretendo abster-me de agir assim, por medo de suscitar os impulsos de raiva. Em comparação com o fogo do Inferno, que vos consome no tempo dos Fins Últimos, é infinitamente preferível não pautar sua conduta neste mundo inferior pelo modelo de qualquer pessoa!

Depois ele improvisou:

As censuras duram só um instante
Nesta vida tão breve;
Mas quando se calam, é um alívio
Que vos invade!

O Inferno, fogo eterno, nunca se apagará.
Sua chama é sempre ardente.
Podes crer que o homem preso nele
Tenha o nada para esquivar-se?

Persistirei, pois, firmemente resolvido
A não me curvar.
Espero que essa recusa me aproxime
Inda mais de meu Todo-Poderoso Senhor.

Assim, ele persistiu na recusa e parou de responder à mulher, que ante seu silêncio mandou dizer-lhe:

– Se não vieres à minha casa, eu é que irei à tua.

Ao que o rapaz reagiu com estas palavras, que o mensageiro tinha o encargo de transmitir:

– Recupera a lucidez, ó mulher, e não penses mais em teu projeto.

Quando o desespero se apossou totalmente da mulher, ela recorreu a uma perita em magia, que lhe compôs uma fórmula encantatória destinada a excitar o amor do jovem pela cliente. Esta tratou logo de aplicá-la.

Um dia, quando estava em companhia do pai, o rapaz teve a memória espicaçada pela lembrança da mulher, despertando nele um desejo tão violento como nunca sentira. Sua extrema emoção levou-o a perder o controle dos pensamentos. Levantando-se prontamente, começou a recitar um ofício de orações: o pobre rapaz refugiava-se em Deus contra os cometimentos de Satã, o lapidado.

Mas de nada adiantou; ele não podia conter a agitação, tanto que por fim seu pai, vendo-o sob o império daquela intensa perturbação, perguntou:

– Ó meu filho, que desgraça te atingiu? O que está acontecendo contigo?

– Ó meu pai – respondeu ele, – vem em meu socorro. Não passo de um infeliz que u'a mulher derrotou.

O pai, desatando em lágrimas, quis saber mais sobre a história, e o jovem narrou-lhe detalhadamente os fatos.

Abu-Muhammad decidiu amarrar o filho e prendê-lo, assim imobilizado, num quarto apartado. A desordem de sua alma foi piorando cada vez mais: ouviam-no mugir como um touro na degola, até o dia em que mais nenhum ruído saiu do quarto. Ao cabo de uma hora, o pai, intrigado, foi ver o que estava acontecendo. Encontrou o filho morto, com dois filetes de sangue ainda escorrendo das narinas. Possa Deus Altíssimo tomá-lo em Sua misericórdia!

XVII. A mulher e os dois anjos

Trata-se, em suma, de Harut e Marut e de sua aventura referente ao planeta Vênus, "al-Zahra". Relatou-se que, em determinado momento, os Anjos, considerando a conduta depravada dos filhos de Adão sobre a terra, fizeram esta reflexão:

– Ó Senhor nosso, criaste o gênero humano. Proporcionaste-lhe a subsistência diária, e os que o compõem não obedecem às Tuas ordens. Se estivéssemos em seu lugar, nós Te obedeceríamos.

Deus (que Sua glória seja exaltada!) respondeu-lhes:

– Sou mais sábio no que vos diz respeito e no que diz respeito a eles. Designai dentre vós dois Anjos que colocarei para viver na superfície da terra. Verei então como eles vão se portar.

Os Anjos escolheram Gabriel e Miguel. Ambos suplicaram a Deus Altíssimo que os dispensasse daquela missão. Ele dispensou-os. Em seu lugar os Anjos escolheram Harut e Marut, que houveram por bem não pedir para serem dispensados da prova. Deus compôs neles todos os elementos que lhes permitiriam sentir vontade de comer, de beber e de se unir às mulheres. Enviou-os para a terra a fim de julgar sobre todos os casos referentes às relações entre o céu e a terra, entre os homens e as mulheres e todos os que viessem a entrar em conflito. Em resumo, deviam zelar para que não fossem cometidos atos de desobediência contra Deus.

Assim, esses dois Anjos desceram e puseram-se a julgar com eqüidade durante um certo tempo. À noite subiam de volta para o céu e pela manhã tornavam a descer. Aos olhos das pessoas mostravam uma forma humana. Seu poder exercia-se de acordo com as normas fixadas por Deus.

As coisas correram assim até o momento em que u'a mulher apresentou-se diante deles. Chamava-se al-Zahra, em nabateu "Bayduhite" ou "Nahiyate". Possuía formas físicas perfeitas e uma consumada beleza. Desprendera os cabelos e duas tranças caíam-lhe sobre a frente do vestido. Estando em conflito com o marido, ela tomou como testemunhas os dois Anjos. Tão logo a viram, estes se enamoraram. Mas souberam manter secretos seus sentimentos e nenhum fez a menor alusão a eles em presença do companheiro, por vergonha de confessar tal paixão. Esse estado de coisas durou até que ambos perdessem a paciência.

Então cada um de seu lado fez investidas para unir-se com a mulher. Ela recusou, a não ser que eles lhe revelassem o Nome Maior entre os Qualificativos de Deus: era pronunciando esse Nome que eles tinham poder de subir da terra para o céu toda noite. E o desejo por aquela mulher aumentou tanto nos dois Anjos que eles o revelaram a fim de saciar sua paixão. Ela concordou então em entregar o corpo aos desejos deles[1]. Depois entrou

---

1. Comparar com Gên. 6, 1-2.

numa casa, purificou-se fazendo as abluções rituais e invocou a Deus pronunciando Seu Maior Nome. Ela subiu para o céu. Mas Deus Altíssimo, para puni-la, transformou-a em astro.

Alguns comentaristas observam aqui:
Quanto à transformação em astro, não se pode negá-la, pois Deus Altíssimo operou muitas metamorfoses. Mas o fato de essa mulher tornar-se o astro conhecido pelo nome de "al-Zahra" (o planeta Vênus) é pouco verossímil. Pois esse astro se encontra entre seus semelhantes desde sua criação por Deus Altíssimo, e lá permanecerá até o Dia da Ressurreição. Talvez se tratasse de outro astro parecido com ele.

Outros afirmam:
Essa mulher acabou destinada aos tormentos do céu.

Também foi dito:
Ela foi atirada no fogo do Inferno, como todas as criaturas que mudaram de forma pela vontade de Deus.

Deus Altíssimo enviou um Anjo, Gabriel segundo alguns (a salvação esteja sobre ele!), a fim de impedir que Harut e Marut subissem ao céu, para puni-los por haverem desobedecido e mantido relações carnais com "al-Zahra". Conta-se que nem tudo que não era desobediência lhes foi imputado como pecado, porque não houvera testemunha direta de sua falta, fosse esta a fornicação, o abandono à bebida fermentada ou mesmo o assassinato (como afirmam, no entanto, algumas tradições).

Gabriel disse-lhes:

– Deus vos dá a escolher: ou sereis atormentados no mundo terreno, ou então sofrereis o tormento eterno no fogo do Inferno no final dos tempos. Se aceitardes o primeiro castigo, na hora dos Fins Últimos ficareis à disposição da vontade de Deus, que tanto poderá enviar-vos para o Inferno como ter misericórdia de vós.

Então eles pediram conselho a Gabriel (a salvação esteja sobre ele!). E este emitiu a seguinte opinião: mais valia escolherem o tormento neste mundo inferior. Eles acataram tal parecer. Eis como, suspensos pelos pés, ambos foram expostos ao suplício na cidade de Babilônia, que foi identificada com a cidade velha do mesmo nome, situada a leste de al-Kufa. Eles vivem ainda naquele lugar, pendurados no interior de um poço, com a cabeça quase aflorando a água, da qual lhes é impossível beber. A sede intensa que os domina os faz ofegar. Sua língua pende, mas só chega a quatro dedos da superfície líquida. E eles não tocarão a água antes do Dia da Ressurreição. Outros comentaristas localizaram o suplício desses dois condenados em Damawand[2] e não na Babilônia, perto de al-Kufa.

Daí a Palavra de Deus no Alcorão: "Os Satãs foram descrentes, ensinando às pessoas a magia e o que foi revelado na Babilônia aos dois Anjos, Harut e Marut. Mas esses dois não instruíam ninguém sem antes prevenir: 'Somos uma sedução. Não te tornes descrente.'[3]"

---

2. Cidade perto de Hamadan, no Irã.
3. Alcorão, 2, 102.

XVIII. *A tentação*

A história de Djuraydj, o homem que se dedicara exclusivamente ao culto de Deus, encontra-se no *Sahih,* a "Coletânea Autêntica das Tradições do Islã". Foi narrada pelo Profeta (a salvação e a bênção de Deus estejam sobre ele!).

Havia entre os Filhos de Israel um adorador de Deus chamado Djuraydj. Ele construiu um ermitério fora dos locais habitados e lá se dedicou à adoração de Deus. Adorou o Altíssimo (que Ele seja exaltado e glorificado!) durante muito tempo, suscitando o espanto dos Filhos de Israel ante a intensidade de seus sentimentos piedosos.

Sua reputação espalhou-se: por toda parte louvavam-lhe o zelo que empregava em adorar a Deus, as práticas ascéticas, a condição de justo entre os justos e o sucesso de sua preparação para os Fins Últimos. Havia então entre os Filhos de Israel u'a mulher cuja perfeição física era absoluta e a beleza extraordinária. Um dia ela disse às pessoas de sua convivência:

– Se assim desejardes, eu o seduzirei para vós.
– Tal é nosso desejo – responderam elas.

Ela se ataviou e foi exibir-se diante de Djuraydj; ele nem mesmo virou a cabeça para seu lado. Multiplicou as investidas, mas ele continuava resistindo. Quando desesperou de atingir seus objetivos com relação a Djuraydj, ela desceu do pico rochoso sobre o qual estava construído o ermitério e foi encontrar um dos pastores que freqüentavam o local. Ofereceu-se a ele, tanto e tão bem que ele a possuiu; e a conseqüência do fato foi que ela ficou grávida de suas obras. Tratava-se de um pastor que costumava levar seus animais pastarem ao pé do ermitério de Djuraydj.

Assim que os Filhos de Israel puderam perceber o estado de gravidez da mulher, perguntaram-lhe:

– Quem é o pai desse embrião que cresce em ti?

– É Djuraydj, o adorador de Deus – respondeu ela.

Quando ela pôs no mundo um menino, os Filhos de Israel reuniram-se para ir ao encontro de Djuraydj. Obrigaram-no a descer de seu ermitério, que demoliram. Em meio a golpes e insultos arrastaram-no até o local do suplício.

– Por que me tratais assim? – perguntou Djuraydj.

– Fornicaste com esta mulher – afirmaram eles. – Não és um homem justo. Vê o menino que ela pôs no mundo. Ele é teu, resultado de teu ato de fornicação.

– Onde está ele?

– Em tal lugar.

– Levai-me até esse bebê.

Lá chegando, ele lhes disse:

– Deixai-me fazer uma prece de duas prosternações.

Eles aquiesceram. Djuraydj ficou de pé, orou, dirigiu invocações a Deus Altíssimo (que Ele seja exaltado e glorificado!). Depois aproximou-se do bebê e deu-lhe um piparote com a ponta do dedo.

– Por Deus, ó menino, quem é teu pai? – perguntou-lhe.

– É Fulano, o pastor – respondeu o bebê.

Então as pessoas agarraram a mulher e aplicaram-lhe o castigo previsto pela Lei religiosa.

Depois foram ao encontro de Djuraydj, com quem se desculparam, beijando-lhe as mãos e os pés e pedindo seu perdão e sua bênção. Imploraram:

– Vamos construir para ti um ermitério de ouro e prata. Apaga a falta que cometemos para contigo.

Mas ele respondeu:

– Não tenho a menor necessidade disso: construí-me apenas um ermitério de pedra e barro, como o que existia antes, e apagarei de minha memória a má ação de que vos tornastes culpados para comigo.

Relata-se também, numa variante dessa história, que o adorador de Deus teria perguntado ao bebê:

– Tua mãe concebeu-te em qual lugar da terra?

– Embaixo de tal árvore – respondera o bebê, – a que se encontra em tal local.

– Pelo Poder de meu Senhor – declarara então Djuraydj às pessoas, – se fordes achar essa árvore para pedir-lhe que vos informe sobre o caso, ela vos revelará a verdade.

Eles foram até a árvore para receber seu testemunho. Cada galho da árvore disse então com voz clara:

– Foi com o pastor que essa mulher fornicou à sombra de minha folhagem.

Considera, ó leitor, a artimanha dessa mulher e a maneira como ela a realizou!

XIX. O amor livre

Devemos a al-Asmai[1] a história de um dos adoradores de Deus e da mulher de al-Basra. Essa mulher lhe agradou a tal ponto que, tendo seu coração se afeiçoado, ele enviou-lhe um mensageiro encarregado de pedir sua mão. Ela objetou uma recusa acompanhada destas palavras:

– Se lhe vier à fantasia fazer amor comigo sem falar em casamento, nesse caso não digo não e tomarei minhas providências.

Ele lhe fez chegar esta resposta:

– Glória a Deus! Ó mulher, proponho-te uma situação saudável, lícita, acima de qualquer censura, nem um pouco passível de provocar a menor infração à moral, e como reages? Oferecendo-me o que não convém nem ao meu pleno desenvolvimento nem ao teu, pelo menos se nos pautarmos pela realidade da vida.

Ela transmitiu-lhe estas palavras:

– Coloquei-te a par dos sentimentos que são os meus e aos quais atribuo valor. Se os considerares aceitáveis, segue em frente; se os rejeitares, não dês nem mais um passo.

---
1. Lexicógrafo árabe, morto em 213/828 ou 216/831.

Então ele improvisou as estrofes seguintes:

O voto que formulo é de nos unirmos
De forma lícita: ei-la que recusa
E pede que meu coração se curve, que em troca
O pecado se insinue para sempre em meus dias.

Deixo o idólatra convidar o infiel
A adorar um certo Faraó.
Por toda parte ouço que convidam
A adorar Amor, fundamento da Fé.

Amor no Paraíso
Segue eternamente seu caminho de delícias.
Devorados pela Inquietação, comprimem-se os
                                         [falsos deuses
Sofrendo sua tortura no centro da Geena.

Mas a bem-amada entendeu que o ato imoral a que o convidara constituía para ele um obstáculo impossível de vencer; e prontamente enviou-lhe esta mensagem:

– Tuas condições são doravante as minhas. Tu me encontrarás à tua disposição para o plano que concebeste e que agrada a teu coração.

Ele mandou esta resposta:

– Para trás! Para trás! Não tenho mais a menor necessidade da pessoa a quem chamo convidando-a a respeitar a lei de Deus e que por sua vez me convida a rejeitar Seus benefícios.

Ele também compôs estas estrofes:

Não apresenta a menor sedução
Aquele que, entregando-se ao desejo,
Recusa-se a fitar Deus de frente:
Teme que Sua cólera o fulmine.

*Ele está prestes a vagar fora do caminho
De retidão, e a regozijar-se com isso.
A mulher que assim age
Fornica com Satã, seu concubino oculto.*

*A paixão desenfreada, que é bastante forte
Para ocultar de vossos olhos a porta de Religião,
Não deixa ao Crente outro recurso
Além da abstinência, que fortifica sua Fé.*

XX. Duas mulheres envolvidas num assunto de Estado

O Emir dos Crentes Harun al-Rachid[1] gostava tanto de Djafar, o Barmécida[2], e lhe atribuía uma posição tão elevada junto de si que dormia em sua companhia num mesmo camisão. Então as mulheres de seu convívio puseram-se a urdir artimanhas para separá-los. A narrativa dessas intrigas nos foi feita por Ibrahim, filho de Ishaq, que a ouviu de uma testemunha do drama: Abu-Thawr, filho de Saqlab[3], al-Zahri.

Deixei que me contassem, relata este, a provação de Maymuna, filha de al-Mahdi[4], atingida por um amor ardente por Djafar, filho de Yahya, o Barmécida. Ela começou a enviar-lhe cartas, a tratá-lo com benevolência, a pedir-lhe para vir visitá-la. Ele recusou tais avanços e arranjou-se para não ficar exposto aos seus olhares, de medo que al-

---
1. Califa da dinastia dos abácidas. Reinou em Bagdá de 170/786 a 193/809.
2. De origem iraniana, ele pertencia a uma família de vizires e conselheiros, os Barmécidas, que serviu a vários califas abácidas.
3. Saqlab morreu em 191/805.
4. Califa da dinastia dos abácidas. Reinou em Bagdá de 158/775 a 169/785.

Rachid ficasse sabendo e fosse imaginar que seu companheiro familiar, renegando os benefícios recebidos, ousava atacar a inviolabilidade de sua família.

Perdendo a paciência e desesperando de chegar a seus fins, Maymuna organizou um banquete para o qual convidou seu irmão al-Rachid. Ela sabia que o califa só atendia a um convite desse gênero acompanhado de Djafar. Al-Rachid aceitou e compareceu com este. Ambos tomaram lugar no festim que lhes fora preparado, cada um num divã. No fim do banquete, quando al-Rachid quis retirar-se, sua irmã lhe disse:

– Ó meu senhor, comprei para ti uma escrava bem-educada, inteligente, que preparei para que passes a noite com ela em minhas dependências. Se aceitares me darás prazer.

– E meu irmão Djafar? – perguntou al-Rachid.

– Preparei uma outra para ele: é igual à tua quanto à perfeição das formas e à beleza.

– Agiste muito bem reservando para meu irmão Djafar uma pessoa semelhante à que reservaste para mim – disse al-Rachid.

Depois que a escrava veio ao encontro de al-Rachid e ambos se retiraram de parte num quarto, Djafar isolou-se em outro aposento. Então Maymuna, vestindo seus mais belos adereços e ornada com as mais ricas jóias, foi ao seu encontro. Ele não a reconheceu, certo de que estava tratando com uma mulher do mesmo gênero que a outra. Deitou-se e entrou nela. Quando pela manhã ambos despertaram, ela disse:

– Sou Maymuna. Havia pedido que me estendesses a mão no amor que sentia por ti, e tive de suportar tua recusa. Em meu desespero, empreguei uma artimanha para te possuir, e eis que ela deu certo esta noite. Se interromperes nossas relações, podes contar que me tornarei agente de tua ruína, pois perderás toda a riqueza de que dispões.

– Desgraçada de ti! – bradou Djafar. – Vais causar não apenas minha morte como também a tua.

Passou o tempo. O drama estava armado. Djafar não deixou de visitá-la assiduamente, temendo suas ameaças carregadas de conseqüências.

Outra testemunha do caso foi Ismail, filho de Yahya, o Hachemita[5]. O juiz Yahya, filho de Aktham, recolheu seu testemunho, transmitido por al-Madistani e que chegou a al-Mubarad[6]. Conheço esses fatos tais como aconteceram, até em seus detalhes secretos, disse Ismail, o Hachemita. Um dia em que me encontrava com al-Rachid numa caçada, enquanto seguíamos nossa pista o califa viu ao longe um cortejo que ocultava o horizonte. Perguntou-me:

– Ó Ismail, em honra de quem se encaminha aquele cortejo?

– É o de teu irmão Djafar, filho de Yahya – respondi.

Então, correndo o olhar de um lado para outro e contemplando o pequeno número dos que o acompanhavam, procurou avaliar a escolta de Djafar, mas o cortejo havia desaparecido no horizonte.

– Ó Ismail – disse ele, – para onde foram? Que fez Djafar deles?

– Ó senhor – respondi, – o cortejo tomou outro caminho. Djafar não deve ter percebido tua presença.

---

5. Da tribo de Hachim, portanto aparentado com os califas abácidas.
6. Gramático árabe, autor da obra *Al-Kamil*, "O Perfeito". Morreu em 285/898.

– Dize antes que não nos considerou dignos de contribuirmos para sua pompa nem de nos juntarmos à sua guarda.

– Ó Emir dos Crentes – retorqui, – se soubesse que estavas aqui ele teria vindo ao teu encontro apresentar-te honras.

Continuei a tomar a defesa de Djafar junto de al-Rachid, recorrendo a tudo que me vinha à mente.

Prosseguimos nosso caminho e logo chegamos às paragens de uma próspera aldeia com muitos rebanhos; ela mostrava casas sólidas e bonitas. O caminho que seguíamos contornava-a e, rodeando o terreiro onde se batia o trigo, conduziu-nos à porta da aldeia. Al-Rachid olhou o terreiro, onde se acumulava uma colheita abundante; olhou o gado e admirou a forma como estavam vestidos os habitantes, pessoas abastadas. Então voltou-se para mim:

– Ó Ismail, a quem pertence esta aldeia? – perguntou.

– A teu irmão Djafar, filho de Yahya – respondi.

Ele se conservou em silêncio por um longo momento, soltou um profundo suspiro e ficou carrancudo. Continuamos a caminhar, sempre beirando aldeias mais ricas umas que as outras, e toda vez que al-Rachid perguntava o nome do proprietário nós lhe respondíamos:

– É Djafar, filho de Yahya.

Assim foi até voltarmos à cidade, onde quis despedir-me do califa para voltar a meu domicílio. Então al-Rachid pôs-se a encarar com insistência cada pessoa de seu círculo; depois cada qual tomou seu rumo, de forma que ficamos a sós.

– Ó Ismail! – exclamou o califa.

– Estou a teu serviço, ó Emir dos Crentes – respondi.

– Tu me vês vítima de minhas próprias decisões – disse ele. – Cumulamos de atenções a família dos Barmécidas, enriquecendo seus membros à custa de nossos próprios filhos, cujos interesses negligenciamos.

Então fiz em meu íntimo esta reflexão: "Por Deus, eis aqui uma prova para ti" e depois tomei a palavra:

– Ó Emir dos Crentes, como chegaste a formular a idéia de que olhaste uns com benevolência e negligenciaste os interesses de outros?

– Pude constatar – respondeu ele – que nenhum de meus filhos possui uma aldeia semelhante às que pontilham o caminho que seguimos antes de retornar à cidade, e que pertencem aos Barmécidas. Sem falar dos domínios que eles possuem fora daquele caminho, nas outras regiões do país.

Então repliquei:

– Ó Emir dos Crentes, os Barmécidas são teus servos e empregados. Tudo que pertence a eles é teu.

Ele me olhou encolerizado e disse:

– Os membros da tribo de Hachim foram apenas servos dos Barmécidas. Estes não são obrigados a distribuir riqueza alguma aos membros da tribo de Hachim. Por Deus, ó Ismail, pronunciei diante de ti essas palavras e temo que vás relatar nossa conversa aos Barmécidas, a fim de obteres o reconhecimento deles. Mas guarda segredo sobre minhas palavras, que és o único a ter escutado. Se alguma coisa desse assunto vazasse para o exterior, eu saberia qual é a fonte da divulgação.

– Em Deus me refugio dos cometimentos de Satã, o lapidado! Peço a Deus que um homem como eu seja preservado da divulgação de um segredo que pertence ao Emir dos Crentes! – Assim falando, saudei-o e pedi licença para me retirar, enquanto refletia sobre a artimanha que teria como alvo os Barmécidas.

Na manhã seguinte, tendo levantado bem cedo, entrei em casa do Emir dos Crentes. Saudei-o e sentei à sua frente. Ele estava em um mirante que dava para o Tigre, a leste de Bagdá, "a Cidade da Paz". Diante dele, a oeste, ficava o palácio de Djafar. Diariamente os soldados iam acantonar ali. Al-Rachid voltou-se para mim e disse:

– Ó Ismail, aquilo vem confirmar a idéia que expressei ontem diante de ti. Olha quantos soldados, pajens e montarias estão reunidos à porta de Djafar. Diante da porta de minha residência não há ninguém.

– Ó Emir dos Crentes – repliquei, – não prendas teu espírito a considerações desse gênero. Djafar é teu servo, teu vizir e o chefe de teu exército. Se os soldados não se postassem diante de sua porta, diante de qual outra iriam se reunir? Sua porta é uma das que conduzem a ti.

– Ó Ismail – continuou ele, – examina seus cavalos. Não vês que têm as ancas direcionadas para meu palácio? Que seus excrementos são lançados em nossa direção? Eis um sinal particularmente desprezível. Por Deus, não tenho mais paciência para suportar semelhante vexame!

Então ele foi tomado de viva cólera. Tentei contê-la com estas palavras:

– Deus terá decidido assim...

Depois pedi permissão para me retirar e voltei para casa.

No caminho encontrei Djafar, que se dirigia para o palácio de al-Rachid. Dissimulei-me de sua vista até que ele passou. Foi ter com o califa. Este, como fiquei sabendo depois, após receber suas saudações prestou-lhe honras, mostrou-se sorridente e presenteou-o com um escravo de sua casa particular. O escravo era inteligente e falava bem. Djafar ficou encantado com tal prova de benevolência. Na verdade, a dádiva escondia u'a maquinação secreta urdida contra Djafar. O escravo estava encarregado de prestar contas, hora por hora, de cada respiração, de cada palavra de seu novo amo. Djafar levou-o para casa e designou-o para seu serviço pessoal durante três dias. Após esse lapso de tempo, visitei Djafar. Encontrei o criado em sua casa e imediatamente percebi que registrava até mesmo nossos suspiros.

Disse então a Djafar:

– Ó vizir, tenho um conselho a dar-te. Permites que eu fale?

– Fala – respondeu ele.

É preciso saber que al-Rachid o nomeara governador de todo o Khurasan[7] e das regiões anexas, e isso apenas alguns dias antes de nossa conversa. Dera-lhe de presente um uniforme de gala e criara uma bandeira, símbolo do comando de seu exército – o exército de al-Nahrawan[8]. Os contingentes militares haviam erguido as tendas e se preparavam para a partida. Falei assim a Djafar:

– Senhor, estás prestes a partir para governar regiões regurgitantes de riquezas, vastas e dignas de te cobrir de glória. Se renunciasses à posse de algumas de tuas aldeias em benefício do filho do Emir dos Crentes, não farias mais que elevar teu prestígio junto dele.

---

7. A parte central do planalto do Irã.
8. Local de uma célebre batalha entre o califa Ali e separatistas, em 38/658.

A essas palavras, Djafar lançou-me um olhar irado e bradou:

– Por Deus, ó Ismail, teu amigo, ou teu primo se preferes, deve apenas a meu mérito o fato de comer seu pão. Somente graças à nossa linhagem o Estado enfrentou com firmeza as dificuldades. Não basta que eu o tenha livrado de toda preocupação por sua família, sua progenitura, seu círculo particular e o governo de seus súditos? Enchi de riquezas os depósitos do Tesouro pelo qual ele é responsável, a fim de empregá-las nos grandes projetos ilustres que poderei dirigir. E além disso ele olha com cobiça os bens que juntei para meus filhos e para a linhagem que deixarei depois de mim?! Sem dúvida o ciúme, a injustiça e a cupidez invadiram-no. Por Deus, ele que formule semelhante pedido: estou bem certo de que prontamente o verei pagar caro pelas conseqüências.

Respondi:

– Por Deus, ó meu senhor, não há no Emir dos Crentes nada do que suspeitas, nem ele pronunciou a primeira palavra nesse sentido.

– Então o que está acontecendo para que interfiras num assunto que não te diz respeito? – retorquiu ele.

Prolonguei a visita apenas mais um breve instante e então deixei-o para voltar à minha casa. Depois disso abstive-me de cavalgar até a casa de um ou de outro, pois me tornara suspeito para ambos. Disse comigo mesmo: "De um lado está o califa e do outro seu vizir. Não há o menor sentido em colocar-se entre os dois. Não se pode duvidar que os Barmécidas vão perder sua fortuna, porque sua posição se tornou importante demais."

O criado da mãe de Djafar confidenciou-me que o escravo oferecido por al-Rachid fez ao califa um relatório da conversa entre Djafar e eu, e mencionou as deploráveis palavras do vizir. Depois de ler o relatório, durante três dias al-Rachid absteve-se de qualquer companhia e de qualquer ato de governo. Estava meditando sobre a artimanha a empregar para eliminar os Barmécidas. No quarto dia, dirigiu-se aos aposentos de Zubayda, filha de al-Qasim[9], e encerrou-se a sós com ela. Queixou-se da inquietação que lhe causavam os Barmécidas e deu-lhe para ler o relatório redigido pelo escravo. Ora, havia entre Djafar e Zubayda uma discórdia antiga, tecida por atos de malevolência e inimizade. Quando viu que lhe ofereciam como argumento a conversa relatada ao califa, ela disse consigo que era aquele ou nunca o momento de provocar a ruína de seus inimigos.

Al-Rachid considerava benéficos os conselhos de sua esposa e encontrava nela uma espécie de muralha protetora.

– Dá-me tua opinião – disse ele. – Receio que o poder me escape das mãos quando os Barmécidas estiverem firmemente instalados no Khurasan e o controlarem por inteiro.

– Ó Emir dos Crentes – replicou ela, – tuas relações com os Barmécidas parecem as que mantém com as águas profundas do mar um homem bêbado que está se afogando. Quando despertares de tua embriaguez, quando tiveres emergido de teu abismo líquido, vou te dar uma notícia que será dura de suportar e ainda mais catastrófica que o relatório que me fizeste ler. Mas se permaneceres assim nessa tua embriaguez, eu te deixarei no esta-

---

[9]. Prima do califa e sua esposa oficial.

do em que estás e não te desvendarei o indício que guardo em segredo.

– O que aconteceu me parece encerrado – retrucou o califa. – Fala e te prestarei ouvido atento.

– A falta em questão, que teu vizir cometeu, vem tornar tua situação atual ainda mais difícil. Ela é mais feia e mais desonrosa para ti.

– Desgraçada! – bradou ele, desagradavelmente impressionado por aquelas palavras. – Qual é, pois, essa falta?

– Tenho demasiado respeito e veneração por tua pessoa para me permitir apresentá-la sem rodeios. Mas Urdjuwan, o guardião da área reservada às mulheres em teu palácio, pode muito bem informar-te. Convoca-o, pressiona-o com perguntas, assusta-o. Ele te dirá a verdade.

Ora, al-Rachid atribuíra a Djafar privilégios de que não podiam desfrutar nem seu pai, nem seu irmão, nem sua mãe. Entre outras coisas, permitira que entrasse em seu gineceu pessoal, não apenas quando ele estava em viagem, mas também quando estava presente. Suas servas, irmãs, filhas e toda a criadagem feminina da casa tinham permissão para erguer o véu diante de Djafar, porque era seu irmão de leite. A única exceção a esse privilégio era Zubayda, sua esposa. Djafar nunca a via, nunca entrava em seus aposentos, não levava recado algum. Aliás, ela não lhe pedia um só favor. Quando viu que o coração de al-Rachid havia se endurecido contra os Barmécidas, ela achou que chegara o momento de rebaixar Djafar, de revelar o que sabia de suas ações censuráveis e separá-lo do esposo.

Este, assim que deixou Zubayda, mandou buscar o criado Urdjuwan; ao mesmo tempo ordenou que trouxessem para a sala o tapete de couro das execuções capitais e o sabre.

– Que meu antepassado al-Mansur[10] me renegue – disse-lhe – se não puser fim à tua vida no caso de mentires.

– Garante minha segurança, ó Emir dos Crentes, e te direi a verdade – bradou o criado.

– Garanto-a.

– Fica sabendo, ó Emir dos Crentes, que Djafar te traiu no que se refere à tua irmã Maymuna. Ele entrou nela, há sete anos. Ela lhe deu três filhos: um tem seis anos de idade, o outro cinco e o terceiro viveu dois anos e morreu recentemente. O pai mandou ambos para Medina, a cidade do Enviado de Deus (que a salvação e a bênção de Deus estejam sobre ele!). Atualmente ela está grávida de um quarto filho. Não esqueças que permitiste que Djafar se introduzisse junto dos habitantes de tua casa e me ordenaste que não o impedisse, sempre que ele o desejasse, tanto à noite como de dia.

– Sim – replicou o califa, – ordenei que não lhe barrasses a passagem. Mas quando se manifestou essa ousadia de sua parte, por que não me informaste sem tardar?

Com isso, al-Rachid deu ordem para decapitarem o criado, o que foi feito sem demora. Imediatamente depois ele se levantou e entrou nos aposentos de Zubayda.

– Viste como Djafar me tratou? – disse-lhe. – Percebes o que empreendeu para destruir minha honra e baixar minha cabeça? Ele provocou a perda de minha reputação junto dos árabes e dos não-árabes.

---

10. Califa abácida que reinou em Bagdá de 136/754 a 158/775.

– Eis o resultado da paixão que alimentaste – respondeu ela. – Eis as conseqüências de tua atração por um jovem de belo rosto, de trajes perfeitos, de odor agradável, mas tirânico em sua essência e possuidor de um fogo que não aquece. Tu o introduziste junto da filha de um dos califas de Deus Altíssimo, de rosto mais perfeito que o dele, de vestes ainda mais distintas, com odor mais suave do que ele exala. Ela nunca vira outro homem. Satã brincou de se imiscuir entre ambos e a fez perder o juízo, não descansando enquanto não a levou à perdição, pois o desejo se exacerbou. Eis o resultado para quem coloca o fogo ao lado do esparto.

O califa deixou Zubayda, muito aflito.

Depois convocou seu criado Masrur. Este possuía um coração duro. Não se deixava enternecer por nada que fosse. Deus dera-lhe uma constituição espessa e tirara-lhe todo sentimento de misericórdia.

– Ó Masrur – disse al-Rachid, – esta noite, quando a escuridão tiver se estabelecido por toda parte, virás ao meu encontro em companhia de dez robustos operários e dois criados.

– Ouvido atento e boa vontade! – respondeu Masrur.

Chegada a noite, ele foi ao encontro do califa com os dez operários e os dois criados, segundo a ordem que recebera. O califa levantou-se e, precedido dessa escolta, foi ao apartamento onde vivia sua irmã Maymuna. Chamou-a. Ela se apresentou. Ele olhou-a e viu que estava grávida. Entrou, sem dizer uma só palavra, sem lhe fazer censuras pela maneira como se portara. Ordenou aos dois criados que a colocassem numa grande arca que existia no apartamento, tal como estava, com suas vestes e jóias. Fechou a arca à chave. Maymuna guardava silêncio, sem formular a menor desculpa, consciente de sua falta e sabendo perfeitamente, desde a execução de Urdjuwan, que o seguiria na morte. Quando al-Rachid a viu devidamente trancada na arca, retirou a chave e chamou os operários, armados de picaretas e de cestos com alças. Seguindo suas instruções, eles cavaram a terra no meio do pavilhão até atingir a parte do solo onde filtrava água. Da cadeira onde estava sentado, al-Rachid olhava-os trabalhar. Em determinado momento disse:

– Já basta. Trazei a arca e fazei-a descer na cova.

Quando a arca encostou no fundo, ordenou:

– Recolocai a terra por cima.

Os outros obedeceram. Depois ele mandou todo o grupo sair e fechou a porta com a chave, que levou consigo[11].

Voltando ao local de onde partira, em presença dos operários e dos dois criados o califa Harun al-Rachid disse a Masrur:

– Toma contigo este grupo de homens e dá-lhes o salário que lhes é devido.

Masrur levou-os, colocou cada um deles dentro de um grande saco cuja abertura foi costurada, amarrou a esses sacos rochas e seixos e depois jogou-os no meio do Tigre[12]. Retornou prontamente para junto de al-Rachid e ficou de pé diante dele.

– Masrur, que fizeste? – perguntou o califa.

– Dei aos membros daquele grupo seu salário.

---

11. O mesmo episódio, mas desta vez por instigação de Zubayda, figura no conto das *Mil e Uma Noites* intitulado "A força do amor" (*Mille et Une Nuits*, t. IV, pp. 299-300, Phébus, 1988).

12. Assim o exigia a regra do segredo de Estado. Harun al-Rachid defende inexoravelmente os interesses de sua dinastia e do Império muçulmano.

Então al-Rachid devolveu-lhe a chave do apartamento, com a seguinte ordem:

– Guarda contigo esta chave até que eu a peça. Vai agora erguer no meio do pátio do palácio a tenda cuja forma é igual à dos turcos.

Masrur obedeceu e voltou para junto do califa antes que o dia surgisse. Ninguém conhecia as intenções secretas de al-Rachid.

Este foi instalar-se na sala de audiências. Era quinta-feira, dia do cortejo oficial.

– Ó Masrur, não fiques muito longe de mim – disse o califa.

– Eis-me perto de ti – respondeu Masrur.

As pessoas entraram. Saudaram al-Rachid, fizeram invocações a Deus em seu favor, rogando a Ele que lhe proporcionasse poder e vitória sobre seus inimigos. Depois os dignitários tomaram lugar, cada um segundo sua posição. Entrou Djafar, filho de Yahya, o Barmécida. O Emir dos Crentes respondeu à sua saudação, desejou-lhe boas-vindas e mostrou-se muito alegre ao falar com ele. Djafar sentou no lugar que sua dignidade lhe conferia. Sacou as cartas que lhe haviam chegado das províncias e leu-as. Harun al-Rachid comunicou suas decisões sobre os assuntos pendentes, aprovou ou desaprovou, adiou algumas soluções e determinou as modalidades de cumprimento de outras. Depois Djafar pediu permissão para partir em viagem para o Khurasan naquele mesmo dia.

Então al-Rachid mandou aproximar-se o astrólogo oficial da corte, que estava entre os que assistiam ao Conselho.

– Quantas horas ainda devem decorrer até o fim deste dia, e quantas horas já passaram? – perguntou-lhe.

– Três horas e meia já passaram – respondeu o astrólogo.

Pegou um instrumento, mediu a elevação do sol, fez os cálculos levando em conta o horóscopo e o signo astral de Djafar. Pronunciou sua decisão: aquele dia era nefasto para o vizir. Então o califa disse a Djafar:

– Ó meu irmão, este dia é pois nefasto para ti, e esta hora aqui em especial. Não sou de opinião que empreendas coisa alguma neste momento nem neste dia. Mas amanhã recitarás as preces rituais da sexta-feira e te porás a caminho sob a proteção da sorte. Chegarás a al-Nahrawan, passarás a noite lá e na manhã seguinte, sábado pela aurora, prosseguirás caminho. Será um dia mais propício do que este em que estamos.

Djafar não acatou a opinião de Harun al-Rachid. Pegou o astrolábio das mãos do astrólogo, pôs-se de pé, calculou a elevação do signo astral e chegou ao resultado que lhe dizia respeito pessoalmente.

– Por Deus, tens razão, ó Emir dos Crentes! – exclamou. – Esta hora é dominada pela má sorte. Nunca vi uma constelação em tal estado de incandescência e tão perturbada em sua movimentação entre os signos do zodíaco.

Ele deixou a sala do Conselho e foi embora para sua morada, cercado pelos generais de exército, pelos servos particulares, pelas pessoas do povo, que de todos os lados o glorificavam e diziam louvores dele. Quando chegou a seu palácio, um grande número de soldados cercava-o, esperando suas ordens e proibições[13]. Quando entrou em casa as pessoas dispersaram-se.

---

13. Segundo toda evidência, ele preparava um golpe de Estado.

A sessão do Conselho ainda não havia terminado e o califa ordenava a Masrur:

– Vai agora mesmo à casa de Djafar e traze-o para cá, pretextando que acabam de me chegar cartas do Khurasan. Quando ele atravessar a primeira porta do palácio, não deixes nenhum de seus pajens entrar junto. Ele deve adentrar sozinho. No pátio, farás que se desvie de seu caminho para conduzi-lo à tenda turca que ergueste naquele lugar. Lá, cortarás sua cabeça e a trarás para mim em meu apartamento. Nem uma única criatura de Deus Altíssimo deve inteirar-se desta ordem que estou dando. Ela é definitiva, e não te permitirás consultar-me novamente a respeito. Se não cumprires a tarefa que te confio, saberei encontrar alguém que me traga tua cabeça ao mesmo tempo que a dele. Não tenho palavra alguma a acrescentar às que acabas de ouvir, e isso basta, como sabes melhor que outros. Age depressa, antes que notícias sobre meu plano de ação lhe cheguem de alhures.

Masrur saiu para cumprir sua missão. Tomou a liberdade de entrar em casa de Djafar e apresentou-se diante dele. O vizir despira as vestes de gala e estava deitado em seu divã para repousar.

– Ó meu senhor – disse Masrur, – atende imediatamente à convocação do Emir dos Crentes.

Sinais de contrariedade e de pavor apareceram no rosto de Djafar.

– Desgraçado de ti! Ó Masrur – bradou, – acabo de deixá-lo agora mesmo. O que se passa?

– Ó senhor – respondeu Masrur, – ele recebeu cartas do Khurasan e considera necessário lê-las para ti.

Djafar tranqüilizou-se, pediu seus trajes de sair, vestiu-se, cingiu o sabre e foi com Masrur até a entrada do palácio. Quando atravessou a primeira porta, impediram a entrada dos soldados que o acompanhavam. Na segunda porta os pajens foram deixados fora. Na terceira porta, Djafar voltou-se e não viu ninguém atrás de si. Arrependeu-se de ter saído àquela hora, mas era impossível voltar atrás. Quando o vizir chegou diante da tenda armada no pátio, Masrur o fez desviar-se e, exigindo que apeasse, levou-o para dentro dela. Djafar não viu ninguém: somente avistou num canto o tapete das execuções capitais e o sabre.

Sentindo a ameaça que agora pesava sobre si, perguntou a Masrur:

– Ó meu irmão, o que se passa?

– Ah! Agora sou "teu irmão"! – respondeu Masrur. – Porém em tua casa me interpelavas empregando a expressão "desgraçado"! Estás vendo de qual assunto se trata. Deus, que sabe o que faz, estava apenas te dando algum tempo, mas não te perdia de vista. O Emir dos Crentes ordenou-me que te cortasse o pescoço e lhe levasse tua cabeça neste instante mesmo.

Djafar chorou e pôs-se a beijar as mãos e os pés de Masrur e a implorar:

– Ó Masrur, sabes de quanta generosidade fui capaz para contigo: ela é ainda maior do que a que demonstra a todos meus pajens e a todos os criados ligados à minha pessoa. Tuas necessidades sempre foram atendidas, não importando o momento. Conheces minha posição e a influência que exerço sobre o Emir dos Crentes. Ele tem tanta consideração por mim que me revela seus pensamentos íntimos e seus segredos. Talvez lhe tenham dado informações falsas a meu respeito. Aqui estão cem mil moedas de ouro, que mandarei transportar para cá agora mesmo, antes de sair deste lugar. Pega-as e deixa-me partir livremente.

– Isso me é proibido. Jamais aceitarei – declarou Masrur.

– Então leva-me até o Emir dos Crentes. Executarás a sentença diante dele. Se me lançar um olhar, talvez nasça nele um sentimento de misericórdia capaz de conduzi-lo ao perdão.

– Isso me é proibido. Jamais aceitarei – repetiu Masrur. – Ele é o Emir dos Crentes. Ordenou-me que te cortasse o pescoço. Não posso intervir para suspender a execução de sua sentença. Bem sabes que não há a menor esperança de permaneceres vivo.

– Pois bem, dá-me uma hora de prazo. Volta para junto dele e não pronuncies palavra alguma em meu favor. Dize-lhe simplesmente que executaste a ordem que recebeste e espera as palavras que ele irá pronunciar. Depois volta para cá e age como quiseres. Se te portares assim e se eu tiver a vida salva, perante Deus Altíssimo e Seus anjos faço o juramento de repartir por igual contigo tudo o que possuo, confiar-te o cargo de general dos exércitos e tornar-te rico e poderoso neste mundo inferior.

Djafar não parou de implorar até que Masrur cedesse às suas belas promessas:

– Talvez isso pudesse ser feito – acabou ele por dizer.

Retirou de sua vítima o cinturão e o sabre e levou-os consigo; depois confiou a vigilância de Djafar a quarenta servos negros, para impedi-lo de fugir.

Em seguida foi ter com al-Rachid e permaneceu de pé diante dele. A cólera parecia exsudar do rosto do califa. Segurava na mão a varinha de comando, com a qual esgravatava o solo. Ao ver Masrur, bradou:

– Que tua mãe fique de luto por tua perda, ó Masrur! Que fizeste com Djafar?

– Ó Emir dos Crentes – respondeu Masrur, – executei tua ordem a respeito dele.

– Onde está a cabeça?

– No interior da tenda.

– Traze-me sua cabeça agora mesmo.

Masrur retornou então à tenda, onde encontrou Djafar recitando suas preces rituais. Estava na primeira inclinação do corpo. Masrur não lhe deu tempo de inclinar-se uma segunda vez: desembainhou o sabre que lhe havia tomado e cortou-lhe o pescoço. Depois apoderou-se da cabeça da vítima, munida da barba, e foi jogá-la por terra, escorrendo sangue, diante de al-Rachid.

Este soltou um grande suspiro, depois desatou a soluçar. Em seguida, com a varinha pôs-se a esgravatar ora o chão ora os dentes de Djafar, falando assim:

– Ó Djafar, eu não te colocara quase em meu lugar? Não te considerava meu amigo mais chegado? Ó Djafar, não me recompensaste por isso! Não reconheceste meus direitos, não respeitaste minha afeição nem meu pacto. Não lembraste de meus benefícios. Não refletiste nas vicissitudes do mundo nem nas reviravoltas que os dias e as noites trazem, esses fornecedores de mudanças. Ó Djafar, traíste-me em tuas relações com minha família, desonraste-me aos olhos dos árabes e dos não-árabes. Ó Djafar, ofendeste-me e ofendeste tua pobre pessoa. Não pensaste nas conseqüências de tua conduta e nos castigos que a vida impõe em seu decurso.

"Permaneci de pé à sua frente – confiou mais tarde Masrur – enquanto com a varinha ele continuava a esgravatar o chão e os dentes da cabeça degolada, à qual não parava de repetir as mesmas palavras entrecortadas de lágrimas. Ficou nesse estado até que do alto dos minaretes lançassem o chamado para a prece do meio-dia. Então ele pediu água para as abluções rituais, cumpriu-as e saiu para ir à mesquita principal da cidade. Dirigiu a prece comunitária. Depois tratou de se apoderar do palácio de Djafar, de suas diversas casas, da fortaleza pertencente a seu pai e da fortaleza de seu irmão. Capturou todos os descendentes dos Barmécidas. Tomou posse de seus bens, de seus escravos e considerou lícita a pilhagem de tudo o que continham suas casas. E enviou a mim, Masrur, para o acampamento militar, a fim de confiscar os pavilhões, as tendas, as armas e outros aparatos de guerra.

"O dia de sábado não se ergueu sem que fossem massacradas duzentas pessoas dos Barmécidas e suas famílias. O número de mortos entre capangas, pajens e criados elevou-se a mil. O restante foi exilado, dispersado pelas diversas regiões, reduzido a tal miséria que cada qual mal podia conseguir um pedaço de pão para sobreviver.

"Ele aprisionou numa cova o pai de Djafar, Yahya[14], e o irmão de Djafar, al-Fadl[15], e ordenou que o corpo de Djafar fosse amarrado a um poste sobre a ponte principal de Bagdá. Depois enviou para o Khurasan um homem de confiança a fim de assentar a autoridade do califa na região, dispersando os soldados submissos aos Barmécidas e

---

14. Yahya, filho de Khalid, filho de Barmak, foi vizir do califa Harun al-Rachid durante dezessete anos.
15. Al-Fadl, filho de Yahya, foi vizir de Harun al-Rachid antes de seu irmão Djafar.

recrutando para o exército do califa os que eram confiáveis. Quando a situação se restabeleceu e a autoridade de al-Rachid viu-se incontestada, este nomeou governador do Khurasan a Ali, filho de Isa, filho de Haman.

Em seguida mandou para Medina, a cidade do Enviado de Deus (que a salvação e a bênção de Deus estejam sobre ele!) um mensageiro para trazer-lhe os dois filhos de Djafar, nascidos de sua irmã Maymuna[16]. Ambos foram levados ao seu apartamento. Quando os viu, seu coração encheu-se de admiração. As duas crianças eram de uma extrema perfeição física. Ele fez que falassem. A linguagem conformava-se à dos habitantes de Medina, a pureza das expressões era a dos membros da tribo de Hachim[17]. Falavam de forma tão eloqüente quanto agradável de ouvir. Ele perguntou ao primogênito:

"– Como te chamas, ó luz de meus olhos?

"– Al-Hasan – respondeu este.

"Perguntou ao mais jovem:

"– E tu, meu querido, como te chamas?

"– Al-Husayn[18].

"Ele contemplou-os, depois chorou abundantemente.

"– Vossa perfeição física e vossa beleza me são muito caras – disse. – Deus não tenha misericórdia de quem vos tratar injustamente!

---

16. Trata-se agora de outro assunto de Estado, cuja solução devia permanecer secreta: suprimir toda possibilidade de uma futura dinastia rival dos abácidas, proveniente da posteridade de Djafar, o Barmécida.

17. Aquela de onde era originário justamente Harun al-Rachid.

18. Al-Hasan e al-Husayn eram os prenomes dos dois netos do Profeta. Pode-se deduzir daí que Djafar realmente tinha em mira o trono.

"As crianças não sabiam o que aquelas palavras sugeriam, pois era como se seu elogio fúnebre fosse pronunciado diante deles.

"– Ó Masrur – continuou o califa, – que fizeste da chave do apartamento, que te entreguei e te mandei guardar?

"– Trago-a comigo, ó Emir dos Crentes – respondi.

"– Dê-ma.

"Ele convocou um certo número de escravos e levou-os para o pavilhão onde fora enterrada a arca com o corpo de sua irmã. Ordenou-lhes que cavassem a terra até chegarem à arca. Então mandou trazerem lenha seca. Encheram a cova com a lenha e ele ordenou que ateassem fogo. As chamas ergueram-se e passaram do branco para o negro. Depois mandou que trouxessem os dois filhos de Djafar. Sentou-se e pegou-os no colo, um à direita e o outro à esquerda, e começou a beijá-los chorando. Julguei que teria clemência e desistiria de matá-los.

"Então ele bradou:

"– Deus não tenha misericórdia de quem for o instrumento de vossa perda!

"Eu continuava de pé à sua frente. Meu coração estava como lacerado, tanta era a piedade que sentia por aquelas crianças. Quando perceberam que al-Rachid ia jogá-las na fogueira, choraram e suplicaram:

"– Ó tio nosso, por Deus, sim, por Deus, não nos faças morrer por uma falta que outros cometeram e não nós. Apieda-te de nosso desejo de viver!

"Ouvindo-as chorar, al-Rachid chorava cada vez mais, a tal ponto que julguei que fossem escapar da morte. Depois ele enxugou os olhos e declarou:

"– Ó Masrur, por Deus, não tenho escolha. Não posso deixar vivas estas crianças. Sim, por Deus, sou obrigado a tomar as medidas necessárias para não mais ouvir falar delas em lugar algum da terra. Desgraçado de ti! Ó Masrur, fica sabendo que uma hora de tristeza é preferível a preocupações que perturbarão a vida até o fim. Não há outra solução além de matá-los jogando-os neste braseiro. Pega o primogênito e trata-o como vou tratar o caçula.

"Ele pegou um e eu peguei o outro. Então os jogamos no fogo. Por Deus, não ouvi nem ruído nem movimento, exceto um grande grito no início. Depois tudo recaiu no silêncio, e no centro da fogueira não apareceram ossadas nem vestígios de qualquer espécie. Quando após alguns dias o fogo se apagou, por ordem de al-Rachid as cinzas foram recolhidas e lançadas no Tigre, em um dia em que o vento soprava para tempestade.

"Ele recomendou que a partir de então não se fizesse mais menção aos Barmécidas em seu Conselho, que nenhum membro daquela família permanecesse na cidade e que nenhuma notícia sobre os que restavam lhe fosse transmitida. Eles se dispersaram pelas regiões, tomando um outro nome, e Deus cortou suas raízes."

Um certo tempo havia decorrido desde a morte dos Barmécidas, quando al-Rachid encontrou um bilhete sob seu tapete de orações. Nele havia algumas linhas em prosa denunciando a forma como resolvera o caso, e depois uma breve seqüência de versos. Al-Rachid fez uma investigação para descobrir a origem do bilhete. Chegou ao responsável: o encarregado da opinião pública. Convocou-o e interrogou-o.

– Ó Emir dos Crentes – disse este, – encontrei o bilhete no pátio da casa. Não sabia quem o havia jogado. Então peguei-o e coloquei-o sob teu tapete de orações.

Pretendeu-se ver também nisso a mão de Zubayda, filha de al-Qasim, que desejava provocar a morte dos Barmécidas que restavam. Ela escrevera o bilhete em questão para que al-Rachid tomasse conhecimento, ficasse inquieto e redobrasse de cólera contra eles. Prontamente al-Rachid ordenou que tirassem da prisão al-Fadl, filho de Yahya, e o trouxessem à sua presença. Por ordem sua, chicotearam-no com tanta violência que ele quase morreu. Aumentaram o número de correntes que o prendiam, e aquele homem de nobre linhagem viu redobrar a crueldade dos carcereiros. Al-Rachid também ordenou que acorrentassem mais pesadamente Yahya e o tratassem da mesma forma na prisão; este estava então muito avançado em anos.

Yahya escreveu ao califa al-Rachid uma carta suplicando, em prosa e verso, que lhe mostrasse mais clemência e aliviasse suas cadeias e correntes:

"Em nome de Deus, Senhor de Misericórdia, Fonte de Misericórdia.

"Ao Emir dos Crentes, sucessor dos que foram conduzidos pelo caminho de retidão, representante do Senhor dos Mundos.

"Da parte de um servo que as faltas entregaram ao castigo, que os pecados tornaram cativo, que o irmão cessou de socorrer, que o amigo abandonou, que o tempo traiu, que o desprezo e as vicissitudes da sorte esmagaram.

"Ele foi para a privação após a abastança. Sofreu a desgraça após a beatitude. Bebeu das duas taças até esgotá-las. Dormiu no leito da cólera após o da aprovação. Untou as pálpebras com o colírio da insônia, depois de passar-lhes o da sonolência tranqüila. O dia decorre-lhe na interrogação incessante sobre seu destino; a noite, na ausência de sono. Ele viu a Morte aproximar-se tantas vezes...

"Ó Emir dos Crentes, os males que me atingiram, Deus serviu-Se deles para ocultar a nostalgia causada por teu afastamento. Duas provações assaltaram-me: minha presença neste lugar e o desaparecimento de minhas riquezas. Estas, provenientes de ti, podem apenas retornar a ti. Representavam um empréstimo de tua parte e não há mal algum em que as somas emprestadas retornem ao proprietário. Quanto à provação que sofri ao perder Djafar, é conseqüência da falta que ele cometeu e de seu pecado. Castigaste-o porque encarou com leviandade a violação de teus direitos e da ordem que querias estabelecer. E sua pena foi mais pesada que o mal cometido.

"Lembra, ó Emir dos Crentes, os serviços que te prestei. Tem piedade de minha fraqueza e da perda de meu vigor. Concede-me como dádiva gratuita tua boa disposição. Um homem como eu está predisposto aos passos em falso; um homem como tu está predisposto ao perdão e à mão estendida para erguer os que caem. Não são desculpas que apresento, mas confissões. Esperando obter de novo tua boa disposição, rogo que recebas com bondade minhas explicações, que acredites em minhas boas intenções, em todas as manifestações externas de minha obediência e na legitimidade de meus argumentos. Creio que o Emir dos Crentes levará isso em conta ao ver que corresponde à verdade, e assim atingirei o objetivo desejado, se Deus Altíssimo o quiser.

*Dize ao califa cuja amizade e inimizade
Seguem o modelo fornecido por Hachim,*

*Ornamento das criaturas provenientes de
                                [Qurayche,
Enfeite dos reis que Deus guiou bem,*

*Homem de sangue real que não tem igual
Entre os heróis que brilham por suas façanhas:*

*"Onde estão os Barmécidas que ousaram
Atacar uma fortaleza assim?"*

*Um único olhar severo de ti
Eliminou-os, e nada mais resta deles.*

*Seus rostos empalideceram e o rigor
Aniquilou-os a um visível nada.*

*Perseguidos, eles próprios aumentaram
Sua fraqueza sobre toda terra vacilante.*

*Tendo errado definitivamente o alvo,
Esperam de ti benevolência e saúde.*

*Após servirem como vizires e governadores,
Após as alturas que conheceram,*

*Eis os baixios, rastros lançados pelo Tempo,
Que só deixou um restinho vivo.*

*A bandeira negra de quem me combateu
Provocou o aniquilamento de meu exército.*

*Para ti, que te subtraíste à ruína,
Ver-me neste estado não basta para tua cólera?*

*Não te basta ver-me aquiescer
Ao abandono de todos, amigos e mulheres?*

*Não te basta o espetáculo que te oferecem
Meu aviltamento, minha privação de liberdade,*

*A perda de todas minhas riquezas
E da confiança do califa?*

*Se julgas que é preciso mais,
Espera que eu sinta o gosto de minha morte.*

*Essa morte, eu a vi
Antes que ela se apresente para valer.*

*Vais pois ouvir meu apelo,
Tu cujos ramos frutificam belamente?*

Depois de ler a missiva, al-Rachid mandou-a de volta a quem a enviara, escrevendo nas costas da folha os versos seguintes, no mesmo metro poético e com a mesma rima:

*A sentença foi dita e tornada executória
Em resposta a vossa traição manifesta.*

*Quem contra seu chefe de oração se rebela
Incorre merecidamente em ser tratado assim.*

Depois acrescentou, em prosa:
"Em nome de Deus, Senhor de Misericórdia, Fonte de Misericórdia.

"Deus deu o exemplo de uma cidade crente, vivendo em segurança, fecunda nutriz para seus habitantes e para que provêm de qualquer lugar. Eles se recusaram a crer nos benefícios de Deus, e Ele os fez vestir as roupas da fome e do medo, em conseqüência de seus atos[19]."

Quando recebeu na prisão a resposta do califa, Yahya desesperou da vida e soube que para ele não havia mais a menor esperança de ser libertado de sua miserável situação. Continuou preso duran-

---

19. Alcorão, 16, 112.

te um certo tempo. Então, tendo feito o voto de empreender a peregrinação à Meca, al-Rachid deixou Bagdá, precedido e seguido por um contingente de soldados. Era o mês de Ramadã. Em cada etapa erguiam seus pavilhões de rico tecido, encimados por uma faixa de seda com desenhos e abrigando móveis recobertos de seda. Ele ia de um para outro e as pessoas olhavam-no com insistência. Chegando ao território sagrado, cumpriu as cerimônias da Peregrinação. Durante esse tempo, Yahya estava morrendo na prisão. Antes de exalar o último suspiro, ele dirigiu ao califa, através de seu filho al-Fadl, os seguintes versos:

Tu verás, no Julgamento Final,
Posto em face de tuas maquinações,
Quando nos reencontrarmos junto de Deus,
Quem é que foi injustamente tratado.

Então terá se esvaído totalmente
O prazer partilhado com nossos semelhantes,
E desvanecidas estarão as preocupações
Que nos atormentaram.

Al-Rachid recebeu essas palavras enviadas por al-Fadl. Quando tomou conhecimento delas e assim ficou sabendo da morte de Yahya, exclamou:
– Por Deus, com o desaparecimento de Yahya desapareceram a generosidade, a nobreza de caráter, a magnanimidade personificada! Sim, por Deus, se ele tivesse permanecido vivo eu o teria libertado.
Depois ordenou que devolvessem a liberdade a al-Fadl, filho de Yahya, e tomou-o como vizir em lugar de seu irmão Djafar – que a misericórdia de Deus se exerça sobre todos eles!

XXI. O amante e a amante

Havia um príncipe[1] de nome Tadj al-Muluk, "Coroa dos Reis", que amava apaixonadamente a caça, encontrando grande prazer em perseguir impetuosamente os animais selvagens. Para retê-lo no palácio, seu pai, o rei Sulayman, designava-lhe tarefas que exigiam sua presença. Se o proibia expressamente de sair para caçar, era porque temia os perigos que apresentavam para ele a extensão descontrolada das planícies incultas e o ataque dos animais ferozes. Mas o jovem não se preocupava com isso. Bem ao contrário, só se interessava ainda mais por tais expedições, e era freqüente ouvi-lo dizer às pessoas de seu séquito:

---

1. Ms. B.N. nº 3612, fls. 213 e ss.; ms. de Estrasburgo, nº 4280, fls. 336 e ss.; edição das *Mil e Uma Noites* em árabe de Bulaq (Egito), t. I, nº 228, noites 107b a 137; lacuna na tradução de Galland; trad. Mardrus, t. III, pp. 290 ao final; t. IV, pp. 8-127, noites 107b a 136a. História erroneamente inserida nas *Mil e Uma Noites*, encaixada em outra que é uma cópia do conto das *Mil e Uma Noites* autênticas, "Un mariage par ouï-dire" ("Um casamento por ouvir dizer"), Phébus, t. III, pp. 105-194. Tudo isso ainda foi encaixado em outro conto, "Omar al-Nu'man", uma síntese canhestra de dois romances antigos, dos quais possuímos o texto integral em manuscritos.

– Levai convosco cevada bastante para alimentar os cavalos durante dez dias de andanças.

Eles seguiam as instruções e partiam em sua companhia. Com efeito, "Coroa dos Reis" constituíra para si um grupo de companheiros e amigos. Cada um dos que procuravam insinuar-se em sua intimidade esperava tornar-se emir um dia, quando o rei seu pai chegasse ao termo da vida.

Certo dia, durante uma dessas caçadas, "Coroa dos Reis" bateu os campos tão bem que deu consigo no centro das planícies incultas. Sulcando sem cessar as extensões desérticas, ao fim de quatro dias de perseguição impetuosa seus companheiros e ele acabaram por deparar com uma região onde a terra exuberava numa vegetação luxuriante e oferecia a u'a multidão de espécies selvagens imensos maciços de altas árvores entre as quais elas se movimentavam livremente. Um regato preguiçoso alargava-se num laguinho estagnado. "Coroa dos Reis" aproximou-se da margem e, após distribuir flechas aos mais insignes de seus companheiros, explicou-lhes:

– Vamos nos estender em círculo para levantar a caça. Aquele lugar que vedes lá longe é onde nos juntaremos.

Depois de marcarem bem o lugar, foi dado o sinal para baterem o mato. O amplo movimento desacoitou um imenso número de animais de toda espécie. A manobra durou até que o círculo, devidamente estreitado, forçasse os animais a se precipitarem rugindo sobre seus atacantes, para escapar-lhes. Então o príncipe açulou os cães, bem como os leopardos presos e os falcões, enquanto, ao som dos tambores cujo ritmo excitava as feras, flechas bem ajustadas atingiam-lhes as pupilas. O saldo final da caçada foi impressionante, beneficiando sobretudo os últimos a chegar, que fecharam o círculo e só perderam os poucos animais que haviam conseguido escapar antes do fim das operações.

Voltando à margem, "Coroa dos Reis" mandou que levassem para lá os animais abatidos e dedicou-se à partilha entre os caçadores. Guardando as melhores peças para o rei Sulayman, seu pai, carregou com elas alguns jumentos, que lhe enviou com os mais nobres de seu séquito. Depois instalou-se para passar a noite.

De manhã bem cedo, viu aproximar-se um grupo numeroso, formado por viajantes e mercadores com sua escolta de servos e escravos, que finalmente se deteve no ponto d'água. "Coroa dos Reis" chamou um de seus companheiros:

– Quero saber mais sobre aquele grupo. Procura colher informações.

O outro foi interpelar os viajantes:

– Quem sois? Respondei claramente e sem rodeios inúteis.

– Somos mercadores que acharam longa a etapa e quiseram repousar um pouco aqui. Só tomamos este caminho porque conhecemos a reputação de eqüidade do soberano que reina nesta região, o rei Sulayman, e sabemos que todo mercador que se detiver em seu território estará em segurança; ele, por sua vez, não precisa temer dano algum. Transportamos tecidos registrados em nome de seu filho, "Coroa dos Reis".

O intermediário relatou ao jovem príncipe o que ouvira, sem omitir uma única palavra, e este declarou:

– Que o homem que traz os tecidos registrados em meu nome não entre na cidade sem antes apresentá-los a mim.

Montando seu corcel, ele deu de esporas, cercado por seus criados, em direção à caravana. Os mercadores, reconhecendo-o, receberam-no com as mostras de deferência devidas à sua posição, dirigiram invocações a Deus pelo sucesso de suas armas e pela prosperidade de seus negócios. Os criados que tinham o encargo de arrumar as tendas prepararam-lhe um assento real e o colocaram sobre longos tapetes duplos, que eram tecidos com seda e tinham franjas de fios de ouro e prata. "Coroa dos Reis" sentou-se, rodeado de escravos que aguardavam apenas um sinal para o servir. Ele ordenou que lhe apresentassem os outros mercadores: todos se aproximaram e beijaram o chão a seus pés, em sinal de respeito. Depois mostraram-lhe os carregamentos. O príncipe examinou tudo e comprou o que lhe era necessário, sem barganhar. Por fim, disposto a se despedir, voltou a montar.

Foi então que avistou, afastado do grupo de viajantes, um jovem de trajes distintos, com o ar de modéstia que a lei dos crentes prescreve e em quem a graça rivalizava com a amabilidade. Tinha uma fronte franca, que brilhava; o rosto, apesar de moreno, resplandecia de brancura e o pescoço era marmóreo. Tudo nele anunciava a mais aguçada inteligência, e no leve sorriso que pairava em seus lábios podia-se adivinhar o interlocutor agradável. Entretanto, todas essas belas qualidades estavam, por assim dizer, apenas esboçadas, como se a falta de um ser amado as abafasse: assim, os traços exibiam essa palidez que é indício das grandes aflições; e de fato "Coroa dos Reis" pôde ouvi-lo salmodiar uma queixa versificada:

Tanto quanto um século dura a separação,
Trazendo consigo temor e tortura.
Amigo, vês minhas lágrimas narrarem
Minhas desditas mais secretas.

Forçado a partir, deixei para trás meu coração,
Como um objeto em penhor.
Privado de alma, eis que vagueio, incapaz
De alimentar qualquer esperança.

Ó meus dois companheiros, parai um instante,
O tempo de saudar essa compassiva
Que, quando vos empolga,
Vos cura de todos vossos males.

Ó meu coração, se te endureceste
Depois que ambos desapareceram,
Por que essa melancolia
Quando um olhar sedutor te lança uma carícia?

Após declamar esses versos, o rapaz, num soluço, caiu sem sentidos. Ao voltar a si, pôde contemplar o rosto inquieto de "Coroa dos Reis" acima do seu. O desconhecido pôs-se de pé num salto, depois imediatamente se prosternou em sinal de respeito. Mas o príncipe lhe perguntou:

– Por qual razão não me apresentaste tua mercadoria?

– Senhor – respondeu o melancólico jovem, – nada trago comigo que possa convir ao uso de tua augusta pessoa. O que comercio tem pouco valor.

– Mesmo assim, tenho de ver o que transportas – afirmou "Coroa dos Reis". – E ademais, é absolutamente necessário que me reveles tua história, a que te faz tão triste, te enche o coração de desespero e os olhos de lágrimas ardentes. Se for uma injustiça que sofres, repararei o erro; se são dívidas que te preocupam, serei fiador delas ou as anularei. Fica sabendo que te ver nesse estado abrasou meu coração.

Ele apeou. Então os criados acorreram para dispor em sua intenção um assento metade em marfim e metade em ébano, com braços feitos de fios de prata trançados e encosto de seda inteiriça. Depois de instalar-se, "Coroa dos Reis" fez o jovem sentar sobre os calcanhares no longo tapete que recobria o solo.

– Pois bem, e essa mercadoria? – insistiu ele.

O outro, suspirando profundamente, continuou a resistir:

– Por Deus, senhor meu, desiste de tal exigência.

– Isso não é possível – declarou o príncipe.

Então o jovem acabou por decidir-se. Enquanto abria o pequeno fardo e expunha o que transportava, lágrimas corriam-lhe das pálpebras e este poema subiu de seus lábios:

Quantas cores naturais podem-se ver em teus
[olhos!
Mas neles adivinho para mim muitas lágrimas
[cruéis.
Quando caminhas, a graça escolta tuas maneiras,
Mas tens de saber também em que estado me pões,
A mim, o amante transido.

Tua boca destila uma água que embriaga,
Os dentes são ornados de alvura resplandecente
E o hálito tão doce tem um vigor de especiaria:
Assim podes curar todos os males,
Pequenos e grandes.

Eu não poderia duvidar dessa força.
Venhas a atribuir-me algum mau pensamento:
Eu te aprovo. É tão bom causar sofrimento

Quando se está a salvo e quando o outro
Sente um medo que o paralisa.

Para quem as conhece bem,
Toda flor é maravilha.
Este dia vê teu triunfo;
Amanhã, se Deus quiser, será minha vez.

O jovem desfez com sua própria mão o fardo de mercadorias e estendeu os tecidos diante de "Coroa dos Reis", uma peça após a outra. Depois fez surgir uma túnica inteirinha de seda achamalotada, com fios de ouro na trama. Ela bem podia custar duas mil moedas de ouro. Quando a desdobrou, caiu um retalho de tecido que estava em seu interior. O jovem pegou-o, colocou-o sob o joelho e recitou estes versos:

Terá o coração torturado ao menos uma
                                    [esperança
De um dia encontrar contigo a cura?
Para mim é mais fácil imaginar o encontro com
                                        [a morte
Do que conceber nosso encontro.

Separação, exílio, desejo ardente,
Tudo o que faz o coração bater, quando para
                                       [amanhã
É adiado o encontro galante:
Eis que a vida passa, sem oferecer um ponto de
                                         [apoio.

Nenhum encontro pode devolver o dia que se foi.
Optei por partir, o exílio não me mata:
Ele nem mesmo chega a proporcionar-me
                                   [o esquecimento.
Ai de mim! A ausência é sempre a mesma.

Não tenho a esperar de ti
Nem eqüidade nem mansuetude;
Não podes edificar sobre minha cabeça nenhum
[abrigo,
E entretanto longe de ti não há repouso.

Quando eu vos adorava, minha crença e minha
[fé,
Vós me impedíeis de viver.
O que haverá agora para libertar-me
Do tormento que sobre mim volta a fechar suas
[correntes?

Ao ouvir da boca do jovem essas estrofes tão melancólicas, "Coroa dos Reis" ficou extremamente surpreso: ele nada sabia sobre o motivo de sua conduta, limitando-se a observar que o indivíduo pegara o retalho de tecido e o colocara sob o joelho.

– O que é esse pedaço de tecido? – perguntou.

– Ó meu senhor – respondeu o jovem, – é coisa pouca, e em todo caso nada que convenha à tua eminente pessoa.

– Deixa-me vê-lo – insistiu o príncipe.

– Não posso.

– É absolutamente necessário que eu veja o que é.

O príncipe mostrou-se insistente e não recuou diante de palavras duras. O jovem procurou sob o joelho a peça de tecido, puxou-a, desdobrou-a, contemplou o que havia no interior e derramou lágrimas.

– Meu jovem – falou o príncipe, – afirmo francamente que tua conduta não é a de uma criatura razoável. Dize-me ao menos por que motivo a simples visão desse tecido te arranca tantas lágrimas.

O jovem, com um suspiro, explicou:

– Senhor, a história deste tecido é espantosa.

Minhas lágrimas têm como único motivo a lembrança ligada a este retalho, que me recorda tão bem a mulher que o possuía e que o deu para mim depois de bordá-lo.

Desdobrou-o ante os olhos do príncipe. Nele se podia admirar a figura de uma gazela-macho bordada em fios de seda inteiros, de diversas cores. Um dos chifres era em fio de ouro egípcio, o outro em fio de prata. O animal estava enfeitado com um colar de ouro acobreado contendo três pingentes de peridoto verde. Trazia no dorso um cordeiro vestido de seda de várias cores e coroado de pérolas. "Coroa dos Reis" contemplou o desenho, admirou extasiado seu estilo, tão perfeito que o animal parecia a ponto de soltar um brado, e depois disse:

– Glória Àquele que ensinou ao homem a sabedoria e a arte de se expressar. A pessoa que bordou esta gazela-macho não tem igual no mundo.

– Ó meu senhor – respondeu o jovem, – foi u'a mulher que bordou esta imagem. Aconteceu-me com ela uma aventura espantosa, uma história maravilhosa.

"Coroa dos Reis" sentiu despontar no coração o desejo de ouvir a narrativa:

– Jovem – disse ele, – quero ouvir de tua boca a história da que bordou esta gazela-macho.

– Ei-la.

E ele começou a narrar:

Fica sabendo, ó rei do tempo, que meu pai era um dos grandes mercadores de meu país. Ele não tinha outro filho além de mim. Cresci, e um belo dia atingi a puberdade. Eu tinha uma prima, filha do irmão de meu pai, criada comigo; nossos dois pais haviam prometido mutuamente casar-nos um com o outro. Durante a adolescência, quando nossas mentes iam progressivamente despertando, em vez de a esconderem de meus olhares permitiram-lhe que me observasse à vontade durante todo o tempo. Um dia, conversando com minha mãe, meu pai disse:

– Neste ano mesmo redigirei o contrato de casamento de meu filho "Querido" com minha sobrinha "Querida".

Ambos concordaram sobre esse ponto e minha mãe acrescentou:

– Farás bem em não esperar mais para casá-los, pois não podem continuar solteiros.

Então meu pai começou a fazer os preparativos para as núpcias. Durante esse tempo, minha prima e eu dormíamos num único leito, totalmente ignorantes do que nos reservava o futuro. Entretanto ela era mais perspicaz que eu, mais rica em experiências da vida e também mais capaz de captar o fundo das coisas. No dia em que, nossos negócios estando em ordem, faltava apenas redigir o contrato e fazer-me entrar oficialmente em casa de minha prima, marcaram a data para uma certa sexta-feira, após a oração pública na grande mesquita. Meu pai foi informar seus companheiros mercadores sobre a hora das núpcias; já minha mãe visitou suas companheiras e os parentes próximos, convidando-os para assistirem à festa.

Quando a sexta-feira chegou, interditaram em nossa casa a entrada do salão, de onde retiraram os móveis e lavaram o pavimento de mármore; depois encheram os cântaros, espalharam pelo chão os longos tapetes e instalaram os assentos e tudo o que era necessário para receber os convidados; e por fim os convocaram após a prece pública na mesquita. Meu pai encomendou as carnes assadas e os bolos para o jantar, os grandes pratos com acompanhamento, os recipientes de água de rosas, os pães açucarados. Tudo estava pronto para o contrato.

Durante esses preparativos, minha mãe havia me mandado ao estabelecimento de banhos e enviara para lá um servo com o traje novo que eu devia vestir. Depois que o criado me lavou, meti-me nas esplêndidas roupas perfumadas que me haviam preparado. Atrás de mim, deixei ao longo de todo o caminho um rastro delicioso de eflúvios odorantes. Minha primeira idéia foi ir à grande mesquita, mas de súbito pensei que havia um companheiro a quem devia ver. Percorri toda a cidade com a intenção de convidá-lo para minhas núpcias. Alguém que interpelei informou o local onde poderia encontrá-lo, mas tive dificuldade: precisava dar voltas e voltas pelas ruas. Não parei de caminhar até a hora da oração pública. Então entrei numa ruela onde em toda minha vida nunca passara. Estava banhado em suor, fatigado pelo banho que tomara, e minha roupa nova não fazia mais que ativar a transpiração, tanto que os perfumes que me impregnavam se exalaram.

Tive de desistir de adentrar a fundo na passagem e preferi sentar num banco de pedra que lá havia, a fim de descansar um pouquinho antes de recomeçar a caminhada. Havia estendido sob mim um lenço que me pertencia. Era um tecido bordado, cujo desenho continha pequenas lágrimas de ouro. O calor assaltara-me. O suor que me escorria do rosto gotejava nas roupas, embebendo até o lenço que colocara sob mim. Quis secar o rosto com o forro das abas de meu mantelete, que erguera, quando subitamente vi cair-me no colo um lenço branco, mais fino que a brisa. Agarrei-o e, curioso por saber de onde ele vinha pousar assim sobre mim, ergui os olhos. Avistei então a mulher cuja lembrança está ligada à imagem bordada desta gazela-macho. Seu rosto surgiu enquadrado numa grande janela com rede de cobre. Ela mantinha um dos dedos pousado sobre a boca. Meus olhos nunca haviam contemplado nada mais perfeito nem mais belo. Minha língua era incapaz de formular os termos adequados para suas perfeições. Seu dedo médio veio juntar-se ao outro sobre os lábios, antes de ambos descerem sobre o peito, entre os dois seios. Depois a jovem baixou os olhos, após o que ergueu a cabeça; então fechou a janela, desaparecendo de minha vista. Mas nesse entretempo havia ateado um incêndio em meu coração.

Naquele dia, todos meus pensamentos mais íntimos giraram unicamente em torno de sua pessoa. Ela me fazia pagar com mil suspiros de tristeza o olhar que lhe lançara com sua permissão. Já exercia um domínio absoluto sobre as profundezas de meu coração e de toda minha alma. Após aquela visão, permaneci longo tempo num estado de inconsciência, incapaz de decifrar-lhe o pensamento e de interpretar-lhe os gestos.

Voltando a mim, olhei de novo para a janela. Mas estava fechada. Embora eu não arredasse um passo de meu lugar até o cair da noite, não percebi o menor ruído proveniente da casa nem o menor movimento que a animasse. Permaneci de pé, imóvel, com o lenço na mão. Abri-o: dele evolou um perfume suave, inebriante, que me entonteceu, pois sua força ultrapassava de muito os que me impregnavam. Vi-me literalmente transportado ao Paraíso.

No momento em que eu desdobrara o lenço, dele caíra uma folha muito fina, onde se podiam ler estes versos:

Envio-vos por este meio a queixa
De um coração que a paixão dilacera, ai de mim!
Se a letra vos parecer minúscula,
É que cada qual tem sua forma de escrever.

Porém ela, protestando, exclama:
"Mas é difícil decifrar!
Calca, escreve mais forte!
Não aumentes meu embaraço!"

E eu retruco: "Não é possível encontrar
Alguém mais esquelético do que eu, cada dia
[mais magro.
Eis o que te explicará o tamanho de minhas
[letras,
Que diz em qual estado me fez cair o amor!"

Olhando melhor o lenço, percebi que suas bainhas, ou mais exatamente três das beiras dobradas, também traziam um bordado em versos. Na primeira dobra haviam inscrito isto:

O amor ao me bordar expressou-se tão forte
No tecido aberto acima dos joelhos
Que superei em renome
As pessoas mais peritas nessa arte.

Apesar de lenço humilde, sou bastante útil.
Usam-me quando transpiram
Ou então, discretamente,
Escondem-me quando acabei de servir.

A mente mais penetrante,
A que sabe mostrar sagacidade,
Prevê que tem toda possibilidade de levar a melhor
O homem que tem paciência.

No segundo, lia-se:

Estás segurando o acessório fiel
De uma pessoa que manteve seu compromisso:
Tendo te infligido muito e muito adiamento,
Ela agora te tem por amante.

Sou eu o servidor
De todos os que sua beleza assinala,
Pois enxugo as lágrimas
Que lhes rolam pelas faces.

Possa Deus reunir todo amante
Com o objeto tão desejado de seus votos!
Se perdi a esperança de ver a reunião
Acontecer, que Deus me exile, ou pior ainda!

E no terceiro, isto:

A agulha que me bordou e embelezou
Fez-me ter paciência;
Tornei-me mais resistente
Quando se fixou sobre mim o olhar amigo.

Meu destino é permanecer longe do jovem
Triunfante, vigoroso,
Que me deixa longe enquanto saboreia o sono
Em que o mergulhou um prazer extremo.

Ao ler esses versos, senti o peito queimar em chamas ardentes e o desejo aumentar em mim; incapaz de lutar contra os pensamentos nostálgicos, peguei o lenço e a folha que nele estava envolvida e retornei maquinalmente para casa, onde só cheguei após o cair da noite.

Quando entrei, vi minha prima sentada, a cabeça pousada sobre os joelhos na altura do colo, chorando amargamente. Assim que me avistou, ela enxugou as lágrimas, pôs-se de pé num salto e tirou minhas roupas. Depois quis saber a razão de meu atraso.

– Prima, não me faças perguntas – respondi. – Em vez disso, conta-me como foi o dia aqui em casa.

Ela assim fez:

– Os mercadores que haviam sido convidados vieram. Que multidão havia aqui! Depois chegou o juiz, acompanhado das testemunhas. Eles comeram e beberam. Faltava apenas colher teu testemunho para redigir o contrato. Porém nunca chegavas. Então teu pai se zangou: jurou não nos casar antes que se passe um ano inteiro. Tudo por causa de tua ausência! Pensa nas despesas que ele fez para esse banquete de núpcias e no que lhe custou comprar o alimento e a bebida. Mas o que aconteceu contigo hoje? Por favor, conta!

– Prima – respondi, mostrando o lenço, – eis o objeto que chegou a mim.

Ela pegou nas mãos o tecido, desdobrou-o, leu os versos bordados nas bainhas, balançou a cabeça e manteve um longo silêncio. Por fim, olhando-me direto nos olhos, recitou estes versos:

Fica sabendo que os amantes empregam o
*   [símbolo*
Que se decifra com atenta reflexão,
Mas devem manter seu compromisso,
Sem o que seríamos induzidos em erro.

Fica sabendo que os amantes passam por doentes,
Pelo menos aos olhos dos outros.
Entretanto, em seu corpo robusto e saudável
Queima um braseiro ardente.

Quando nasce o amor, é um nome que se
*   [pronuncia*
Sem lhe atribuir importância, e bem depressa
Não há mais pensamento, bom ou mau,
Que não coloque o amado atrás de cada palavra.

Com isso ela perguntou:

— Primo, que palavras ela pronunciou? Que declaração fez ao deixar cair este lenço?

— Ela não pronunciou palavra alguma; não fez qualquer declaração – respondi. – Entretanto, começara colocando o indicador sobre os lábios, antes de acrescentar-lhe o dedo médio. Então levou esses dois dedos ao peito e olhou para o chão. Depois se retirou, fechando a grade da janela. Foi dedicar-se a seus afazeres e não a revi mais. E no entanto meu coração estava com ela. Permaneci imóvel até o pôr-do-sol. Depois voltei para cá. Essa é minha história, e gostaria que me ajudasses na aflição em que tal aventura mergulhou-me.

Desde o início de minha confissão, ela conservava a cabeça baixa. Ao ouvir minhas últimas palavras, ergueu-a, fitou-me e disse:

— Primo, se um de meus olhos vier a lançar sobre ti um olhar de suspeita, na mesma hora o arrancarei. Estou disposta a prestar toda ajuda para que possas levar a bom termo teu assunto, e ao mesmo tempo a servir os interesses dessa mulher. Colocar o dedo sobre os lábios significa: "Tu és minha alma e meu coração." O olhar dirigido para o chão significa: "Pelo direito d'Aquele que estendeu a terra como um longo tapete sob nossos pés e ergueu acima de nós a abóbada celeste, afirmo que és minha alma, encerrada entre minhas costelas". O lenço atirado no teu colo é o símbolo da saudação que um dos amantes envia ao outro. Quanto à folha, está encarregada de dizer: "Minha alma está intensamente enamorada de ti." O fato de levar os dois dedos ao peito, bem entre os seios, significa: "Dentro de dois dias, volta a este lugar; eliminarás o sofrimento que nos acabrunha e nos isolaremos para ficarmos juntos, tu e eu[2]."

Depois minha prima declamou:

Pela fórmula sagrada do piedoso peregrino,
Que diz: "Pertenço a meu Senhor
Com plena liberdade,
Mas até meu âmago!",

Pelo rito sagrado do piedoso peregrino
Que deu a volta à Caaba
E em Mina[3] bradou: "Aqui estou, eis-me aqui
Para te obedecer, ó Senhor!",

---

2. A jovem interpreta com grande facilidade o sentido dos gestos simbólicos. Provavelmente ela pertença ao círculo dos "iniciados" da "sociedade amorosa", cujas pegadas localizamos na narrativa "O amor proibido", das *Mil e Uma Noites* (*Mille et Une Nuits*, Phébus, t. II, pp. 354, 357, 407).

3. Cidade a leste da Meca, onde as cerimônias da peregrinação muçulmana se encerram com a imolação de animais de sacrifício, o corte dos cabelos e das unhas, o lançamento de pedras.

Juro não ter como objeto de meus votos
Nenhum outro que não a ti, por toda minha vida,
Mesmo que tivesse de agir em vão e me ver
[condenado
A sofrer de melancolia.

Tanto que, se um dia Deus me interrogar:
"Quem é esse a quem um lento mal extinguiu?",
Responderei com um brado que se ouvirá de longe:
"Esse sou eu, tenho certeza."

E ela prosseguiu:
— Primo, essa mulher te ama com paixão. Ela se devotou a ti: por Deus, tudo o que mostrou prova que seu sentimento é sincero. Essa é a explicação que te posso dar sobre o que viste. Se eu pudesse sair de casa e entrar lá à vontade, teria dado um jeito de te reunir com ela e vos teria coberto com a franja de meu manto.

Agradeci-lhe pelas palavras que acabava de pronunciar:
— Não é preciso empregar nenhuma artimanha neste assunto. Devo apenas me armar de paciência por mais dois dias.

Assim, permaneci em casa, saindo de perto de minha prima "Querida" apenas com profunda tristeza e retornando, no mesmo estado, para deitar a cabeça em seu colo. Durante duas noites, fiquei preso às agruras da insônia, e tampouco minha prima conseguia fechar os olhos: seu intenso amor por mim a impedia.

Decorridos esses dois dias, ela começou a dar-me conselhos. Falava-me assim:
— Deves mostrar mais iniciativa que de hábito e fortificar tua coragem.

Ela se encarregou de tudo: depois de me fazer mudar de roupa, queimou incenso e impregnou-me de vapores. Saí de casa sozinho, a alma dominada por uma espécie de extenuante languidez. Caminhei sem parar até chegar à ruela. Sentei no banco de pedra e ali permaneci uma hora a fio. Finalmente, a grade se abriu e a jovem apareceu. Olhei-a direto nos olhos e caí numa profunda inconsciência. Depois voltei a mim e fortaleci meu coração. Após contemplar-me longamente, ela foi embora e sua ausência durou uma hora.

Quando retornou, trazia um espelho e envolvera-se num fichu de cor vermelha. Começou a entregar-se a toda uma pantomima: arregaçou a manga direita, separou bem os cinco dedos e bateu no peito com a palma da mão totalmente aberta. Em seguida ergueu a mão, deixou cair novamente sobre o braço a manga da túnica e mordeu-lhe a beira; então pegou o espelho, passou-o pela janela e puxou-o de volta para dentro; quanto ao fichu vermelho, depois de suspendê-lo por um instante acima da ruela, puxou-o para o interior, repetindo três vezes a mesma operação. Em seguida pegou o lenço, torceu-o como para extrair um líquido, enrolou-o em volta da mão, baixou a cabeça, fechou a grade e foi embora. Ai de mim, ela levara consigo meu coração; e como não voltava permaneci no mesmo lugar, desnorteado, sem saber o que quisera dizer-me com todos aqueles gestos. Ela não me dirigira uma única palavra, e tal silêncio levava-me a pensar que fosse muda.

Chegou a hora da refeição noturna; levantei-me e retomei o caminho de casa, onde cheguei pelo meio da noite. Entrei e encontrei minha prima sentada, com a face apoiada numa das mãos, a cabeça inclinada para o solo. Recitava estes versos:

Dize-me, ó meu carrasco
Tão severo, que mal te fiz?
E que fazer por minha vez,
Altivo ramo de meu coração?

Teus olhos me enlouqueceram. Oh! desvenda-me
O que pode esperar uma pessoa apaixonada
Como são os da tribo de Udhr,
Que sabem apenas morrer de amor.

Teu olhar de turco através de todo meu corpo
Abriu um caminho sangrento.
Ele é mais afiado que a cimitarra
Que o soldado brande na mão.

Com que fardo me carregaste, muito antes
De eu saber que te amo!
Pobre de mim, que não posso suportar
Um lençol sobre o corpo, nem nada mais leve.

Meus olhos derramaram lágrimas tão amargas
Que um dia um indivíduo fez este julgamento:
"O que afeta essas pálpebras
É uma hemorragia, e não lágrimas!"

Se meu coração fosse duro como o teu,
Eu não arderia. Mas a energia
Enfraqueceu-se em mim: não me mantenho
                                [mais de pé
E meu corpo está secando.

Coração fundido em bronze, observa a que ponto
O meu é terno e modelado com grandeza.
Talvez o teu, se quisesse condescender
Em estudá-lo, ganharia com isso mais bondade.

Ó meu emir, teu olhar
Faz-se impetuoso
E teu cílio soberbo
Sabe mostrar-se iníquo.

Quem acaso conseguiu obter algo de ti,
Coração rígido que adotou esta máxima
De ficar surdo aos gritos, tu cujos cachos
Sobre as têmporas formam uma fortaleza segura?

José é bem conhecido por sua beleza;
Afirmar que é o mais belo seria uma impostura:
Eu não saberia dizer
Quantas vezes tu multiplicas seu esplendor...

A contragosto, finjo partir,
Temendo a denúncia.
Quanto tempo seguirei uma lei tão dura,
Que faz de mim um estrangeiro?

Ó negra cabeleira, ó fronte resplandecente,
Ébano destacando-se sobre uma brilhante alvura!
Ó silhueta frágil!
Ó silhueta graciosa!

Os versos de minha prima tiveram o único efeito de aumentar minha aflição. Entreguei-me à prostração num dos cantos da casa. Então ela se levantou, aproximou-se de mim, tirou meus trajes de passeio, deitou minha cabeça no colo, enxugou-me o rosto com a manga de sua túnica e chorou ao me ver chorar. Devolveu-me coragem, incitando-me a ter paciência; depois pediu que lhe contasse tudo o que acontecera. Quando mencionei todos os gestos da mulher desconhecida, ela declarou:

– Primo, eis o que significam esses gestos: quando ela mostrou a palma da mão com os cinco dedos estendidos, quis dizer-te que esperasses cinco dias para ir procurá-la. Mordendo a beira da manga fazia-te ver que durante esse período deverias dar prova de paciência e não tentar vê-la antes do dia do encontro. O espelho que tirou da janela marcava o momento do encontro: antes do nascer do sol. Ao manipular o lenço ela te declarava: "Deverás sentar diante da loja do tintureiro. Lá irá te encontrar o mensageiro que te será enviado."

Essas palavras atearam-me um incêndio no coração.

– Prima – exclamei, – a interpretação que deste corresponde à verdade, pois vi justamente na entrada da ruela um tintureiro judeu. Mas quem pode esperar com paciência durante cinco longos dias?

Desfiz-me em lágrimas. Minha prima calmamente incitou-me à paciência:

– Suporta com coragem tuas provações. Outros amam durante anos sem atingir o objetivo, e tu só estás apaixonado há uma semana.

Ela aliviou minha tristeza desenrolando o fio da conversação; depois serviu-me a comida. Mas quando, erguendo meu bocado, quis levá-lo aos lábios, recordei a perfeição física e a beleza da mulher que entrevira. Prontamente todo apetite desapareceu e recusei-me a comer e a beber; e quanto ao sono, também passei a mantê-lo a boa distância.

Minha pele tornou-se pálida e o tumulto instalou-se em mim. Minhas qualidades físicas iam enfraquecendo, porque, jovem como ainda era, não estava habituado ao amor e deparava com minha primeira paixão. Minha prima também foi perdendo forças e pôs-se a passar comigo todas as noites sem dormir, contando-me os altos feitos e as histórias memoráveis dos enamorados e das pessoas que se devotaram à paixão. Para se calar ela esperava que eu assumisse a aparência de quem se entrega ao sono. Mas cada vez que abria os olhos via-a velando, com as lágrimas correndo pelas faces, devido à mágoa que eu lhe causava.

Durante os cinco dias não saí desse estado. Quando estes se escoaram, minha prima mandou que me esquentassem água no recipiente reservado para tal uso. Lavou-me dos pés à cabeça, enxugou-me com toalhas e depois disse:

– Vai. Que Deus decrete o êxito de teu projeto e te faça obter o que desejas daquela que amas. Não sou obrigada a fazer mais do que fiz[4].

Parti para o local do encontro e não parei de caminhar até chegar finalmente à ruela. Era um sábado. Encontrei fechada a loja do tintureiro. Permaneci sentado diante do mostruário até o momento em que soou o chamado para a prece do meio-dia. Nada aconteceu. O muezim lançou o chamado da tarde. Depois o sol empalideceu e houve o chamado do anoitecer. Então me levantei, mas senti as forças abandonarem-me, pois já havia esperado sete dias inteiros, quase sem alimento, comendo apenas uma ínfima parte do que me apresentavam. Encontrei um bastão e apoiei-me nele para firmar meus passos. Cheguei à porta de casa, entrei e imediatamente fui encontrar minha prima.

Ela estava de pé à soleira de seu quarto, com uma das mãos sobre o parapeito solidamente preso na parede, a outra colocada sobre o coração, e recitava:

---

4. Portanto, ela tem obrigações de acordo com sua posição na hierarquia dos "iniciados" da "sociedade amorosa". A outra mulher deve ocupar uma posição superior; talvez até mesmo comande a "estrutura" local.

Perguntai à gazela no fundo do valezinho
O que ela fez, uma vez perdido
Seu companheiro: alimentada pelo intenso desejo,
Arde na mulher
Uma chama eterna.

Ide interrogar a pomba empoleirada
E fazei a esse pássaro a pergunta
Se ela sente o mesmo sofrimento
Que eu, quando muito longe canta
Aquele de quem seu coração estava enamorado.

Quando me viu, enxugou as lágrimas com a manga da túnica e saudou-me com estas palavras:

– Primo, desejo que a cura se instale em teu coração com a boa saúde. Por que não permaneceste durante a noite junto da mulher que amas, para obter o que desejas?

Empurrei-a apoiando a mão em seu peito. Ela caiu sobre a soleira abaixo do degrau ladrilhado[5] e seu rosto foi de encontro à borda superior de pedra. Em sua testa abriu-se um talho, de onde correu sangue. Ela não soltou um só grito. Não pronunciou uma única palavra. Levantou-se de imediato, mandou aquecerem uma atadura, aplicou-a sobre o ferimento e cingiu uma faixa em cima.

Depois enxugou o sangue que gotejara no tapete e apresentou-se novamente diante de mim, como se nada tivesse acontecido. Sorriu-me e pronunciou meigamente estas palavras:

– Por Deus, ó meu primo, não disse aquelas palavras com intenção de zombar de ti nem dela.

---

5. Indício da arquitetura do Iraque e da Síria: o pavimento dos aposentos ficava em nível mais alto. "Sobe-se" no cômodo, deixando os sapatos embaixo.

Justamente hoje eu estava precisando sofrer uma sangria. Por sorte o ferimento na testa pôs fim ao meu atordoamento e à dor que sentia na cabeça. Conta-me pois o que aconteceu entre ela e ti.

Narrei-lhe o que me ocorrera, sem tentar conter as lágrimas. Quando terminei a narrativa, vi que ela chorava só de me ver chorar.

– Primo – disse-me, – recebe a boa nova: terás sucesso em teu empreendimento e obterás o que desejas possuir. A situação de espera vã em que te deixou essa mulher indica sua aquiescência em te receber junto de si; se ela se portou dessa forma foi para pôr à prova tua paciência e ter certeza de que teu amor é sincero. Amanhã irás postar-te no mesmo lugar, de onde observarás os gestos que ela te fará. Tua alegria está agora bem próxima e tua aflição não será mais que uma lembrança.

Ela falou assim durante longo tempo, tentando distrair-me de meu desgosto, ao passo que eu, cheio de incerteza, estava arrasado de tristeza e desespero. Minha prima apresentou-me a mesa repleta de iguarias para excitar-me o apetite; afastei tudo aquilo com um pontapé e os pratos voaram para os quatro cantos do aposento, cada qual numa direção diferente.

– Todo apaixonado é louco! – bradei. – Ele não encontra o menor sabor no alimento e nenhum gosto no sono.

– Sim, por Deus – replicou "Querida", minha prima. – Essas são as marcas do amor.

Lágrimas correram de seus olhos. Enxugou-as, recolheu os pratos espalhados pelo cômodo, eliminou os vestígios das iguarias derramadas e retornou a meu lado para conversar amigavelmente e fazer invocações a Deus em meu favor, enquanto eu rogava a Deus Altíssimo que acelerasse o nascer da aurora.

Pela manhã, deixei às pressas a casa para chegar à ruela onde vivia a mulher a quem amava e sentar no banco de pedra de minha primeira visita. De súbito a janela abriu-se e a beldade surgiu ante meus olhos, com o semblante risonho. Depois desapareceu por um momento e retornou, trazendo um espelho, um saco, um vaso onde cresciam os ramos verdes de uma planta que ali haviam semeado e, por fim, uma lâmpada. O primeiro gesto que fez foi pegar o espelho e colocá-lo no saco, cuja extremidade amarrou, antes de jogar tudo para dentro do aposento onde estava. Em seguida deixou os cabelos caírem sobre o rosto, segurou por um breve instante a lâmpada acima da planta do vaso e desapareceu levando tudo consigo, depois de fechar novamente a janela.

A inquietação apoderou-se de meu coração ao ver o novo apuro em que esse suplemento de dificuldades me havia mergulhado e ao constatar que ela só se dirigia a mim por meio de novos gestos simbólicos, sem acompanhá-los da menor palavra. Além da fraqueza geral que me invadia, da palidez de minha pele, da languidez que dominara meu corpo ao longo dos dias anteriores, senti o coração partir-se.

Retomei o caminho de casa, com os olhos úmidos, tomado pela aflição, e esse estado não me deixou durante o percurso. Em casa encontrei minha prima. Estava sentada, a cabeça encostada à parede. Mostrava-se muito enfraquecida pelo que seu coração suportava de angústia e ciúme. Mas, por causa da intensa afeição que sentia por mim, não ousava falar-me de seus sentimentos a meu respeito e não os mencionava às pessoas próximas.

Observei-a atentamente. Duas faixas envolviam-lhe a cabeça: a primeira sobre o ferimento que recebera ao cair e a outra sobre as têmporas, onde as lágrimas demasiado abundantes haviam feito surgir uma dor lancinante. Ela recitava estes versos:

Ah! que Deus te proteja
Etapa após etapa, a ti, viajante
Entre os cavaleiros. Deixando tua companheira
Julgas haver desabitado sua alma?

Que Deus te seja próximo e protetor,
Que toda noite Ele estenda sobre ti Seu braço;
Contra um mau destino suplico-Lhe que te abrigue
E te livre de problemas em toda ocasião.

Desde que tua presença se ocultou de meu olhar,
Só tenho visto o deserto.
De minhas pálpebras corre, alimentado pela
[ausência,
O duplo rio de amargura.

Seria para mim tão doce saber
Em qual lugar vives,
Qual tribo árabe é a tua
A ponto de nela teres erguido tua morada!

Possa em teu caminho brotar uma fonte
Límpida, boa para ti e os teus,
Que se dessedentam; quanto a mim, tenho
[apenas minhas lágrimas
Para estancar minha sede ardente.

Que a teu repouso a noite seja propícia
E benfazeja, ó meu amado!
Tudo o que vem de ti me é agradável,
Exceto o afastamento.

Quando acabou de dizer esses versos, ela ergueu os olhos para meu lado. Viu-me, embora estivesse num estado de inconsciência quase total. Enxugou as lágrimas, levantou-se para vir ao meu encontro, sem poder pronunciar uma só palavra, tão intensa era sua paixão por mim. Por um longo momento não quebrou o silêncio. Depois recobrou o uso da fala e disse:

– Primo, conta-me o que te aconteceu desta vez com a mulher que amas.

Coloquei-a a par de tudo o que me sucedera.

– Sê paciente – respondeu ela. – O tempo da união está próximo; tuas esperanças vão realizar-se, concedendo-te a vitória nesse combate. O gesto da mulher que te mostrou o espelho para depois fechá-lo no saco e deixar cair a cabeleira corresponde a estas palavras que ela poderia ter pronunciado: "Quando cair a noite, quando o véu das trevas tiver deixado suas franjas se arrastarem pelo chão após vencer a luz do dia, virás para junto de mim." Ao mostrar-te a lâmpada acima da folhagem ela queria dizer-te: "Quando chegares a minha casa, entrarás diretamente no jardim e caminharás por ele, dirigindo-te para o lugar onde vires uma lâmpada acesa, que estará suspensa no meio das árvores. Sentado à luz, tu me aguardarás, pois o amor apaixonado que sinto por ti quase me matou."

Quando ouvi essas palavras, minha violenta paixão fez-me lançar gritos de júbilo. Depois declarei:

– Não é a primeira vez que me prenuncias o sucesso do empreendimento e me envias para o encontro, e até agora ainda não obtive a satisfação de meu desejo! Não vejo um sentido completo em tuas explicações.

A essas palavras, minha prima, com uma gargalhada, disse:

– Tens apenas de ser paciente no restante deste dia. A noite virá, estendendo o espesso véu de suas trevas, e então terás a oportunidade de obter a união, realizando tuas esperanças. Sou a intérprete exata dos gestos dessa mulher e o que digo não comporta logro algum.

Depois ela recitou estes versos:

Na senda dos dias caminha sem te deteres,
Que a cada passo percorrido
Se edifica um estágio a mais em tua vida.
Nunca te refugies

Sob o mesmo teto que a Preocupação.
Amiúde um empreendimento de que se desespera
Mostra-se ao alcance da mão
Após um momento de descontração.

Aproximando-se de mim, ela começou a distrair-me com palavras meigas, sem ousar apresentar-me alimento algum, de medo que eu me irritasse com ela, pois ainda conservava a esperança de conseguir atrair para si minha simpatia. Por enquanto, não tendo outra tarefa a cumprir para mim, limitou-se a tirar-me as roupas e a dizer:

– Primo, vem sentar a meu lado; aguardaremos o final deste dia conversando sobre coisas que distraiam. Se aprouver a Deus, a noite não chegará sem te encontrar na companhia da mulher que amas.

Sem um único olhar para ela, pus-me a esperar o crepúsculo, murmurando várias vezes:

– Ó Deus, apressa a chegada do manto noturno.

Quando caiu a noite, minha prima deixou escapar dos olhos uma torrente de lágrimas. Depois deu-me um comprimido de almíscar puro, com estas palavras:

– Primo, coloca na boca este comprimido. Quando te reunires com tua bem-amada, depois que ela permitir que obtenhas a satisfação de teu desejo, deverás recitar-lhe estes versos:

> *Ó vós, amantes, por Deus, dai um conselho:*
> *Quando um coração sentiu crescer a tal ponto o*
> *[amor,*
> *Que deve ele fazer nesse estado de paixão*
> *[ardente?*[6]

Depois disso, tendo me abraçado, fez-me jurar que só recitaria os versos quando estivesse a ponto de deixar minha bem-amada.

– Ouvido atento e boa vontade! – respondi.

Pus-me a caminho à hora do jantar. Andei sem parar até chegar ao jardim. A porta estava aberta. Entrei. Ao longe brilhava uma luz, para a qual me dirigi. Chegando ao lugar onde a lâmpada estava pendurada nos galhos das árvores, encontrei um pequeno pavilhão de espantosa riqueza. Encimava-o uma cúpula de ébano incrustada de marfim. No meio dessa cúpula pendia a lâmpada. O pavilhão estava recoberto de longos tapetes de seda recamados de fios de ouro e prata. Um círio comprido ardia num candelabro de ouro que se erguia bem embaixo da lâmpada. No meio do pavilhão, um tanque de mosaico mostrava grande quantidade de figuras. Junto dele, u'a mesa guarnecida estava recoberta com uma grande toalha de seda. Ao lado

---

6. Ela está expondo discretamente sua situação perante a "iniciada" de posição superior, pela qual se sacrifica devido ao amor que sente pelo primo.

havia um vaso em faiança da China, cheio de vinho até a borda, perto de copos de cristal gravado em ouro. Tudo isso era flanqueado por uma grande bandeja redonda de prata cinzelada, coberta com uma tampa.

Ergui-a. Uma grande variedade de frutas: figos, romãs, uvas, laranjas, toronjas, cidras repousavam sobre um leito de flores aromáticas de toda espécie: rosas vermelhas e brancas almiscaradas, jasmins, murtas, narcisos, sem contar outras essências de deleitoso perfume.

O lugar deliciou-me: sentia um júbilo extremo por estar lá, livre de minha inquietação e tristeza. Entretanto ainda não havia encontrado uma única das criaturas de Deus Altíssimo, não avistara criado nem serva nem qualquer dos convivas que aquele festim sugeria.

Sentei-me pois no pavilhão, esperando a chegada da mulher por quem batia meu coração. Lá fiquei até que se escoasse a primeira hora da noite, depois a segunda, depois a terceira. Ela não veio. O sofrimento causado pela fome intensificou-se em mim, pois já desde um certo número de dias a violência de meu amor impedia-me de tocar em alimento. Logo ao chegar, pudera confirmar as interpretações que minha prima havia dado aos gestos da mulher a quem desejava, e nessa espécie de alívio que estava sentindo voltou-me o sofrimento de uma fome que esquecera. Ademais, os diversos odores das iguarias que estavam sobre a mesa aguçaram-me o apetite. Portanto, tendo chegado àquele lugar e certo de que a união me seria concedida, minha alma sentiu vivo desejo de comer.

Aproximei-me da mesa e levantei o tecido que recobria as iguarias. No meio destacava-se uma grande travessa em faiança chinesa contendo quatro frangos assados, temperados com as especiarias habituais. Em torno da travessa, quatro pratos apresentavam, um deles pasta de gergelim com açúcar, outro compota de grãos de romã, o terceiro massas folhadas e o quarto sonhos açucarados. Os pratos ofereciam todos os sabores, do doce até o azedo. Comi alguns sonhos, depois um pedaço de carne e em seguida ataquei as massas folhadas, de que devorei o que ainda podia engolir sem muita dificuldade. Depois passei para a pasta de gergelim, da qual peguei uma colherada, uma segunda, talvez mesmo uma terceira e uma quarta, não me lembro mais. Voltei a um dos frangos, que comi inteiro, e belisquei aqui e ali uns bocados de outros pratos.

Nesse momento senti o ventre repleto. As juntas de meus membros relaxaram-se e não tive mais força para continuar a vigília. Depois de lavar as mãos, pousei a cabeça numa almofada. O sono venceu-me e não sei o que aconteceu a seguir. Tudo o que sei é que, ao acordar, tinha sobre a barriga um punhado de grãos de sal e de carvão vegetal. Por mais que olhasse à direita e à esquerda, não encontrei ninguém à vista; assim, fiquei em pé e sacudi minhas roupas. Provavelmente a mulher tinha vindo e me vira dormindo no próprio chão, sem nada para me servir de cama. Com a mente perplexa, senti uma viva tristeza invadir-me; lágrimas correram de meus olhos e me afligi por meu destino.

Tomei o caminho de volta para casa. Ao chegar, vi minha prima que batia no peito com a mão, deixando correr dos olhos uma torrente de lágrimas, tão abundante como um aguaceiro caindo de negras nuvens. Ela recitava estes versos:

Um sopro de vento ergueu-se,
Vindo do lugar da tranqüilidade,
Um zéfiro, uma brisa leve
Que fez surgir a paixão ao redor.

Ó brisa do amor ardente,
Vem depressa, acorre para nós;
Todo amante tem sua oportunidade,
Todo amante neste mundo tem seu quinhão.

Se pudéssemos, movidos pela paixão,
Nós também nos teríamos enlaçado,
No impulso do apaixonado,
Ao peito da bem-amada.

Deus exclua do mundo e das alegrias que este
                              [proporciona
Toda forma de vida! Mas deixe em paz
O semblante adorado
De meu primo querido!

Anseio por saber
Se sua alma é semelhante à minha,
Ela que se consome nas chamas
Ardentes da afeição.

Quando me viu, ela se levantou depressa, enxugou as lágrimas, veio até mim e disse meigamente:

– Primo, em tua paixão de amor Deus te tratou com benevolência, pois te fez amar a mulher que te ama. Quanto a mim, quem poderá censurar-me por chorar e afligir-me por causa de minha separação de ti? Entretanto, peço a Deus para não te punir pelos sofrimentos que suporto.

Com isso, esboçando diante de mim um sorriso, o sorriso de uma pessoa ofendida, ela tratou-me com bondade. Fez-me tirar as roupas, pendurou-as para impedir que amassassem e depois exclamou:

– Por Deus! Estes odores que elas exalam não são os que traz um homem que teve a sorte de obter os favores da bem-amada. Primo, conta-me o que aconteceu.

Relatei-lhe tudo. Ela deu novamente o sorriso de uma pessoa ofendida e depois declarou:

– Meu coração está repleto de preocupações, alquebrado de dor. Que a vida seja retirada à pessoa que enche de sofrimentos teu coração! Multiplicando em teu caminho os obstáculos antes da união, essa mulher aumenta o desejo que sentes por ela. Por Deus, ó primo, por ti receio o mal que pode fazer-te[7]. Fica sabendo, ó primo, o que significa o sal: quando ela veio e te encontrou mergulhado no sono, achou que eras insípido; como qualquer iguaria, precisas de sal, a ponto de se sentir repulsa em te aceitar. Portanto, aos olhos dela é necessário que coloques sal em tua maneira de ser, para evitar que as pessoas que te freqüentam se entreguem às suas tendências naturais e te vomitem. Vê bem, tu te apresentas como pertencente ao grupo dos nobres amantes, e o sono é proibido para as pessoas dessa categoria. Ela concluiu que tua pretensão ao amor era u'a mentira. Mas, raciocinando pelos mesmos princípios, acho que o amor que ela sente por tua pessoa é falso, pois quando te viu adormecido evitou despertar-te. Se te amasse verdadeiramente, teria te tirado do sono. Quanto ao carvão, eis o que sua presença sobre ti significa. Com esse símbolo ela parece estar dizendo: "Que Deus enegreça teu rosto, pois pretendeste falsamente que sentias por mim a pai-

---

7. Ela percebe que essa "iniciada" utiliza a posição conquistada na "sociedade amorosa" para servir a seus próprios interesses. Portanto há abuso de confiança.

xão de amor. És um criançola e só tens iniciativa para comer, beber e dormir." São esses os significados de seus gestos. Que Deus Altíssimo te liberte dela!

Quando ouvi essas palavras, bati no peito, exclamando:

– Por Deus, isso é bem verdade, pois adormeci e os amantes não adormecem. Sou eu o tirano de minha própria alma: nada podia me prejudicar mais do que comer e dormir. Que fazer agora?

Redobrei as lágrimas e pedi a minha prima:

– Indica-me a conduta a seguir doravante. Tem piedade de mim e Deus terá piedade de ti, senão vou morrer.

Minha prima amava-me com um amor intenso. Respondeu:

– Teu pedido me é mais precioso que minha cabeça e meus olhos. Entretanto, ó meu primo, já te disse várias vezes o seguinte: se fosse livre em meus movimentos, se pudesse entrar e sair por toda parte a meu grado, eu teria arranjado um encontro entre ti e essa mulher o mais depressa possível e vos teria coberto com a franja de meu manto, só te prestando serviço a fim de obter tua aprovação. Com a permissão de Deus Altíssimo, teria envidado todos meus esforços a fim de te reunir com ela. Mas ouve o que vou dizer agora e segue em todos os pontos a ordem que vou dar-te. Vai para o mesmo local do último encontro; chegando lá, acomoda-te. Na hora do jantar, coloca-te no lugar que ocupavas. Evita comer o que quer que seja, pois o alimento gera o sono. Cuida de não dormir. Ela só virá te encontrar quando um quarto da noite tiver se escoado. Que Deus te defenda contra o mal que ela pode fazer-te!

Mal acabara de ouvir os conselhos de minha prima e já comecei a alegrar-me e a invocar a Deus para que a noite chegasse o mais depressa possível. Quando por fim caiu a tarde, preparei-me para partir. Mas minha prima reteve-me um instante para dizer:

– Se obtiveres a união com ela, antes de deixá-la recita-lhe os versos que te ensinei antes.

– Tua ordem me é mais preciosa que a cabeça e os olhos – respondi.

Deixando minha casa, caminhei para o jardim.

Cheguei e encontrei o pavilhão preparado como da primeira vez, com tudo o que era necessário para bem festejar: alimento, bebida, doces, flores aromáticas e outras gulodices semelhantes. Instalei-me no pavilhão e senti o odor apetitoso das iguarias. Minha alma foi tomada por um vivo desejo de comer. Contive várias vezes meu impulso, porém no fim das contas mostrei-me incapaz de resistir à atração. Levantei, aproximei-me da mesa e retirei o tecido que a recobria. Encontrei uma travessa contendo frangos, e em toda a volta quatro pratos fundos repletos de quatro tipos de iguarias. Peguei um bocado de cada um e comi a quantidade de alimento que podia engolir sem dificuldade. Devorei um pedaço de carne e bebi um pouco de xarope feito com mel, mosto de uva concentrado e arroz; a beberagem agradou-me tanto que fui tomando mais com a colher, até o momento em que fiquei saciado, com o ventre cheio. Depois disso minhas pálpebras tenderam a fechar-se. Peguei uma almofada, coloquei-a sob a cabeça e me estendi murmurando:

– Vou descansar aqui, sem dormir.

Fechei os olhos e mergulhei no sono; só acordei no dia seguinte, após o nascer do sol. Vi colocados sobre meu ventre um ossinho, a metade de uma casca de noz-moscada, um caroço de tâmara e uma semente de alfarroba. Tudo o que servia para mobiliar o pavilhão desaparecera, como se nada tivesse estado ali na véspera.

Levantei-me, jogando longe os objetos colocados sobre minha barriga, e saí do jardim, muito encolerizado. Caminhei até chegar a minha casa. Lá encontrei minha prima soltando profundos suspiros. Ela recitava estes versos:

Nosso corpo nos parece desconjuntado,
Nosso coração desolado, e as lágrimas
Sem se fazer de rogadas nos inundam as faces.

Como poderíamos acusar o bem-amado
De perfídia? Toda conduta que lhe agrada
Agrada-nos igualmente!

Ó meu primo, encheste de amor meu coração.
Minhas pálpebras estão ulceradas pelo jorro
Contínuo das lágrimas amargas.

Minha prima veio ter comigo. Empurrei-a violentamente e injuriei-a. Ela chorou, depois enxugou as lágrimas, aproximou-se e abraçou-me apertando-me contra o peito, enquanto eu forcejava por me libertar de seu amplexo, ao mesmo tempo que censurava a mim mesmo por agir assim.

– Ó meu primo – disse ela, – ages como se tivesses adormecido novamente esta noite.

– Sim, adormeci – respondi, – e ao despertar tinha sobre o ventre um ossinho, metade de uma casca de noz-moscada, um caroço de tâmara e uma semente de alfarroba. Não sei por qual razão ela colocou tais objetos.

Dizendo isso, desfiz-me em lágrimas e aconcheguei-me a minha prima, pedindo:

– Dá-me o significado de tudo isso. Indica-me a conduta a seguir. Concede-me tua ajuda na situação em que me encontro.

– Teu pedido me é mais precioso que minha cabeça e meus olhos – respondeu ela. – O ossinho significa que permaneceste no estágio infantil, capaz apenas de brincar com esse objeto. A metade de uma casca de noz-moscada que ela colocou sobre teu ventre quer dizer que foste até ela com o corpo, mas que teu coração está ausente. Ela poderia ter declarado: "Os amantes não são assim. Não te consideres como pertencente ao grupo deles." Quanto ao caroço de tâmara, com esse objeto ela quer indicar-te que, se estivesses realmente apaixonado, teu coração teria sido abrasado pela paixão de amor e não terias o menor prazer em te entregares ao sono. O verdadeiro prazer do amor consiste em assemelhar-se a uma tâmara madura que incendeia o coração de quem a come e deixa nele uma brasa ardente. Quanto à semente de alfarroba, por meio dela tua bem-amada indica que o coração da pessoa que ama está assoberbado de sofrimentos. Ela teria dito: "Durante nossa separação, sê paciente como foi Jó, que se alimentou de sementes de alfarroba no tempo da provação."

Quando ouvi essas explicações, vivas chamas abrasaram-me o coração, acrescentando novos pesares aos que já sentia.

– Não tenho sorte! – bradei. – Deus decretou que eu sempre dormiria em tais ocasiões.

E continuei:

– Prima, pelo preço que atribuis a minha vida, conjuro-te a encontrar um estratagema para que eu possa reunir-me com minha bem-amada.

Lágrimas correram-lhe dos olhos. Depois ela disse:

– Ó "Querido", meu primo, tenho o coração tão repleto de inquietude que não posso falar. Vai esta noite ao mesmo lugar e cuida de não dormires. Conseguirás obter o que desejas. É o único conselho que te dou. Desejo-te paz.

– Se Deus o permitir, não dormirei – respondi. – Executarei fielmente as ordens que me deres.

Minha prima levantou-se, trouxe-me alimento e disse:

– Come agora até matares a fome, para que pelo menos quanto a isso não tenhas vontade de nada mais tarde.

Comi até saciar-me. Quando chegou a noite, minha prima trouxe-me roupas magníficas, fez que as vestisse e conjurou-me a recitar os versos que me havia dito para quando estivesse a ponto de deixar minha bem-amada. Depois recomendou-me novamente que evitasse dormir.

Saí do quarto e, deixando a casa, fui para o jardim. Dirigi-me para o pavilhão e comecei a olhar as árvores ao redor, ao mesmo tempo que com os dedos mantinha as pálpebras abertas. Quando a escuridão da noite se estabeleceu sobre todas as coisas, comecei a sacudir a cabeça toda vez que sentia o sono se abater sobre mim. À força de velar, a fome invadiu-me. Os apetitosos eflúvios das iguarias faziam comichar minhas narinas. A fome tornou-se mais intensa. Aproximei-me da mesa, ergui o tecido que a recobria e peguei um bocado de cada prato. Comi um pedaço de carne e cheguei perto do jarro contendo vinho. Prometi interiormente a mim mesmo:

– Não beberei mais que um copo.

Bebi um copo, depois um segundo, um terceiro e outros em seguida, até que seu número atingiu a dezena. O amor havia me assestado um grande golpe. Caí no chão como um homem assassinado. Não saí desse estado antes do nascer do dia.

Voltando a mim, vi-me fora do jardim. Sobre meu ventre haviam colocado um punhal de gume afiado e um *dirham*[8] de ferro. Arrepiei-me ao olhá-los, tomei-os na mão e voltei para casa.

Lá chegando, surpreendi minha prima a dizer as seguintes palavras:

– Nesta casa estou humilhada, condenada à aflição, sem outro socorro além das lágrimas.

Assim que entrei no aposento, estendi-me de comprido no chão, atirei longe o punhal e o *dirham* e desmaiei. Quando voltei a mim, coloquei minha prima a par do que me ocorrera e depois concluí com estas palavras:

– Não atingi meu objetivo.

Vendo minhas lágrimas e minha tristeza, ela teve ainda mais compaixão de mim.

– Foi em vão – disse – que dispendi todas minhas forças para te recomendar que não adormecesses. Não ouves meus conselhos e minhas palavras não têm para ti a menor utilidade.

– Em nome de Deus – repliquei, – rogo que me digas o significado do punhal e do *dirham* de ferro.

– O *dirham* de ferro indica o olho direito de tua bem-amada, que quer declarar-te o seguinte: "Juro pelo que devemos ao Mestre dos Mundos e por meu olho direito que, se voltares mais uma vez a minha casa e dormires, eu te degolarei com um punhal como este[9]." Ó meu primo, as artimanhas dessa mulher fazem-me temer o pior para ti. Meu

---

8. O *dirham* era ao mesmo tempo uma unidade de peso (2,411 g) e uma moeda de prata.
9. Essa mulher "iniciada", de posição superior, não é apenas egoísta; é cruel.

coração, que se aflige por ti, impede-me de falar mais. Se estás seguro de não dormir ao voltares à casa dela, vai, e desconfia do sono. Serás vitorioso, obtendo o que desejas. Mas se sabes que vais dormir como costumas e voltares à sua casa, ela te degolará quando te vir vencido pelo sono.

– Que devo fazer, ó minha prima? – perguntei. – Em nome de Deus, ajuda-me nesta provação.

– Teu pedido me é mais caro que meus olhos e minha cabeça – respondeu. – Se ouvires minhas palavras e obedeceres às minhas ordens, tomarás dela o que desejas.

– Concordo em ouvir-te e em obedecer às tuas ordens.

– Farei minhas recomendações quando estiveres a ponto de sair para lá.

Ela me enlaçou, conduziu-me suavemente para a cama e obrigou-me a deitar. Depois massageou sem parar meu corpo até que o sono me vencesse, submergindo-me. Ela pegou um leque e sentou junto de minha cabeça para abanar-me o rosto durante todo o restante do dia. Depois despertou-me. Olhei ao redor. Vi-a perto de minha cabeça, com o leque na mão. Chorava. Derramara lágrimas tão abundantes que haviam umedecido minhas roupas.

Quando percebeu que eu estava desperto, enxugou as lágrimas e foi buscar-me algo para comer. De início eu não quis saborear alimento algum.

– Não pedi que me obedecesses? – disse ela. – Come!

Não ousei recusar. Concordei em comer. Então ela se pôs a formar com os dedos os bocados, que levava um por um a meus lábios. Mastiguei-os, engoli-os. Em um determinado momento senti que meu estômago estava cheio. Então ela me fez beber água açucarada na qual haviam posto a macerar grãos de uva. Em seguida lavou minhas mãos, enxugou-as com um lenço, aspergiu-me água de rosas. Sentei bem perto dela, alegre por me sentir com boa saúde. Quando a escuridão da noite se instalou, ela vestiu-me com minhas roupas e disse:

– Primo, deves permanecer desperto ao longo de toda esta noite. Não durmas! A mulher que amas só virá ao teu encontro no final da noite. Se Deus o permitir, obterás então dela a união esta noite mesmo. Mas não esqueças minha recomendação.

Lágrimas correram-lhe dos olhos. Esse choro tão abundante suscitou em meu coração alguma inquietude quanto à sua saúde. Perguntei:

– Qual recomendação querias fazer antes que eu vá?

Ela respondeu:

– Quando deixares essa mulher, deves recitar-lhe os versos que te disse antes.

Muito contente, separei-me dela e fui para o jardim.

Uma vez lá, entrei no pavilhão. Não tinha fome, estava saciado. Velei até o final do primeiro quarto da noite, que achei tão longa quanto um ano inteiro. Permaneci desperto até que três quartos da noite tivessem escoado. Os galos das redondezas começaram a cantar. Mas a vigília havia intensificado minha fome. Levantei-me, fui para perto da mesa e comi à vontade. Minha cabeça ficou pesada e desejei dormir.

Subitamente um rumor de vozes fez-se ouvir ao longe. Fiquei em pé, lavei as mãos e a boca, forçando-me a permanecer desperto. No mesmo instante a mulher apareceu bruscamente, acompanhada de dez servas: vendo tal séquito, teríeis pensado no disco cheio da lua em meio às estrelas. Usava um vestido de cetim verde recamado de ouro vermelho. Em resumo, fazia lembrar palavra por palavra a descrição do poeta:

Tudo nela é próprio para desnortear aquele
Que suspira: seu traje verde
Desabotoado, e a cabeleira
Que lhe serve de ornamento até os pés.

Perguntei-lhe por qual nome a chamam.
E ela: "Fica sabendo que sou
A que incendiou o coração de seus pretendentes
E depositou-o sobre brasa ardente."

Tomei-a por testemunha dos tormentos sofridos
Sob o efeito da paixão.
"Diriges tuas queixas a um rochedo, disse ela,
E não sabes reconhecer essa rocha dura."

Então repliquei: "Se tens uma pedra
No lugar do coração,
Fica sabendo que foi de uma rocha que Deus fez
[brotar
Um límpido regato."

Quando me avistou, ela pôs-se a rir. Depois disse:
– Como conseguiste permanecer desperto e não te deixares vencer pelo sono? Já que passaste a noite sem dormir, sei agora que és um amante verdadeiro, pois reconhecemos os amantes por serem capazes de velar toda uma noite e de suportar os tormentos que os desejos fazem nascer.

Então se aproximou das servas e deu-lhes uma piscadela. Todas voltaram sob seus passos. Ela veio ter comigo, atraiu-me contra o peito e me abraçou.

Também a abracei. Ela sugou meu lábio inferior. Suguei-lhe o lábio superior. Em seguida estendi a mão para sua cintura e apalpei-a longamente. Caímos juntos no chão. Ela desamarrou o cordãozinho que fechava suas calças bufantes. Curvei-me sobre os anéis de prata que ela trazia no tornozelo e começamos a entregar-nos ao jogo das brincadeiras, do enlaçamento, das denguices, das palavras ternas, das mordidas, das coxas erguidas, dos movimentos ambulatórios em torno do aposento e das colunas, até o momento em que as articulações da mulher se afrouxaram, ela perdeu consciência e entrou num estado evanescente.

Aquela noite era por excelência a noite em que o coração estremecia de gozo, em que os olhos sentiam uma espécie de delicioso frescor ao ver o que viam, sim, a noite que o poeta descreve assim:

Nunca desfrutei de outra mais saborosa
Desde que nasci: uma noite tão boa
Que nela executei com êxito a operação
Sem largar por um instante a taça.

Eu soube dividir bem entre os dois:
O que é do sono, o que é das pálpebras.
Em compensação, o anel que pendia do lóbulo
Juntou-se ao anel do tornozelo.

Quando se ergueu a manhã, fiz menção de partir. Porém ela me reteve, dizendo:

– Espera! Antes devo informar-te de uma coisa e fazer-te uma recomendação.

Permaneci diante dela. Então, desdobrando um envoltório, ela retirou esse tecido que observaste entre minhas bagagens, ó príncipe, e estendeu-o ante meus olhos. A imagem de uma gazela-macho dessa espécie despertou-me a mais viva admiração. Ela ofereceu-me o tecido e comprometemo-nos a nos rever[10]. Eu devia ir toda noite encontrá-la naquele jardim. Minha felicidade era tão grande que esqueci de recitar-lhe os versos que minha prima me pedira para dizer. Quanto a ela, acompanhara a oferenda com estas palavras:

– Este desenho foi feito por minha irmã.
– Como se chama tal irmã? – perguntei.
– "Luz que Guia" é seu nome. Guarda com cuidado este pano[11].

Despedi-me. Quando a deixei para voltar à minha casa, tinha o coração repleto de júbilo. Não me detive um só instante no caminho.

Entrei. Encontrei minha prima cochilando. Assim que percebeu minha presença, ela se levantou. As lágrimas corriam-lhe pelas faces em fileiras apressadas. Aproximou-se, depositou um beijo em meu peito e perguntou:

– Seguiste minhas recomendações? Recitaste os versos que eu disse?
– Esqueci – respondi. – O que me distraiu desse assunto foi o tecido onde está representada a gazela-macho. Minha bem-amada presenteou-me com ele.

Deixei cair o tecido diante dela. Minha prima sentou-se, depois tornou a levantar, incapaz de paciência: eram tormentos demais a suportar. Deixando correr as lágrimas, declamou:

Tua intenção é te separares?
Reflete antes de lhe dar seqüência.
O desejo de enlaçar uma outra
Às vezes é pura ilusão.

---

10. Trata-se portanto de um sinal de reunião para os membros da "sociedade amorosa", ou talvez de uma distinção honorífica.
11. É a senhora suprema dos "iniciados". A mulher pretende que se trata de sua irmã.

Deixa agir o Tempo,
Esse mestre em felonia.
Todos os amigos mais fiéis,
Ele os separa um dia.

Depois acrescentou:
– Primo, dá-me de presente esse tecido.
Assim fiz. Ela desdobrou-o e contemplou o que estava representado.

Quando eu estava prestes a ir novamente para a casa de minha bem-amada, minha prima dirigiu-me estas palavras:

– Vai, e que a segurança seja tua companheira. Mas quando fores deixar essa mulher, recita-lhe os versos que te disse antes e que esqueceste de recitar na última vez.

– Dize-os de novo – repliquei.

Ela os repetiu. Depois caminhei até o jardim e entrei no pavilhão. Lá encontrei a jovem à minha espera. Assim que me viu, ela se levantou, abraçou-me e me fez sentar em seu colo. Em seguida comemos, bebemos e nos entregamos às mesmas ocupações de antes, sem que eu precise me alongar a respeito. Chegando a manhã, recitei para a bem-amada os versos de minha prima:

Ó vós, amantes, por Deus, dai um conselho:
Quando um coração sentiu crescer a tal ponto
[o amor,
Que deve ele fazer nesse estado de paixão ardente?

Ao ouvi-los, minha bem-amada subitamente ficou com os olhos cheios de lágrimas e por sua vez respondeu com estes versos:

A pessoa em questão, ante essa paixão,
Deverá moderá-la, viver discretamente
E mostrar-se por toda parte humilde e submissa[12].

Guardei na memória essa resposta, contente por assim prestar serviço a minha prima, a quem fui procurar. Entrando em seus aposentos, vi que cochilava, com minha mãe sentada à cabeceira, chorando por seu estado desesperador. Tão logo me avistou ao longe, esta bradou:

– Que primo maldoso me saíste! Como ousas abandonar tua prima sem razão plausível, sabendo-a doente e sem te preocupares mais com ela?

Quando minha prima percebeu que eu estava ali, ergueu a cabeça, depois sentou na cama e disse:

– "Querido", meu primo, recitaste-lhe os versos que te encarreguei de pronunciar?

– Sim – respondi. – Ao ouvir os versos ela chorou e em resposta recitou outros, que memorizei para ti.

– Repete-os.

Assim fiz. Então um jorro de lágrimas brotou-lhe dos olhos e estes versos caíram prontamente de seus lábios:

Paciência para longe de mim fugiu.
Resta-me apenas um coração triturado
E que dia após dia a seu tormento se acorrenta.

Depois minha prima continuou:

– Quando fores à casa dela, como de hábito, farás que ouça esses versos.

– Ouvido atento e boa vontade! – respondi.

---

12. Resposta a uma consulta entre iniciadas. A mulher interrogada replica com uma regra inspirada no código amoroso, acreditando que se trata de um caso comum.

Quando a noite caiu, fui encontrar minha bem-amada no jardim, segundo o hábito que adquirira. Entre nós passou-se o que a língua é impotente para descrever com a veracidade desejada. Quando estava para deixar o local, recitei para a mulher a quem amava os versos de minha prima:

Paciência para longe de mim fugiu.
Resta-me apenas um coração triturado
E que dia após dia a seu tormento se acorrenta.

Ao ouvi-los, minha bem-amada deixou correr lágrimas e respondeu com estes versos do poeta:

A pessoa que dizes precisa suportar
Com paciência um segredo a ocultar.
Se, como creio, a paciência deixou-a,
De nada lhe serve continuar a viver[13].

Guardei-os na memória e tomei o caminho de casa. Ao procurar minha prima, encontrei-a deitada sem sentidos. À sua cabeceira postava-se minha mãe. Quando me ouviu falar, minha prima abriu os olhos e disse:

– "Querido", meu primo, recitaste-lhe os versos que te encarreguei de pronunciar?

– Sim – respondi. – Ela chorou e depois respondeu recitando outros:

A pessoa que dizes precisa suportar
Com paciência um segredo a ocultar.
Se, como creio, a paciência deixou-a,
De nada lhe serve continuar a viver.

---

13. Ela percebe que o caso é mais grave do que supunha. Mas não suspeita do drama no qual sua responsabilidade de "senhora dos iniciados" está envolvida.

A seu pedido, repeti-os. Ela perdeu consciência novamente. Voltando a si, recitou estes versos:

Ouvimos e obedecemos.
A inelutável saída foi nossa opção.
Sede meu mensageiro junto da pessoa
Que impediu que eu me desse ao amado[14].

Quando anoiteceu fui para o jardim, como de hábito. Lá encontrei a jovem à minha espera. Sentamos, comemos, bebemos, tomamos o que a sorte nos reservava, depois dormimos até de manhã. No momento de partir, recitei à bem-amada os versos de minha prima. Ela deu um grande grito e depois, pressentindo a desgraça, declarou:

– Por Deus, a que pronunciou os versos que acabas de recitar está morta agora[15].

Ela deixou as lágrimas correrem e depois bradou:

– Desgraçado sejas! Que laço de família tens com a que disse esses versos?

– É minha prima – respondi.

– Estás mentindo! – retrucou ela. – Por Deus, se fosse tua prima terias correspondido ao seu amor por ti com um amor equivalente. Tu é que a mataste! Que Deus tire tua vida como tiraste a vida de tua prima! Por Deus, se me tivesses dito que tinhas uma prima que vivia contigo, não teria permitido que te aproximasses de mim[16]!

---

14. A total incompreensão do jovem e de sua amante torna inevitável o drama. O egoísmo triunfa, sendo que a "sociedade amorosa" baseia-se na fraternidade dos "iniciados" e em seu mútuo devotamento desinteressado.

15. Agora ela se dá conta de que traiu suas funções.

16. Ante a profundidade do drama, ela tenta encontrar desculpas para sua própria conduta.

– Não estou mentindo. É minha prima. Ela me explicava os sinais que usavas para expressar teus sentimentos por mim. Foi ela que me disse como eu devia me comportar contigo. Somente graças aos bons conselhos que me prodigalizou é que pude obter teus favores.

– Ela ficou sabendo de nossa ligação?

– Sim.

– Que Deus te prive das forças de tua juventude como privaste tua prima das perspectivas venturosas que lhe oferecia a dela.

Ela se calou por um instante e depois acrescentou:

– Vai ver tua prima.

Fui embora, desconcertado, sem conseguir ordenar o tumulto de minhas idéias. Não parei de caminhar até chegar à nossa rua. Ouvi então gritos estridentes e quando quis saber a causa responderam-me:

– Encontramos "Querida" caída por terra, atrás da porta. Depois ela morreu.

Entrei na casa. Minha mãe, assim que me viu, bradou:

– O pecado dela permanece agarrado ao teu pescoço. Que Deus te recuse o perdão por haveres deixado perder-se o sangue desta jovem. Que mau primo foste!

Depois chegou meu pai. Cuidando de proporcionar ao corpo tudo o que era necessário, organizamos os funerais; enterramo-la e executamos as cerimônias de encerramento do luto em seu túmulo, durante os três dias em que permanecemos no local. Depois voltei para casa, afligido por aquela perda. Então minha mãe foi ter comigo em meu quarto e disse:

– Quero saber o que em tua conduta fez o fel espalhar-se no corpo de tua prima. Quanto a mim, ó meu filho, por mais que lhe perguntasse a causa de sua doença, ela não quis me dizer nada, preferindo guardar zelosamente o segredo. Por Deus acima de ti, revela-me o que fizeste afinal para provocar sua morte.

– Nada fiz – respondi.

– Que Deus use de represálias para contigo pela maneira como te comportaste com tua prima! Ela nada me disse a respeito; ocultou seu caso até a morte e deixou a vida manifestando ainda sua aprovação por ti. Eu estava junto dela em seu último suspiro. Entreabrindo os olhos, disse-me: "Esposa de meu tio, que Deus considere teu filho absolvido da culpa de haver deixado perder-se meu sangue, que Ele não o castigue por ter se comportado assim para comigo. Deus transportou-me do mundo perecível aqui embaixo para o mundo permanente dos Fins Últimos."

"Respondi-lhe: 'Minha filha, desejo que recuperes a boa saúde de outrora e reencontres as vivas forças de tua juventude.' Depois comecei a interrogá-la sobre a causa de sua doença. Ela não respondeu à minha pergunta, mas declarou com um sorriso: 'Mulher de meu tio, se depois teu filho quiser ir ao local aonde tem o costume de se dirigir, dize-lhe que recomendo que, toda vez que deixar o lugar em questão, pronuncie as seguintes palavras: É bonito ser fiel a seus compromissos; é feio trair[17]. Esse conselho vem tão-somente da solicitude que

---

17. Talvez seja uma fórmula de julgamento no tribunal secreto da "sociedade amorosa". Tudo isso é bastante misterioso, mas não deixa de ser um valioso indício de uma mentalidade, de um meio histórico, de uma organização sobre a qual não temos muitas informações.

sinto por ele, para que durante minha vida e após minha morte eu seja plena de compaixão para com ele.'

"Em seguida tua prima confiou-me um objeto para te entregar e fez-me jurar que só o faria quando te visse chorar por seu desaparecimento e gemer. Esse objeto está em meus aposentos. Quando eu te vir na situação que ela mencionou, ele te será entregue."

Pedi então a minha mãe:

– Mostra-me esse objeto.

Ela recusou.

Depois disso, ocupei-me de meus prazeres, esquecendo a morte de minha prima, pois era leviano de espírito. No mais íntimo de mim mesmo, não tinha outro desejo que não o de estar em casa de minha bem-amada ao longo de todas as noites e de todos os dias. Imediatamente após esses acontecimentos, mal acreditei que a noite viria, permitindo-me entrar no jardim. A jovem fervia de impaciência após aquela espera tão longa quanto vã. Quando me viu, não acreditou em seus olhos. Correndo a mim, pendurou-se em meu pescoço, pedindo notícias de minha prima.

– Ela está morta – respondi. – Organizamos a sessão comemorativa em sua honra e as reuniões para encerramento do luto. Quatro noites decorreram desde tal acontecimento e esta é a quinta.

Quando ouviu isso, ela explodiu em choro e lamentações.

– Não te disse que a tinhas matado? – bradou. – Por que não me contaste tudo a seu respeito enquanto estava viva? Eu a teria recompensado pelo serviço que me prestara. Ela havia se devotado a meus interesses e foi quem te conduziu para mim.

Sem ela eu não teria obtido a união contigo. Agora receio por ti, ao pensar na grande desgraça que te espreita após os tormentos que a fizeste sofrer.

– Ela me eximiu em todos os pontos, pouco antes de morrer.

Relatei o que minha mãe dissera.

– Por Deus acima de ti – retrucou ela, – quando fores ter com tua mãe, trata de saber qual objeto tua prima deixou em depósito com ela.

– Minha mãe declarou que minha prima, antes de morrer, transmitiu-me a seguinte recomendação: "Se depois teu filho quiser ir ao local aonde tem o costume de se dirigir, dize-lhe que recomendo que, toda vez que deixar o lugar em questão, pronuncie as seguintes palavras: "É bonito ser fiel a seus compromissos; é feio trair."

Quando ouviu isso, a jovem exclamou:

– Que a misericórdia de Deus esteja com tua prima! Ela acaba de salvar-te do mal que eu podia te causar. Eu tinha a intenção de prejudicar-te. Renuncio a meu projeto e doravante não quero perturbar-te em nada[18].

Tais palavras deixaram-me estupefato.

– Em caso contrário, o que planejavas fazer-me sofrer, se a ti me une uma afeição nascida recentemente? – perguntei.

– Sem dúvida sentes por mim um amor apaixonado, mas és criançola e teu coração está isento de fraude. Não conheces nossos embustes e nossas imposturas. Se tua prima tivesse permanecido viva, ela teria te ajudado de maneira eficaz. Ela é a causa de tua libertação, pois te salvou da ruína total. Ago-

---

18. Trata-se portanto de uma fórmula de remissão entre os "iniciados" da "sociedade amorosa", ou então do reconhecimento de uma dívida após um serviço importante.

ra, aconselho-te a não falares com mulher alguma, a não manteres conversação com nenhuma, jovem ou velha, entre as que se assemelham a nós. Toma cuidado! Presta muita atenção! Pois não conheces as artimanhas nem a perfídia de que as mulheres são capazes. A que te explicava os sinais agora está morta. Temo que vás te meter num mau passo sem ter ninguém para te livrar, agora que tua prima está morta! Que desgraça! Gostaria de tê-la conhecido antes de seu desaparecimento, a fim de recompensá-la pelo serviço que me prestou. Que a misericórdia de Deus esteja com ela, pois calou seu segredo e nada revelou de seus sentimentos íntimos. Sem ela nunca terias conseguido chegar até mim. Desejo agora que presencies uma ação em seu favor.

– Qual?

– Leva-me ao local de sua sepultura, para que eu a visite em seu túmulo e grave alguma coisa na pedra.

– Amanhã, se Deus Altíssimo permitir – respondi.

Dormi com minha bem-amada aquela noite. De hora em hora ela deixava escapar estas palavras:

– Pudesse eu ter sabido por tua boca da existência de tua prima, antes que ela morresse!

Em um dado momento perguntei-lhe:

– Que significam as palavras que minha prima pronunciou: "É bonito ser fiel a seus compromissos; é feio trair?"

Ela não respondeu. Pela manhã, levantou-se, pegou um saco cheio de moedas de ouro e disse-me:

– Vem mostrar-me o local de sua sepultura, para que eu o visite, para que grave na pedra alguns versos e mande construir por cima uma cúpula.

Quero pedir a Deus que lhe seja misericordioso e distribuir estas moedas de ouro entre os indigentes, em favor de sua alma.

– Ouvido atento e boa vontade! – respondi.

Saímos. Caminhei à frente; enquanto me seguia ela pôs-se a distribuir as moedas de ouro entre os pobres do caminho, dizendo a cada vez:

– Esta esmola é dada em favor da alma de "Querida", que calou seu segredo até o momento em que levou o lábio à taça do trespasse, negando-se a revelar seus sentimentos íntimos.

Enquanto distribuía as moedas, ela foi repetindo sem cessar: "Isto é dado em favor da alma de 'Querida'", até que tivéssemos chegado ao local do sepultamento e que o saco estivesse vazio. Quando avistou o túmulo, a mulher jogou-se de comprido sobre ele, derramando lágrimas abundantes. Depois, tirando de um pacote que carregava um compasso de aço e um minúsculo martelo, usou-os para traçar de leve algumas linhas na pedra que se erguia à cabeceira do túmulo e gravou nelas estes versos:

Ao rodear um túmulo
De traços apagados
No meio de uma campina,
Vi ali sete anêmonas.

Perguntei quem o habitava
E a terra disse-me: "Mostra respeito aqui,
Pois este túmulo é um istmo
Onde repousa uma pessoa que amou."

E eu: "Que a benevolência de Deus se exerça
Para contigo, quem quer que sejas, já que a paixão
Te matou; que Deus faça do Paraíso tua morada,
Sobre o mais alto dos montes."

Pobres companheiros do Desejo ardente!
A poeira da humilhação
Recobre até seus túmulos,
Entre as criaturas.

Se eu pudesse cultivar esta terra,
Faria dela um rico jardim,
Que regaria com minhas lágrimas
Derramadas em abundância.

Concluída essa tarefa, ela chorou intensamente; depois levantou-se. Ergui-me ao mesmo tempo. Retornamos juntos para o jardim. Quando ali chegamos, despedi-me.

– Em nome de Deus – disse ela, – rogo-te que nunca deixes de visitar-me.

– Ouvido atento e boa vontade! – respondi.

A partir daquele dia comecei a freqüentá-la muito amiúde. Toda vez que passava a noite em sua casa, recebia de sua mão presentes, como um traje novo, e era alvo de grandes honrarias. Mas ela freqüentemente me pedia para repetir as duas frases que "Querida" dissera a minha mãe, e eu recitava-as.

Assim foi por um certo tempo a vida que levei, comendo, bebendo, operando a união e enlaçando, mudando diariamente minhas roupas por outras ainda mais finas, até me tornar gordo e empanzinado. Não tinha na cabeça nenhuma preocupação, nenhum pesar, nenhuma aflição. Minha prima saiu-me da mente e passei um ano inteiro deixando-me afogar nas ondas das delícias.

No início do ano seguinte, fui ao estabelecimento de banhos, onde me lavei e me esfreguei para melhorar minha condição física; saí de lá vestindo trajes suntuosos. Tomei então um copo de bebida, aspirando com satisfação os eflúvios que emanavam de minhas vestes novas, cujos tecidos haviam impregnado com essências fortes e variadas. Meu coração estava livre de todo temor e não receava em nada as reviravoltas do mundo nem as desgraças que inevitavelmente acompanham o decurso da vida. Quando chegou a hora da refeição da tarde, minha alma sentiu desejo de visitar a bem-amada. Mas nesse entretempo eu bebera de forma imoderada e estava ébrio. Não sabia mais para onde dirigir meus passos: a mim que queria chegar ao jardim da bem-amada, a embriaguez desviou-me do caminho certo e fez-me chegar a uma rua chamada rua do Governador.

Caminhava justamente por ela quando de súbito vi perto de mim uma velha que se movia segurando numa das mãos um círio aceso e na outra uma carta enrolada. Aproximei-me o suficiente para ver que chorava e ouvi-la declamar:

Que excelente homem esse
Que me anunciou vossa aproximação!
Ouvimos de sua boca
O que era mais agradável a nossos ouvidos.

Se uma dádiva vinda de mim pudesse satisfazê-lo,
Eu teria meu coração para entregar-lhe,
Meu coração lacerado
No momento do adeus.

Assim que me viu, ela perguntou:
– Ó meu filho, sabes ler?
– Sim, minha velha tia – respondi.
– Pega esta carta e lê-a para mim.
Ela estendeu-me a carta, que peguei e desenrolei. Li seu conteúdo. De um certo local onde se

encontravam no momento, pessoas apresentavam saudações a entes queridos. Quando ouviu minha leitura, ela se rejubilou muito, contente por ouvir boas notícias, e fez a Deus invocações em meu favor, que concluiu assim:

– Que Deus dissipe teus cuidados como dissipaste os meus.

Depois pegou a carta e deu dois passos à frente. Quanto a mim, dominado por um premente desejo de urinar, acocorei-me num canto propício para soltar o líquido. Em seguida fiquei de pé e purifiquei-me, antes de deixar cair novamente as bordas de meu amplo traje. Pretendia retomar caminho quando subitamente a velha, aproximando-se de mim, beijou-me a mão e disse:

– Senhor, que Deus Altíssimo te permita aproveitar no prazer as forças de tua juventude e faça de forma que ninguém veja teus defeitos. Suplico-te que me acompanhes até aquela porta que vês acolá. Contei às pessoas daquela casa o que ouvi de tua boca, mas não acreditaram em mim. Dá dois passos comigo, lê novamente para eles a carta de fora e aceita as invocações que farei a Deus em teu favor.

– Qual é a história dessa carta? – perguntei.

Ela respondeu:

– Ó minha criança, esta carta vem de meu filho. Faz dez anos que ele está ausente, longe de mim. Partiu para uma viagem de negócios e durante esse período ficou morando num país estrangeiro. Tínhamos abandonado toda esperança de revê-lo, julgando que estava morto. Depois chegou esta carta de sua parte.

"Ele tem uma irmã que passou esse tempo em que ele está longe a chorar sua ausência toda noite, e no começo como no fim de cada dia. Eu lhe disse: 'Teu irmão está com saúde, seus negócios estão prósperos.' Ela não acreditou em mim e declarou: 'É absolutamente necessário que me tragas alguém que leia essa carta e assim me dê a conhecer as verdadeiras notícias de meu irmão, para que meu coração se tranqüilize e minha mente se acalme.'

"E tu, ó minha criança, bem sabes que a pessoa que ama se apega mais aos pensamentos de desgraça do que às hipóteses tranqüilizadoras. Faze-me a gentileza de ler esta carta, em pé atrás da cortina do apartamento das mulheres. A irmã do ausente ouvirá as notícias lá dentro, do outro lado da porta, para que te advenha a recompensa reservada a quem presta serviço a um muçulmano e dissipa seu pesar.

"Com efeito, o Enviado de Deus (que a bênção e a salvação de Deus estejam sobre ele!) disse: 'Quem afastar de uma pessoa aflita um dos sofrimentos do mundo aqui embaixo, Deus afastará dele um dos sofrimentos dos Fins Últimos do homem.'. Em outra tradição encontra-se o seguinte: 'Quem dissipar em seu irmão um dos sofrimentos do mundo aqui embaixo, Deus dissipará nele setenta e dois sofrimentos entre os do Dia da Ressurreição.'

"Dirijo-me a ti pessoalmente, preferindo-te a outros. Não me mandes embora frustrada em minhas esperanças."

– Ouvido atento e boa vontade! – respondi. – Vai na frente, eu te seguirei.

Ela me precedeu. Bastou-nos um breve instante para chegarmos à porta de uma casa magnífica, que placas de cobre vermelho realçavam. Detive-me na frente e a velha gritou alguma coisa em língua persa. Mal eu percebia o fato, uma jovem acorreu subitamente, movendo-se de maneira rápida e ágil. Segurava as roupas erguidas até os joelhos. Vi-lhe pernas tão perfeitas que lançavam na estupefação a mente e o olhar. Ela era tal como o poeta descrevera nestes versos:

Ó tu que arregaças tuas roupas
Para descobrir uma perna
E expô-la aos olhares dos amantes
(Assim, dessa perna perfeita
Pode-se deduzir a beleza do restante),

Fica sabendo que aquele que a viu começou sem
[tardar
A procurar uma taça
Que quem ama vai lhe proporcionar:
Apenas a taça e a perna
Encantam as criaturas.

Aquelas pernas, semelhantes a duas colunas de mármore, estavam ornadas de anéis de ouro incrustados de pedras preciosas. A jovem também havia descido até embaixo das axilas a parte superior da túnica. Seus braços estavam nus. Contemplei os alvos pulsos, onde se enrolavam pares de braceletes. Brincos cravejados de pérolas pendiam-lhe das orelhas e um colar feito com as mais ricas gemas ornava seu pescoço. Uma peça de tecido fino, marcada com desenhos a martelo, cobria-lhe a cabeça, cingida por uma fita com pedras preciosas de grande valor. Ela introduzira as bordas inferiores da túnica por baixo do cordãozinho que segurava as calças bufantes, como se estivesse terminando uma tarefa que exigisse liberdade de movimentos.

Quando me avistou, disse em árabe com uma voz meiga (nunca ouvi som mais suave):

– Ó minha mãe, este é o homem que vem por causa da carta?

– Sim – respondeu a velha.

A jovem estendeu-me a mão que segurava a carta. Havia entre ela e a porta uma distância de aproximadamente meia vara. Estiquei a mão para pegar a carta e no mesmo movimento introduzi a cabeça e os ombros pela porta, a fim de me aproximar da jovem.

Subitamente senti que a cabeça da velha se apoiava em minhas costas e me empurrava bruscamente para a frente, enquanto minha mão agarrava a carta. Voltei-me. Vi-me no interior da casa, no vestíbulo que se seguia à porta. A velha entrou, mais rápida que o raio arrebatador. Não teve nada mais urgente a fazer do que empurrar o batente para fechá-lo a chave.

Vendo-me no interior do vestíbulo, a jovem se atirou sobre mim, apertou-me contra o peito e me derrubou por terra. Depois se colocou sobre meu peito e comprimiu meu ventre com a mão, com tal violência que desmaiei. Ela me arrastou, incapaz de escapar-lhe, de tanto que me maltratara. Pouco a pouco fui recobrando os sentidos. Ela me fez entrar nos apartamentos do fundo, precedida pela velha, que segurava na mão o círio aceso, e não parou de arrastar-me até atravessarmos uma fileira de sete aposentos pelo menos. Depois disso, conduziu-me para um salão com quatro partes em nível mais alto, enquadradas por arcos. O salão era tão amplo que nele o cavaleiro poderia jogar com a bola de madeira. Depois ela me fez sentar. Eu tinha os olhos fechados. Ordenou que os abrisse, o que fiz, ainda muito atordoado após os amplexos e apertos que sofrera. Vi que a sala era inteiramente construída com mármore da mais bela espécie e que todos os móveis que havia estavam recobertos de um tecido de seda estampada; as almofadas e os altos assentos eram do mesmo tecido. Havia também dois banquinhos de cobre dourado e um leito de descanso de ouro incrustado de pérolas e pedras preciosas, que convinha apenas a ti, ó príncipe que me ouves.

Ela me disse então:

– Ó "Querido", em qual destes dois estados gostarias de ficar: a morte ou a vida?

– A vida! – respondi.

– Se a vida te parece preferível à morte – retrucou, – casa comigo.

– Repugna-me casar com u'a mulher como tu – repliquei.

– Se casares comigo ficarás livre da filha de Dalila-Saco-de-Mágicas.

– Quem é a filha de Dalila-Saco-de-Mágicas? – perguntei.

Ela riu, depois declarou:

– Como não a conhecerias, tu que a freqüentas há um ano e quatro meses bem contados hoje, que Deus Altíssimo a faça perecer! Deus jamais deu existência a mulher mais pérfida. Quàntas pessoas ela não matou antes de te freqüentar! Quantos roubos perpetrados! Pergunto-me como fizeste para permanecer todo esse tempo ao seu lado sem que ela te matasse nem te ocasionasse um grande problema.

Ao ouvir essas palavras, caí no maior espanto possível.

– Ó senhora minha – perguntei, – quem fez que a conhecesses?

– Conheço-a como o Tempo conhece as desgraças que traz consigo – respondeu[19]. – Mas quero que me contes tudo que te aconteceu com relação a ela, para conhecer a causa de tua isenção.

Contei-lhe toda minha história com aquela mulher e com minha prima "Querida". Então ela invocou a misericórdia de Deus sobre esta e lágrimas brotaram-lhe dos olhos. Quando minha narrativa levou-me ao episódio da morte de minha prima, ela bateu palmas subitamente, bradando:

– Que Deus te proporcione toda espécie de bens para compensar a perda de tua prima, ó "Querido"! Foi tua prima a causa de te salvares de Dalila-Saco-de-Mágicas. Sem ela terias perecido. No que me diz respeito, receio por ti a perfídia e a maldade de tua amante, mas não posso dizer mais sobre o assunto[20].

– Por Deus, tudo isso pertence ao passado! – exclamei.

Ela balançou a cabeça e disse:

– Não existe hoje ninguém igual a "Querida".

Entrei em detalhes:

– No momento de sua morte ela me recomendou que dissesse apenas estas duas frases: "É bonito ser fiel a seus compromissos; é feio trair."

---

19. Reencontramos aqui Dalila-Saco-de-Mágicas, citada nas *Mille et Une Nuits*, Phébus, t. IV, 1988, no conto "O califa e o louco", p. 222. Isso prova que o romance dessa Dalila é uma obra à parte, anterior às *Mil e Uma Noites* do século XIII. Pretendemos oferecê-la na íntegra, segundo diversos manuscritos. Aqui, é a filha da heroína. Ela comanda os "iniciados de amor", mas seu egoísmo provocou uma cisão entre eles.

20. Portanto os "iniciados" acham-se obrigados a um segredo absoluto, mesmo em seus conflitos internos.

Ao ouvir essas palavras de minha boca, ela disse:

– Ó "Querido", por Deus, foram essas duas frases que te salvaram! Por causa delas tua amante não te matou. Tua prima livrou-te do perigo, não apenas enquanto viva, mas também após a morte. Por Deus, eu desejava a união contigo, nem que fosse apenas por um dia, e só podia obtê-la agora, quando a artimanha que urdi deu o resultado que esperava. És criançola e nada sabes sobre a perfídia das mulheres nem sobre as artimanhas sutis de que são capazes as mais avançadas em anos.

– Por Deus, é verdade, ignoro tudo isso! – exclamei.

– Fica contente – continuou ela. – Consola-te. O defunto é objeto de misericórdia e o vivo se vê tratado com benevolência. És um belo jovem e só te desejo de acordo com a legislação estabelecida por Deus e Seu Enviado (que a salvação e a bênção de Deus estejam com ele!). Tudo o que quiseres de dinheiro e tecidos preciosos te será apresentado agora mesmo. Não te custarei nada, e isso para sempre. Tenho sempre pão em casa e o cântaro está constantemente cheio de água. De ti desejo apenas que te portes como o galo.

– E o que faz o galo? – perguntei.

Ela riu, bateu palmas e deixou-se cair de costas à força de rir. Depois sentou e disse-me:

– Não conheces o ofício do galo?

– Não, por Deus, não conheço o ofício do galo! – bradei.

– O ofício do galo consiste em três coisas: comer, beber, fazer a união.

Essas palavras fizeram-me enrubescer de vergonha. Depois perguntei:

– É isso o ofício do galo?

– Sim – respondeu ela, – e agora não quero te ver dedicando-te a nada além de controlares tua cintura, aumentares tua iniciativa e te aplicares em executar expeditamente as operações de união.

Depois ela bateu palmas de novo e disse:

– Ó minha mãe, traze para cá as pessoas que tens perto de ti.

Então a velha foi buscar quatro testemunhas juramentadas, que mandou entrar. Acendeu quatro círios. Assim que entraram, as testemunhas dirigiram-me saudações e ocuparam seus lugares. A jovem ficou em pé, cobriu-se com um longo manto fino e deu a uma das testemunhas procuração para assinar o contrato de casamento. A ata já estava preparada. Ela tomou os assistentes como testemunhas de que recebera antecipadamente, sem prejuízo de posteriores aquisições, o montante integral do dote, e de que estava comprometida comigo em dez mil moedas. Depois entregou às testemunhas seus honorários e elas saíram por onde tinham vindo.

Depois que partiram, a jovem despojou-se das roupas e aproximou-se, tendo sobre si apenas um camisão de tecido fino, bordado com fios de ouro. Tirou as calças bufantes, tomou-me pela mão e me fez subir ao leito de descanso.

– Não é desonra fazer o que é lícito – declarou.

Deitando na cama, ela se colocou de costas e me fez cair sobre seu peito. Depois soltou um grande estertor, seguido por um movimento de coqueteria. Então levantou o camisão e segurou as bordas acima dos seios arredondados. Vendo-a assim, não pude deixar de fazer que meu instrumento penetrasse nela, após haver sugado seu lábio, enquanto ela gemia, dirigia-me palavras de ternura e de humilde submissão, soluçava, derramava lágrimas. Tudo naquela situação trazia-me à memória o que dissera um certo poeta:

Quando ela ergueu a túnica,
Descobrindo o teto de seu "kuss",
Encontrei ali um desfiladeiro tão estreito
Quanto o objeto posto à minha disposição,
Minha única riqueza e meu único bem.

Eu o fiz penetrar nela
Pela metade apenas.
Ela soltou um suspiro.
"O que te faz suspirar?"
perguntei. – "O resto."

A mulher disse:
– Meu bem-amado, leva a termo teu afazer, sou tua serva. Segura teu instrumento. Quero-o todo inteiro. Pelo preço de minha vida junto de ti, dá-mo para que eu o introduza com minha mão e com ele acalme o tormento de meu coração.

Ao longo dos beijos e dos amplexos ela não parou de dizer as palavras de coqueteria e de gemer, até que nossos gritos chegassem aos ouvidos dos passantes na rua, enquanto tomávamos nosso quinhão de gozo e ventura. Depois dormimos até de manhã.

Ao nascer do dia eu quis ir embora. Ela se atravessou bruscamente em meu caminho e disse rindo:
– Julgas que se sai do banho público tão facilmente como se entra? Não posso deixar de suspeitar que me consideras igual à filha de Dalila-Saco-de-Mágicas. Trata a todo custo de não alimentar tal

pensamento a meu respeito! Não és outra coisa senão meu marido, aos olhos do Livro Sagrado e da Lei Religiosa. Se estás bêbado, sai de tua embriaguez e volta ao uso normal da razão. Esta casa onde estás só se abre um único dia por ano. Vai dar uma olhada no portal!

Dirigi-me para o portal. Encontrei-o fechado e pregado. Voltei e informei à mulher que a porta estava fechada e pregada.

– Ó "Querido" – disse ela, – temos provisões: farinha, cereais, frutas secas, romãs, açúcar, carne, carneiros, frangos e o restante, nada nos falta, temos com que prover nossa manutenção durante muitos anos. A contar desta noite, nossa porta não se abrirá antes de um ano inteiro. Sei com certeza que só te verás saindo desta casa ao fim desse tempo.

– Só em Deus há poder e força! – exclamei.

– Em que pode prejudicar-te permanecer aqui, tu que conheces o ofício de que te falei há pouco e que chamei de ofício do galo?

Ela riu. Também comecei a rir, aprovando suas palavras. Essa conversa marcou o início de minha estadia permanente ao seu lado, a praticar o ofício do galo: comer, beber e entregar-me à união. Assim passaram por nós os doze meses, o ano completo que ela dissera.

Aconteceu que no final ela estava grávida de minhas obras: Deus concedeu-me a graça de ter dela um menino. Exatamente no primeiro dia do ano seguinte, ouvi o barulho de uma porta sendo despregada. Na mesma hora entraram na casa homens trazendo carregamentos de bolachas em forma de coroa, sacos de farinha e de açúcar. Eu quis sair. Tinha tanto medo que todos meus membros tremiam. Subitamente ela me disse:

– Por Deus, não te deixarei sair sem antes obter de ti um juramento em boa e devida forma obrigando-te a voltar para casa esta noite mesmo, antes do fechamento da porta.

Aquiesci: ela me fez prometer solenemente sobre o sabre e o Livro Sagrado, sob pena de repúdio, que voltaria para junto dela.

Então deixei sua morada e tomei o caminho para o jardim. Encontrei aberta a porta, como de hábito. Irritei-me com o fato e disse comigo mesmo:

– Como! Faz um ano bem contado que não ponho os pés neste lugar; volto a ele inesperadamente e encontro-o aberto como se nada tivesse acontecido? Gostaria muito de saber se a mulher permaneceu ou não idêntica a si mesma. É absolutamente necessário que eu entre no jardim e veja o que ali se passa antes de ir ao encontro de minha mãe. É justamente a hora do jantar.

Entrei no jardim, que atravessei em toda extensão, e cheguei ao pavilhão. Lá encontrei a filha de Dalila-Saco-de-Mágicas, sentada, com a cabeça repousando sobre os joelhos dobrados à altura do rosto, a mão sustentando a face. Ela não tinha mais a mesma cor que antes. Seus olhos estavam fundos nas órbitas.

Quando me viu, exclamou:

– Louvores a Deus por teu retorno com boa saúde!

Quis levantar-se, mas, de alegria, caiu. Enrubesci de vergonha ante sua face e baixei a cabeça. Depois me aproximei, dei-lhe um beijo e disse:

– Como soubeste que eu viria te encontrar nesta hora?

– Não sabia – respondeu ela. – Por Deus, faz um ano que não sinto o gosto do sono e que velo toda noite à espera de tua visita. Estou neste estado desde o dia em que saíste de minha casa depois que te dei o traje novo. Prometeste voltar e te esperei. Não reapareceste na primeira noite, nem na segunda, nem na terceira. Continuei a esperar tua visita, a te esperar. É assim que se comporta a pessoa que ama. Quero que me contes o que fez que ficasses longe de mim durante todo esse ano.

Contei-lhe minha história. Ela empalideceu ao saber de meu casamento. Concluí a narrativa com estas palavras:

– Vim para ti esta noite e partirei antes da aurora.

– Não bastasse a essa mulher ter te desposado – bradou ela, – e após te conseguir por artimanha, após te aprisionar durante um ano inteiro, ela ainda te fez jurar, sob pena de repúdio, que voltarias à sua casa antes da aurora, sem te permitir alguma distração em casa de tua mãe ou na minha? É possível que ela seja tão orgulhosa que não se digne aceitar que passes uma única noite junto de uma de nós duas: tua mãe ou eu? Não pensa ela no estado da que suportou tua ausência durante um ano inteiro, sendo que te conheceu primeiro? Mas que Deus tome em Sua misericórdia tua prima "Querida"! Tua prima conheceu o que ninguém conheceu: suportou sua provação com uma paciência que nenhuma outra teve antes dela. Tua prima morreu em aflição por tua causa, e no entanto foi ela que te protegeu contra o mal que eu podia fazer-te. Quanto a mim, pensava que fosses voltar e portanto havia te deixado livre para saíres de minha casa. Entretanto, poderia ter te aprisionado e mesmo te matado...

Após esse discurso ela chorou, depois sentiu uma grande irritação contra mim e contemplou-me com olhos negros de cólera. Vendo-a em tal estado, senti um arrepio correr-me dos ombros às costelas e tive medo. Eu tinha tudo da fava posta para cozinhar no fogo.

– Não tens a menor serventia – declarou ela – agora que casaste e possuis um filho. Não és mais freqüentável para mim, pois apenas com homem celibatário acho proveito. Homem em poder de mulher de nada me serve. Tu me vendeste, para tomar em meu lugar essa mulher dissoluta. Por Deus, farei que ela solte suspiros de saudade de ti, e não pertencerás nem a ela nem a mim.

Então lançou um chamado. Mal tive tempo de me virar, surgiram dez servas que me atiraram ao chão. Quando suas mãos me dominaram, ela se levantou, pegou uma faca e disse:

– Vou te degolar como se degolam os bodes, e esse será o castigo mais leve entre os que mereces pela conduta que tiveste para com tua prima.

Quando me vi firmemente agarrado pelas servas, com as faces cobertas de terra e na mão da mulher a faca erguida sobre mim, considerei-me perdido sem remissão. Implorei sua piedade. Isso apenas a enraiveceu mais: ordenou às servas que me amarrassem os braços atrás das costas, o que elas fizeram prontamente, virando-me no chão, sentando sobre meu corpo e apresentando minha cabeça para a faca. Duas servas imobilizaram-me os pés, outras duas as pernas. Ela chamou ainda mais duas outras e ordenou-lhes que me batessem; desincumbiram-se tão bem que perdi os sentidos e minha voz acabou por extinguir-se. Quando voltei a mim, disse comigo mesmo: "Mais vale morrer degolado que suportar os golpes." Então me lembrei das palavras de minha prima, que declarava:

"Deus te defenda contra o mal que essa mulher pode fazer-te."

Gritei, chorei com tanta força que não pude articular uma palavra. A outra pôs-se a afiar a faca e ordenou às servas:

– Desnudai-lhe a garganta.

Nesse momento, Deus inspirou-me a idéia de pronunciar as frases que minha prima me aconselhara a dizer:

– É bonito ser fiel a seus compromissos; é feio trair.

Quando as ouviu, a mulher soltou um grito.

– Que Deus te tome em Sua misericórdia, ó "Querida"! Graças à tua juventude, prestaste serviço a teu primo enquanto viveste e após a morte.

Depois ela me disse:

– Por Deus, graças a essas duas frases escapaste de minhas mãos. Mas é absolutamente necessário que eu deixe em ti u'a marca desses acontecimentos, para fazer sofrer aquela mulher dissoluta que te impediu de vir visitar-me.

E gritou às servas:

– Colocai-vos sobre ele para impedir que se mexa.

Depois ordenou que amarrassem meus pés com cordas. Elas executaram a ordem. Então, deixando-me por um instante, ela colocou no fogo uma frigideira onde derramou óleo de gergelim e pôs queijo para fritar. Quanto a mim, não tinha a menor consciência dos objetos que me rodeavam. Em um dado momento, aproximando-se, ela mandou baixarem minhas calças bufantes e atou minhas partes com um cordãozinho; entregou as duas pontas do nó corrediço nas mãos de duas servas e disse-lhes:

– Puxai.

Elas puxaram. A violência da dor transportou-me para um mundo diferente daquele onde estava. Erguendo a mão que segurava a faca, ela cortou meu sexo. Vi-me igual a uma mulher. Depois ela cauterizou com o queijo quente o local da amputação e salpicou-o com um pó especial para tratamento de feridas. Eu havia desmaiado. Quando voltei a mim o sangue cessara de correr.

Ela fez-me tomar um copo de bebida e depois disse:

– E agora, vai ao encontro da que desposaste. Ela mostrou-se avara para comigo, a ponto de não me conceder uma única noite em tua companhia durante um ano inteiro. Deus tenha misericórdia de tua prima, que é a causa de tua libertação! Se não tivesses dito suas duas frases eu teria te degolado. Agora vai encontrar aquela pela qual tens desejo. Quanto a mim, possuía em ti apenas o que te cortei. Já não és objeto de nenhum desejo de minha parte, não tenho a menor necessidade de ti. Levanta, apalpa a cabeça para constatar que está mesmo no lugar e invoca a misericórdia de Deus para tua prima.

Empurrou-me com o pé. Levantei. De início foi-me impossível caminhar. Depois dei alguns passos, com dificuldade, e pouco a pouco consegui arrastar-me até chegar à porta da casa de minha esposa. Encontrei aberta essa porta, cruzei-a num último esforço e caí desmaiado. Então minha esposa apareceu, carregou-me e me levou para o salão. Tirou minhas roupas e me viu idêntico a uma mulher. Adormeci, prontamente submerso nas ondas do sono. Quando despertei, estava jogado no chão, perto da porta da casa.

Fiquei em pé, tomado pela dor, e lentamente me arrastei até minha própria casa. Entrei e encontrei minha mãe chorando por mim. Ela se lamentou:

– Em que país vives agora, ó meu filho?...

Fui para junto dela e lancei-me em seus braços. Ela me contemplou com atenção, compreendendo que eu não estava com boa saúde. A palidez invadira meu rosto, marcado de olheiras negras. Nesse momento lembrei de minha prima, lembrei de todos os favores que ela me prestara e subitamente descobri a profundidade de seu amor por mim. Então chorei por seu desaparecimento, e minha mãe também chorou. Depois ela disse:

– Meu filho, teu pai morreu enquanto estavas ausente.

Meu pesar aumentou, minhas lágrimas correram tão abundantemente que perdi os sentidos. Quando voltei a mim, meu olhar caiu sobre o lugar onde minha prima costumava sentar. Tive outra crise de choro e desmaiei de novo. Minhas lágrimas e meus soluços prolongaram-se até o meio da noite.

– Faz dez dias que teu pai faleceu – disse minha mãe.

– Só quero lembrar de minha prima, sempre, pois mereço tudo o que me aconteceu, porque a negligenciei, sendo que ela me amava verdadeiramente.

– O que aconteceu contigo? – perguntou minha mãe.

Narrei-lhe minhas aventuras. Ela chorou durante longo tempo. Então levantou-se e foi buscar algo para eu comer. Tomei um pouco de alimento, bebi, depois repeti minha história à minha mãe, sem omitir detalhe algum. Ela mesma tirou a conclusão de minha narrativa:

– Louvores a Deus! – exclamou. – Sofreste esse dano, mas ela não te degolou.

Minha mãe prodigalizou-me seus cuidados e administrou-me remédios até que eu estivesse curado, recobrando minha perfeita saúde de antes. Então ela disse:

– Meu filho, agora posso tirar de seu esconderijo o objeto que tua prima confiou-me em depósito. Esse objeto te pertence, mas ela me fez prometer, sob juramento, que só o entregaria quando te visse recordar sua memória no luto e na aflição, após romperes com as outras mulheres. É agora que te vejo movido por esses sentimentos.

Ela se levantou, abriu uma arca e retirou este tecido que traz a imagem da gazela-macho. Eu mesmo o dera de presente a minha prima outrora. Quando o tive nas mãos, encontrei em cima uma folha onde estavam escritos estes versos:

Instalastes meu coração
Na morada da paixão,
E depois tomastes o lugar
Para me olhar, simples espectador.

Condenastes às longas vigílias
Minhas pálpebras feridas, antes de adormecerdes.
E vos colocastes
Entre o sono e meus olhos.

Meu coração não se consola
De vos ter perdido, mesmo que um dia
Ele deva consumir-se até o fim
Do amor por vós.

Comprometestes-vos comigo
A guardar o segredo do amor ardente;
O caluniador enganou-vos.
Ele falou, vós lhe respondestes.

Por Deus, ó meus irmãos, se eu morrer,
Gravai sobre a pedra de meu túmulo:
"Quem aqui jaz é alguém que a paixão
Reduziu à escravidão."

Lendo esses versos, chorei abundantemente e bati no rosto com as mãos. Ao retirar o tecido de seu invólucro, vi cair uma segunda folha, escondida por baixo. Recolhi-a. Era um bilhete em que se liam estas palavras:

"Fica sabendo, ó meu primo, que te declarei isento de toda responsabilidade pela perda de meu sangue. Rogo a Deus que faça chegar a bom termo o encontro entre ti e a pessoa que amas. Entretanto, se sofreres algum dano por parte de Dalila-Saco-de-Mágicas, não voltes para vê-la e não freqüentes outra mulher. Suportarás então pacientemente tua provação. Se a ocorrência de tua morte não tivesse sido retardada, já terias perecido há muito tempo. Mas Deus seja louvado por ter feito meu dia chegar antes do teu e por ter permitido que eu te protegesse.

"Guarda com cuidado este tecido onde está representada a gazela-macho. Não sejas negligente a ponto de perdê-lo. Esta imagem me fazia companhia para meu prazer quando estavas ausente e longe de mim. Por Deus acima de ti, se reencontrares a que representou esta imagem, é preciso que te afastes dela, que não a deixes aproximar-se de ti e que te recuses a desposá-la. Se não a reencontrares, incapaz de achar o caminho que te conduza a ela, de qualquer maneira não te aproximes de mulher alguma após tua aventura.

"Fica sabendo que a que representou esta imagem faz uma igual todo ano e envia-a para os mais distantes países, a fim de que falem dela e de sua habilidade manual, que ninguém na terra consegue igualar. Ora, tua bem-amada, a filha de Dalila-Saco-de-Mágicas, quando este tecido em que está figurada a gazela-macho lhe chegou às mãos, decidiu mostrá-lo às pessoas, dizendo: 'Eis os trabalhos de que minha irmã é capaz.' Mas ela mente – que Deus retire o véu que oculta a vilania dessa mulher! Dou-te estes conselhos apenas porque sei que um dia o mundo te parecerá estreito após minha morte.

"Talvez por causa disso deixes tua terra e vás percorrer os países estrangeiros. Talvez ouças falar da que trabalhou este tecido e sintas desejo de conhecê-la. Fica sabendo que a jovem que representou esta imagem tem por pai o rei das ilhas da Cânfora[21]."

Depois de percorrer essas linhas escritas no bilhete, aplicando-me em apreender seu sentido, desfiz-me em lágrimas e minha mãe chorou ao me ver chorar. Não parei de olhar o tecido e de chorar até que veio a noite. Tal estado de aflição durou um ano.

Após esse período, houve uma expedição comercial organizada por mercadores de minha cidade, estes mesmos que acompanho na caravana. Minha mãe aconselhou-me a adquirir uma certa quantidade de mercadorias e partir com eles.

---

21. Portanto, a senhora suprema da "sociedade amorosa" está estabelecida em outro país, de onde envia a toda parte os tecidos bordados. A companhia dos "iniciados", cuja organização parecia embrionária em "O amor proibido" (*Mille et Une Nuits*, Phébus, t. II), agora tem ramificações em vários países, com um centro de comando numa das misteriosas ilhas da Cânfora. A Terra da Cânfora é o famoso *loess* da China. Ver *Sindbad le Terrien*, Phébus, 1986, p. 15 [ed. bras. *As Aventuras de Sindbad, o Terrestre*, ed. Martins Fontes, São Paulo, 1994, p. 12].

– Quem sabe – dizia-me ela – a viagem aliviará um pouco essa aflição que carregas constantemente. Ficarás ausente um ano, ou dois, ou três, até que a caravana volte para cá. Talvez então possas respirar mais à vontade, com o peito descontraído.

Ela não parou de falar-me com bondade até que eu tivesse preparado o lote das mercadorias para levar. Parti então, mas em nenhum momento do percurso minhas lágrimas secaram, e em cada uma das etapas estendi diante de mim este tecido, para contemplar longamente sua imagem e lembrar de minha prima, chorando por ela, como pudeste constatar, ó príncipe, pois ela me amava com um amor superabundante, e no entanto deixou a vida, tratada com dureza por nenhum outro que não eu mesmo. Minha conduta só lhe fazia mal e no entanto ela só me havia feito bem.

Eu só podia voltar para casa com o retorno dos mercadores para nosso país. Um ano completo passou-se dessa forma e minha aflição aumentava sem cessar. O que levou ao auge meu sofrimento e minha tristeza foi a passagem pelas ilhas da Cânfora e pela cidadela de cristal. Esse país abrange sete ilhas. Quem as governa é um rei chamado Chahraman, "o Imperador". Ele tem uma filha chamada Dunya[22]. Disseram-me que é ela que representa as famosas imagens da gazela-macho, e que essa figura que agora está em tuas mãos é uma das que bordou. Quando fiquei sabendo disso, a intensidade de meus desejos aumentou e afoguei-me nas ondas dos pensamentos penosos e dos impulsos de paixão ardente. Chorei por mim mesmo, pois me tornara igual a u'a mulher, estando privado

---

22. Provavelmente: Dong-Noi.

do instrumento que faz o homem. Não havia meio de recuperá-lo; e desde minha partida das ilhas da Cânfora tenho sempre os olhos repletos de lágrimas e o coração cheio de tristeza. Faz um tempo bastante considerável que estou neste estado; e não sei se poderei voltar a meu país, para morrer de preferência junto de minha mãe, agora que estou enfarado da vida.

Depois de assim falar, o jovem chorou, gemeu, exalou suas queixas, olhou a gazela-macho representada no tecido e as lágrimas correram-lhe pelas faces e transbordaram. Então ele recitou estes versos:

Alguém me disse: "Tuas provações
Forçosamente conhecerão um final feliz."
Eu lhe perguntei: "E a cólera,
Quando terá fim?"

Ele respondeu: "Após um certo tempo."
Repliquei: "Maravilha! Quem me garante
Que ainda estarei vivo, ó tu que te serves
Apenas de frios argumentos?"

Depois ele acrescentou:
– Essa é minha história, ó príncipe.

A narrativa do jovem mergulhou "Coroa dos Reis" num abismo de espanto. Pôde apenas dizer:

– Por Deus, nunca ninguém antes de ti viveu algo semelhante ao que te aconteceu. Mas esse é o destino determinado por Deus teu Senhor.